「君を愛することはない」
アナベル
「……………え？」

ドロシア
メラニア
「流石よドロシア！
アナベル、
よく似合ってるわ！」
「そ、そうかしら……？」

——その花が、
私に声をかけて
くれたような
気がした。

お飾り妻アナベルの趣味三昧な日常

~初夜の前に愛することはないって言われた？
“前”なだけマシじゃない！~

okazarizuma annabelle
no shumizanmai na nichijo
-shoya no maeni aisuru koto wa naitte iwareta?
“mae”nadake mashijanai!-

|著| 重原水鳥
|画| 岡谷

contents

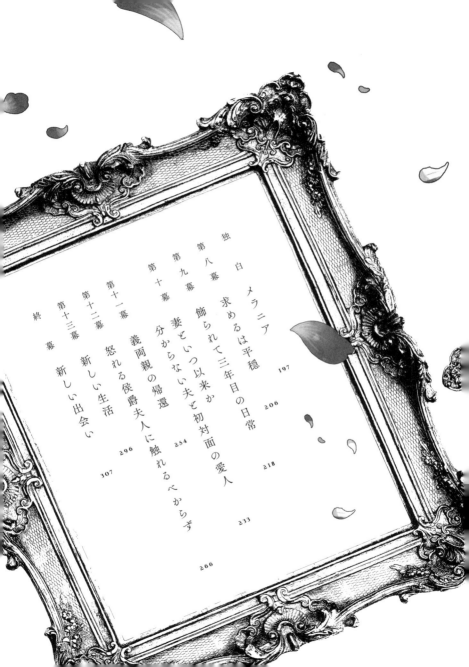

装丁　アルコインク
画　岡谷

序幕

流行《はや》りの歌劇を旧友と

政略による結婚。夫婦の最初の仕事である初夜の営み。その初夜に、ベッドの上で、夫は新妻に告げる。

『お前を愛することはない』

夫には妻以外に愛する女性がいた。しかしその女性は立場が弱く、彼女との結婚は難しい。けれど彼の立場が、結婚しないことも許さない。故に夫は妻を娶《めと》ったが、彼は望まぬ妻を愛することも尊重することもなかった。

初夜を放棄された妻は一人嘆き、そして奮起する。必ずや夫を見返してやると――。

国一番の人口を誇る王都には、娯楽も多く集まっている。

人気の高い娯楽の一つに劇があるが、ここ最近は国にあるどの劇場でも似た筋書きの劇ばかりが上演されていた。細部や展開は違うが、皆大筋《みな》は同じだ。どうやら最近この手の話が人気らしく、どの劇場でもそうしたものばかりが上演されている。

ひと昔前ならば、私も物語を素直に楽しんで――あるいは感激したりして、これらの劇を観《み》ることができただろう。……しかし今では笑えもしないし、泣けもしない。

初夜に放置された裏切られたと嘆く主人公を見ているうちに、ポロリと言葉が零《こぼ》れた。

「……先に言ってきただけマシじゃない」

「アナベル、何か言った？」

「いいえ何も」

つい心の声が漏れて横にいた友人のメラニアに聞かれてしまった。彼女の声かけでそれに気が付き、すぐに笑顔で誤魔化す。そうすると彼女は私の声を感嘆の声か何かと考えたようで、すぐ劇を観ることに意識を戻していた。

私たちが今いるのは劇場アデラ座。昔とは違い、今は平民も貴族も同じ時間帯で同じ演目を観ることが多いので、貴族たちは身近な人間のみで座れるボックス席を取って観るのが一般的になった。今回メラニアが取った席ももちろんボックス席で、同じ空間に最大三人が座れるように設計されているのが設置された椅子から分かる。

ボックス席内部にいるのは私と、メラニアと、私に付いてきた従者の男性だ。彼は席にはつかず、ボックス席と外の廊下とを繋《つな》ぐ出入口の横にずっと立っている。

「アナベル、ジョルジーヌだわ、観てちょうだい！」

劇の場面が変わった。興奮して身を乗り出すメラニアにつられて、ボックス席から頭だけを出すようにして眼下の舞台を見下ろす。丁度、本日の演目の主演女優であるジョルジーヌが舞台の中央に向かって歩きながら、夫に対する怒りを歌い上げるところだった。もちろん、この歌はあくまで演劇的表現であり、実際に大声で不平不満を口にしているわけではない。そう分かっていつつも、舞台にこのようなことを言ってはナンセンスだと思いながら、嫁いだ先で、家の主人に対して不平不満を叫べる神経が羨ましいと思ってしまった。現実ではせいぜい、誰にも聞かれないように小声で呟《つぶや》くか……心の中で叫ぶか、というところだろう。

ジョルジーヌの歌が終わり、話が進んでいく。横のメラニアは演者たちの動きや歌一つ一つに興奮して盛り上がっていた。途中休憩も挟み、物語は全二幕で終わりを告げる。

メラニアは舞台中央で胸を張りながら堂々と観客に一礼するジョルジーヌに向けて、力いっぱい拍手をする。その音で我に返った私は、メラニアほどではないけれど、片手に扇を持ったままパチパチと手を打った。大歓声の中、演目は終わり幕が下り、演者たちの姿を隠していった。

劇が終わり、客たちが喋《しゃべ》りながら席を立ち始める。それをボックス席からぼんやりと見下ろしていると、メラニアが声をかけてきた。

「少し人が落ち着いてから出ましょう」

「ええ」

昔から、人込みに揉《も》まれるのは好きではない。どうせこの後の予定はメラニアおすすめのカフェで軽食を取ることだけ、急いで帰る必要もない。

私たちは他の客が大体帰るまで、ボックス席の中で今日観た歌劇の感想について話し合った。話し合ったというよりも、メラニアが興奮した様子で喋るのに私が相槌《あいづち》を打つだけのことが多かった。

「ジョルジーヌの歌はいつ聴いても素晴らしいわね、特に感情がこもった歌が最高だわ！」

「ええそうね」

「最初の夫への怒りの歌も良かったけれど、私はやっぱり〝ヒーロー〟に対して秘めた思いを自問自答する歌が良かったと思うわ。そう思わない？」

「ええ、あの歌が一番素敵だったわ」

「そうよね、やっぱり歌劇は愛、よねぇ。愛！　素敵だわ！」

「そう、ね。素敵、だわ……愛、は……」

「はぁ……本当に本当に、今回の劇も、素晴らしい劇だったわね！」

「……………ええ」

嘘《うそ》、嘘嘘嘘大嘘！

そう叫ぶのを唇を噛《か》みしめ、ギリギリで耐える。メラニアは一人で盛り上がっていてこちらを見ていないけれど、顔に出そうな本音を隠すのに私は必死だった。

素晴らしい劇？　まさか。そんなこと思えるはずがない。

確かにジョルジーヌの歌は素晴らしい。愛の歌を歌わせれば、彼女に敵《かな》う人などいないと劇場に通う人たちは囁《ささや》き合う。それは、まだ劇場に足を運ぶようになってほんの少しの私でも頷《うなず》ける事実。でも、そんな愛の歌も、この劇で描かれている物語のせいで、私の心に響かない。

それでもそんなことをメラニアに言えるはずがない。この演目は最近演じられるようになったばかりで、人気が高い。そんな演目の席を、私と久しぶりに会うために取ってくれた彼女の前で、面白くなかった、むしろ見ていて辛《つら》かったなどと言えるだろうか。……私は言えない。

ただただ、その場しのぎの言葉を紡ぐ。一年ぶりに会った友人に、変なことを思われたくない。誤解されたくない。疑われたくない。

「ふふ、アナベル、また二人で別の歌劇を観に来ましょうね！」

「ええもちろん。メラニア、今日は誘ってくれてありがとう」

……その頃には、流行《はや》っているのが今のような劇でないといいのだけれど。

扉の外の様子を窺《うかが》っていた私の従者が、人通りが減ったことを告げる。私とメラニアは立ち上がり、劇場を後にした。メラニアが用意してくれた馬車に乗り込み、カフェへと移動する。

貴族の持ち馬車であれば身分を示す家紋や名前が記されていることが多いが、この馬車には何も書かれていなかった。私とメラニアが同じ馬車に乗り込み、従者は私が乗ってきた馬車に乗って、私たちの後を付いてくることとなった。カフェまでは私とメラニアで一つの馬車を使えるが、カフェで話が終わればすぐに解散し、それぞれ帰ることになるので、馬車は二台用意された状態でなければならなかった。

劇場からそうかからず、目的地に到着した。二階建てで、二階にはテラス席も用意されている一般的なカフェである。メラニアが先に入っていき、私も後に続く。店員はメラニアのことを覚えていたようで、店内に入ってきた彼女の顔を見るや否や、すぐに二階席へと案内された。

二階の店内は、階段から離れた位置にゆったりとした間隔で座席が設置されていた。一つのテーブルにつき四人が腰かけられるよう椅子が用意されている。その座席を囲うように黒い木製のパーテーションが立てられていて、席に着けば周りの席は丁度見えなくなるようにされていた。他の席に人が座って話していても、よほど集中しない限りは聞こえないだろう。

贅沢《ぜいたく》な空間の使い方を見るに、この二階は普段から裕福な人間が訪れる場所なのだろう。

「何か食べる？　アナベル」

「……あまりお腹《なか》が空《す》いていないのよ。果実水でいいわ」

「ここ、珈琲《コーヒー》だけでなく紅茶がとても美味《おい》しいのだけれど、試してみる？」

おすすめされて少しだけ考えたが、今の気分で珈琲や紅茶の味や香りを楽しむ余裕はなかった。

「ごめんなさい、次の機会があれば」

「分かったわ」

メラニアが軽く手を上げれば、店員が私たちに近づいてきて注文メニューを聞き取り、静かに去っていった。私は果実水、メラニアは聞きなれない名前の紅茶だった。

カフェでの会話の流れも、ほとんどがボックス席のときと同じだ。私は口数が少なく、その分をメラニアが話す。彼女の会話の中身は最初こそ劇の内容であったが、次第に日常へと変わっていった。一年会っていないので、話が尽きるという様子はなかった。

「結婚してからも最初は大変だったのよ。今までと生活が違うし、優雅に座ってるだけというわけにもいかなかったもの。夫は仕事仕事！　って朝早くにベッドを出て行って、夜遅くまで走り回っているし。そうすると日中は暇になってしまうでしょう？　嫁いですぐって調子が出ないじゃない。大人しくしていたら義母にね、何ならできるかしらって言われて。文字と数字は分かるわよねって言われて、つい、はい分かりますって答えたものだから大変だったのよ！　急に若い店員たちが集められてきてね、義母が彼らは雇ったばかりの人だと言うのよ。それで、文字を教えておいてって。家庭教師《ガヴァネス》なんて私、したことないのに！　でも驚いてしまったわ。王都でも、平民だとあんなに文字が読めないものなのね。最初は文字一つ一つから教えなくてはいけなくて、もう頭がおかしくなるかと思ったのよ。だけどだんだん楽しくなってきてね――あらやだ、私ばっかり喋ってるわ。アナベルはどう？」

「私……私も、ええ、大変だったわ、最初は………」

「そうよね、そうよねえ。だって侯爵様に嫁いだものね」

「まだ次期侯爵という立場でしかないわ、メラニア」

「でも確実じゃない。だって侯爵家でご当主を継げるのは、貴女《あなた》の夫しかいないじゃない？」

「……それはそうよ。一人息子ですから」

「ふふ、私今でも思い出すわ、アナベルの結婚式！　ウェディングドレス、すごくすごく素敵だった……。宝石も使って、レースも沢山で。私が今まで見た中で、一番のウェディングドレスだったわよ！　……私も自分が好きなようにドレスは作らせてもらったけれど、結婚式でも夫はお仕事お仕事だったから」

　メラニアの口は止まらない。初めて出会ったときは社交界デビューで緊張していたけれど、私と話すうちに今のように調子を取り戻していたことを思い出す。

　私の結婚式。確かに懐かしい思い出だけれど………先ほどから何度も、メラニアの口から私の夫の話題が出るたびに、私は表情を動かさないように神経を張り巡らせなくてはならなかった。

　飲み物が届いてからも会話が止まることはない。メラニアの紅茶はあっという間になくなった。メラニアが名前の異なる紅茶を三杯も飲み干している間に、私が飲んだのは最初に頼んだ果実水一杯のみ。よく喋るメラニアに対して私はほとんど相槌ばかりだったので、これほど差が出るのも当然のことだった。

代金を支払って、私とメラニアはカフェの外へと出た。既に私が乗る侯爵家の馬車も、メラニアが乗る馬車も、どちらもカフェの前に横づけされて準備は万端だった。

私はメラニアとハグをして、馬車に乗り込んだ。従僕《フットマン》がドアを閉める。車内には私一人だけ。馬車が走り出すとき、窓の外からこちらに手を振ってくれているメラニアの姿が見えた。最後の力を振り絞って私は笑みを浮かべ、手を振り返した。

「………………はぁぁぁぁぁ」

メラニアの姿が見えなくなると、今日一日何度も口から零れそうだった溜息《ためいき》が、長く長く吐き出されていった。気を張る必要がなくなり、私は頬から力を抜く。きっと私の顔は今、とてもだらしない。だが車内には私しかいないのだ、これぐらい、許してほしい。

私は今日、メラニアとの再会を選んだことを、後悔していた。


メラニアと私の関係は、社交界デビューにまで遡る。

舞踏会が多く行われる冬の季節、私はある舞踏会で社交界デビューを果たした。その舞踏会は王族主催のひときわ規模が大きいもので、同日に社交界デビューを果たした貴族の令嬢も多かったが、その中で偶然メラニアと出会い、親しくなったのだ。同じ伯爵位の令嬢で、彼女が気取った性格をしていなかったから、仲良くなれたのかもしれない。

そうして同じ日に社交界デビューを果たして大人になった私たちは、一年前、ほぼ同時期に結婚した。それによって私たちの立場はがらりと変わった。

メラニアの結婚相手は貴族ではなく、王都でそれなりに有名な商家。そうなると、嫁ぎ先が裕福でも、生まれが貴族でも、本人の立場は平民という扱いになる。

対して私は、爵位も歴史も格も、実家より格上であるライダー侯爵家の嫡男ブライアンに見初められていた。彼は初対面以降、あまりに熱烈だった。信じがたいことだが彼のご両親も私を簡単に認めてくださって、トントン拍子に結婚の日取りも決まっていったのだ。

……あの頃の私は、人生で一番浮かれていた。調子に乗っていた。間違いない。

メラニアの結婚を祝いながら、心の中では彼女のことを哀れんでいた。私より明るく社交性のある彼女が平民になり、口の上手《うま》くない私が男性側から乞われて、高い地位となる……。

ずっと友達でいようとお互いに口にしながら、私の心は醜い優越感で一杯だった。

——そして結婚後一年が過ぎ去り。今はどうだろうか。

久しぶりに会ったメラニアは、一目見て分かるほどに幸せそうだった。

彼女が袖を通している服は彼女が実家にいた頃よりも立派なもの。今の流行りは分からないけれど、きっと最先端なんだろうと想像がついた。身に着ける装飾品もそうだ。ひとつひとつは小ぶりで目立たないけれど、だからこそ彼女が着る服や彼女の顔や化粧を映えさせていた。

髪も、唇も、肌も、指の先までも、まるで宝石のように輝いている。日頃から丁寧に世話をされている証拠だ。

そんな彼女を見て、私は酷《ひど》く衝撃を受けた。自分の心の中にある、劣等感が刃《やいば》で突き刺された。

比べてしまったのだ。今の私と。

私が着ている服は、一年ほど前に流行っていた型のドレス。安い物ではないし、使用人たちがいつも手入れをしてくれているから綺麗《きれい》だ。質だって劣らないはず。けれど私の服とメラニアの服を比べたら……どうしても、見劣りした。私も爪や肌や髪の毛は使用人が整えてくれているのに、メラニアとは比べるのも烏滸《おこ》がましいような状態だ。

今までは鏡を見ても何も思わなかった。だがきっと、明日からの私は鏡を見るたびに、メラニアのことを思い出す。そして幸せそうな彼女と、今の自分とを比較して、また傷つくのだ。

メラニアは悪くないのに、彼女を思い出しては自分の首を絞めるような心地になるのだと、想像がついてしまった。

メラニアとの再会だけで自己嫌悪で滅茶苦茶《めちゃくちゃ》になっていた私の心は、彼女に連れられて行った演劇で更に滅茶苦茶となった。

出掛ける前から、アデラ座であの演目を観るということは分かっていたのに、いざ観始めてから、来なければ良かったなどと後悔したのだ。どんな話か知らなくても、アデラ座でジョルジーヌが主役を演じている演目という情報があれば、調べることもできたのに。調べずとも、今の流行りとその情報だけで予想もできたのに。

今日のことで、悪いのは私一人だけだ。ただただ私が悪い。あの劇を作った人たちも、演じた俳優や女優たちも、もちろん私を連れていったメラニアも、何も、誰も、悪くない。

それでも私には、あの劇は――いいや、あの劇だけではなく、今流行っている演劇全てが、毒のような代物だった。

何故《なぜ》なら私は、結婚後に夫から愛するつもりはないと告げられていたから。本当に愛する人は別にいるとも言われた。

物語ではなく、私には演劇の出来事が現実として降りかかっていた。

けれども私は、演劇の主人公のようにはなれない。

あの手の劇の面白味は夫に「お前を愛することはない」と言われた主人公が、持ち前の能力を駆使して自立し、夫に一矢報いることだ。私には人を上回る能力なんてないし、何より、あったとしても彼女らのような離縁は難しいだろう。

私が把握している限り、流行りの劇において夫が妻に真実を告げるのは初夜の営みの前だ。もしかしたらそうでない作品もあるかもしれないが、私が聞き及ぶ限り、その部分は共通している。そして主人公である妻は、初夜であるにもかかわらず夫に放置された哀れな妻として朝を迎えるところから話が始まる。しかし初夜がなかったことにより、妻は【結婚から三年間一度も体の関係がなければ白い結婚であることを認める】という この国の法律を利用して、最終的に夫と縁を切るのだ。

この方法は、私には取れない。私が夫から「愛していない」と告げられたのは、初夜を二人で熱烈に過ごした、後のことだったから。

第一幕　飾られた妻

「君を愛することはない」

私の夫であるライダー侯爵家の嫡男ブライアンは、初夜の営みを終えた後にそう言った。

王侯貴族の結婚では、初夜を無事に済ませられたかの確認が使用人や家族の手でされる。特に、女性が初婚の場合は出血がしっかりとあり、処女だったかの確認は重要視されている。恥ずかしさは多少あったものの、血筋を保たねばならない貴族にとってはそれが普通なので、私は処女を失った後大人しく、古参なのだろう侍女からの確認を受け入れた。

そうして無事に、私は処女であり、夫婦の初夜は無事に終えられたと確認された。私たちの交わりに何も問題は起こらなかったのだ。

……けれどその、初夜の確認をした侍女が立ち去った直後、ブライアンは前述の言葉を私に告げた。

私は訳が分からず目を点にして、横の夫を見上げた。ただでさえ初めての経験ばかりで疲れていた私の頭は、夫の言葉を理解し受け入れることができなかったのだ。

ブライアンはいつでも私に紳士的だった。私を気遣い、「大丈夫か？」「緊張しないで」「ほら、こちらに集中するんだ」と何度も声をかけながら、私の体を開いていった。普段は優しくても夜だけ暴力的だったり、女性に気遣いのない男性も多いと聞いた。自分の夫がそういう男性ではなかったことに安堵《あんど》して私は幸福を感じていたのだ。

「…………え？」

長い時間をかけてそう絞り出した私の横で、ブライアンはベッドから体を起こすと、何も身に纏《まと》っていない汗ばんだ体に、脱ぎ捨てられていた己の服を身に着け始める。もちろん、初夜の営みを終えたからと裸のまま眠る理由はないので、私もこの後服を着るつもりでいた。だがまだやっと、行為が終わったばかり。私が教わった夫婦の夜は、大体、行為が終わった後は少しピロートークを交わして、それから片づけて眠りにつくというものだった。これまでのブライアンはその教えの通りだったのに、急に彼が遠くに行ってしまったような錯覚が私を襲った。

私の声を聞いたブライアンは、今まで聞いたことのない、冷たい声を向けてきた。

「はぁ……一度で理解してくれないか？　君は私の妻になったが、私が君を愛することはない。私には既に愛する女性がいるんだ。だが、彼女との結婚を、両親は許さなかった。だから両親が許しそうな女を探して、たまたま君を選んだだけだ」

彼の言っていることが理解できない。言葉そのものは耳に入ってくるのに、まるで素通りしてしまったようだった。

私はなんとか体を起こす。そしてまだベッドに腰かけているブライアンへと手を伸ばした。

「ブライアン様……」

袖から覗《のぞ》いている、彼の男性らしい筋肉のついた前腕に触れる。

その瞬間、ブライアンは立ち上がりながら私の手を振り払った。

「触らないでくれ」

「あっ…………！」

唖然《あぜん》とする私に、ブライアンは私の耳元に口を近づけて、囁《ささや》くように言った。

「……いいか。君は大人しく、この屋敷で暮らしていればいいんだ。金は——家令のソラーズや、執事のギブソンが止めなければ自由に使っていいが、外に出て他の人間と無駄に顔を合わせるのは許さない。もちろんだが、私が君を愛していないことや、私に最愛の人がいることを、私の両親や使用人たち含め、誰かに言ってみろ。……君のお父上は前以上に路頭に迷うだろうし、君の弟妹《きょうだい》は、まともな結婚も就職も望めないだろうな。ああ、そもそも貴族でもなくなるか」

その最後の言葉に、喉からおかしな音が鳴った。

お父様にお母様、そして弟妹たち……まだずっと幼い、あの子たち。家族の顔が浮かび、頭が真っ白になった。

私から反抗的な反応がなかったことに気を良くしたようで、ブライアンは僅かに笑みを浮かべて寝室を出て行った。

……気が付いたら朝を迎えていた。昨夜はどうやって寝たのか、その記憶すら定かではなかった。

だが、昨夜ブライアンの態度が急変したことは覚えていた。それを象徴するかの如《ごと》く、初夜の翌朝だというのに、私の横には誰も寝ていない。……その現実がありながら、私は昨日、幻覚でも見たのかもしれない、そう思った。

簡単には信じられないほど、婚約者だった頃のブライアンは私に優しく、甘かった。

私はベッドの上から動けず、彼と初めて会ったときのことを思い出していた。

「ブリンドル伯爵令嬢。どうか私と一曲踊っていただけませんか？」

自分の踊りに自信がなく、舞踏会に来るたびに会場の端にいた私に、ブライアンは優しく手を差し出してくれた。顔が良く、スマートな年上の素敵な男性に誘われて、浮かれない少女はいない。

彼にエスコートされると、自分は踊りがこんなにうまかっただろうかと思うほど楽しかった。

それでもそのときは何の関係もない男女。一曲ですぐに離れようとする私を、彼は引き止めた。

「どうか、もう一曲」

熱のこもった声と瞳でそう乞われて、私は断る術《すべ》を持たなかった。

夢見心地でブライアンと……ライダー侯爵令息と踊った次の日には、実家のブリンドル伯爵家に、ライダー侯爵家から婚約を飛び越えた結婚の申し入れがあった。舞踏会でのことを私から聞いていなかった両親は仰天し、父は椅子から落ちて腰を強打した。

父が送る先を間違えていませんかと返信すると、ブライアンは単独で我が家に来た。そして私の両親に、申し入れは間違いでもなんでもないと主張し、私に熱い視線を向けた。

「あの日……壁際で佇《たたず》む貴女《あなた》に一目《ひとめ》惚《ぼ》れしてしまったのです」

「で、ですが、我が家は……その、歴史しかない家でして。もちろんアナベルにはしっかりと、どこに嫁いでも大丈夫なように教育は施しましたが、しかし……その、とてもではないですがライダー侯爵家には釣り合わないと思うのです。ライダー侯爵がお許しするとは思えません」

父の言葉はあえて卑下したわけではなく、ただただ事実であった。

歴史はあるが金のない伯爵家。それが私の生家、ブリンドル伯爵家だ。領地は可もなく不可もなく、その日の食事は取《と》り敢《あ》えず困らないぐらいの平凡な土地。

だが幼い頃に亡くなった祖父は優秀な人だったそうで、我が家の資産を歴代の数十倍にまで膨れ上がらせた。

そしてそれを、父はたった数年で枯渇させた。優柔不断、優しすぎた結果傷だらけ。投資に失敗、保証人になった人間の逃走、あっという間に負債が積み重なり、祖父によりブリンドル伯爵家の物となった様々な財産を売る以外の道はなくなった。

祖父の残した遺産が莫大だったお陰で爵位や領地を失うところまではいかなかったものの、それでも借金は残った。まだ幼い子供二人を抱えていくのは絶望的とも言える状況だったろう。けれど母は離婚することもなく、財布のひもを父に握らせないことにしてなんとかブリンドル伯爵家を存続させた。その後追加で妹二人ができてしまったのは……あのような状況下でも子供ができるほど、夫婦仲は良好だったという証《あかし》だ。実際、貧乏な生活ではあったが、家族仲は普通の貴族家と比べても、かなり良好だと思う。

だが我が家の誇れるところなど、それだけ。ブリンドル伯爵家はそんな家なので、歴史も長く、名声もお金もあるようなライダー家とは比べられるわけがない。

父の言葉に、ブライアンは言われてみると、という顔をした。

「そういえば、両親には何も相談をしていませんでした。気が急《せ》いてしまって」

「え、ええっ？」

「ブリンドル伯爵。先ほどのお言葉は、私の両親がブリンドル伯爵家について何も言わなければ、アナベル嬢を貰《もら》っても良いという風に聞こえましたが、間違いありませんか？」

「え、えぇえと……まぁ……」

貴族令嬢の結婚についての決定権は、家長にある。そのため、ブライアンは父にそう尋ねた。優柔不断な父が濁しに濁して返事をしたが、ブライアンは気にした風もなく、分かりましたと頷《うなず》いて立ち上がる。

「本日は急な来訪をお許しいただきありがとうございました。また後日、伺います」

彼は宣言通り、数日後、ライダー侯爵夫妻と共にブリンドル伯爵家を訪れた。事前の連絡はあったわけだが、我が家からすれば殿上人のような存在である方々が来るということになり、我が家は上から下まで大騒ぎ。使用人だけでなく家族総出で埃《ほこり》一つないように屋敷を掃除することになった。

「先日は愚息が突然訪ね、ご迷惑をおかけしたそうで。申し訳ありませんでしたな」

「い、いぇ、そのようなことは、全然……」

ライダー侯爵は、ブライアンより背も高く、彼より体そのものが一回りぐらい大きいのではという男性だった。元々は武官として国の中枢にいた侯爵の迫力を前に、小柄な私の父は圧倒され、まともに喋《しゃべ》れたのは奇跡に近かった。

父を支える母も母で、侯爵の横に寄り添う夫人の姿と自分を比べて、少し恥ずかしそうにしていたのを覚えている。侯爵夫人はその日、ほとんど話すことがなかったけれど、ただ座り夫の横に寄り添っている……それだけで気品があった。夫人は私より背が低い方だったから、侯爵と並ぶと大きさの違いがより際立つ。そうでありながら、彼女の存在感は侯爵に消されることなく、まるで輝いているようで、けれど侯爵の邪魔にはならない。不思議な人だった。

「一目惚れ、というような目に見えぬ理由では伯爵も不安を覚えましょう。ですが同時に、人と人との相性もまた、目で見えるものではない。伯爵や夫人、そしてアナベル嬢がよろしければ、愚息としばらく付き合いを持ってみてはいただけませんかね」

「こ、侯爵様、恐れ多くも……我が家は、ご覧になってお分かりだとは思いますが………お恥ずかしながら、裕福とは言えぬ家でございます。とてもではありませんが、ご子息と並んでは、そちらにご迷惑をおかけしかねないような家ですので……」

「ふむ。それぐらいは些細《ささい》なことですとも」

「さ、さ……い？」

「……伯爵は、我が家に嫁いでくる女性の家を支える甲斐性《かいしょう》もないと仰せられますかな？」

これまでは圧はあれど笑っていた侯爵の表情が僅かに強張《こわば》り、低くなった声でそう言った。

空気がひりついたのは私でも分かった。父は顔を真っ青にして、首を横に振った。

「めめめめ滅相もございません！」

こうして私とブライアンはお付き合いをすることになった。彼はいつでも誠実で、優しくて。

気が付けば私は正式な婚約者となり、そして結婚式の日取りが決まった。

祝福され、多くの人と神の前で、私は永遠の愛を誓ったのだ。――それはたった、一日前の出来事だったのに、今の私には、まるで遠い過去のようにも思えた。

ベッドで蹲《うずくま》ったままの私だったが、使用人が着替えのために入ってきて、やっとベッドから降りた。着替えさせられ、彼らに導かれるままにダイニングルームへと向かう。

ブライアンは既にそこにいた。使用人にいざなわれ、彼の席のすぐ横に腰かける。

私たちの結婚に合わせて侯爵夫妻は王都から領地の屋敷に移動していた。新婚である私たちが気を遣わず過ごせるようにという心遣いであったけれど、お陰でこの屋敷に今いるのは私とブライアンと使用人たちだけ。

正直に言えば、期待していた。席に着けばブライアンが笑顔を向けてくれると。そして、「おはようアナベル。今朝は一人にしてすまなかったね」と声をかけてくれることを。

そんなことはなかった。ブライアンは私に声もかけず、食事を取り始める。食事中、私が話しかけようとするたびに、ブライアンは視線で私を黙らせた。そして食事終わりに、私に「部屋へ」とだけ指示を出して先に行ってしまった。

どこの部屋に行けばよいかも分からない私を、使用人たちが案内してくれた。……後から思い返せば、彼らも前日まで私に甘いブライアンを見ていたはずで、一夜があけて態度が豹変《ひょうへん》したブライアンに驚いたかもしれない。だが彼らはそんな様子を微塵《みじん》も見せなかった。

使用人に案内された部屋に入った私に彼は、一つの椅子に腰かけるように顎で指示をする。私が座ると、彼は対面――ではない席に腰かけて、喋りだした。

「昨夜も言ったが、私は君を愛することはない。君がこの屋敷の中で私の妻と呼ばれることは仕方ないが、君を外に連れ回して紹介するつもりもない」

「で――でも、社交は……？」

「君にはさせない。私一人で問題ないからな。どうせ君も、結婚前から大した社交はしていないだろう？」

……否定できない事実だ。自分でも、色々な人と話すのが得意ではないと自覚している。だから私はいつも同じ人と集まって話をすることが多く、顔は広くない。ブライアンと共に出掛けたときはずっとブライアンの傍《そば》にいて、私が他の人と話すことは全然なかった。

「つ、妻を連れていかねばならないものは……」

「連れていくべき場所は確かにそれなりにあるが、何も妻を絶対に連れていかねばならないわけではない。適当な理由をつけておく。君が関知することじゃない」

「……あ、あい、あいしてないと……いう、のは…………」

「ふん」

体が震え始めた私を、ブライアンは鼻で笑った。

「私が、君のような、なんの面白味もないつまらない女を、本気で愛するとでも思ったのか？せめて鏡でも見てくるんだな」

ブライアンは義父《ちち》譲りの青い瞳と、義母《はは》譲りのブロンドの髪を持っている。まさに絵本の中から出てきたと言ってもおかしくない、王子様のような容姿だ。

対する私はどうだろう。特に目立つところのない薄茶色の髪に、茶色とも黄色とも言えない微妙な色の瞳……顔立ちだって、どこにいても埋没してしまいそうな普通の顔だ。

「君に求めているのは……そう、あの飾りのようなものさ」

壁にかけられた、皿を指さしながらブライアンが言った。本来の用途として使用されることはなく、ただ見るためだけに壁にかけられた、皿。

「お飾りだよ、妻という名前のね。だが悪い話でもないだろう。昨日も言った通り、金は常識の範囲内なら好きに使えばいいさ。――ただし、このことを家族にしろ、友人にしろ、赤の他人にしろ、誰かに話してみるといい……君の家族は、以前より酷《ひど》い状態になるだろうね」

私の結婚に伴い、実家はライダー侯爵家から支援を受けている。そのお陰で弟は無事に社交界にデビューできることになったし、その下の妹たちも問題なく最初の舞踏会を迎えられるだろう。

……支援を受けるということは、自分たちの生活のその後を、相手に握らせるも同然だ。けれど私たちはそれをそこまで不安を抱かずに受け入れた。

だって、ブライアンが私を愛していると言ってくれていたから。だから実家を酷い目に遭わせるなんて想像もしなくて。

「お、お願いします、家族に、家族にはどうか……！」

彼の膝に縋《すが》りつけば、不愉快そうに鼻に皺《しわ》を寄せて振り払われる。

「君が大人しくしていればいいんだ。簡単だろう？」

――気が付けばブライアンはいなくなっていた。私もいつの間にか、用意されていた自室に連れ戻されていた。

私は部屋で一人、ぽろぽろと涙を零《こぼ》した。

……全て、全てが嘘《うそ》だったのだ。

始まりから何もかも。

ブライアンは私に一目惚れなんてしていなかった。私を愛してなんていなかった。ただ、都合が良かっただけ。

ブライアンより爵位が低く、家に問題があって弱みを握れ、けれど特に経歴に瑕《きず》があるわけでもなく、言うことを聞かせやすい性格の娘。ブライアンが結婚当初から愛人を持とうと、文句一つ言えぬ娘。外に助けを求めてブライアンを貶《おとし》める勇気もない娘……。

一人で泣き暮れて、すぐに諦めればよかった。けれど私も、妙に諦めが悪かった。

ブライアンに愛されていたあの月日を、偽物だと受け止めきれなかったのだ。

彼が屋敷から出掛けるとき、帰ってくるとき、食事のとき、様々な場面で彼に声をかけた。

「おはようございます、ブライアン様。本日はお仕事ですか」

「夜会に出掛けられるのですね、いってらっしゃいませ」

「本日はブライアン様がお好きだというものを用意していただきました」

ブライアンは私が話しかけるたびに顔を歪《ゆが》め、時にはさっさと消えろとばかりに手で追い払われもした。それでも何日もブライアンを見送り出迎えていた。

「若奥様。若旦那様は、レモンケーキがお好きです」

「まあ……そうなのね、教えてくれてありがとう」

私たちの関係を気にしたのか、侍女頭のアーリーンが、コッソリと私にそう教えてくれた。きっと何か行き違いがあって喧嘩《けんか》をしていると彼女は思っていたことだろう。私は料理人に今日はレモンケーキを用意してほしいと頼んだ。ブライアンはほとんどの場合、朝出掛けたら夜まで帰ってこないので、その日はお昼を共に取れる特別な日だった。食卓には彼が好きだという赤いバラを飾らせた。正直私はバラの匂いが少し苦手だ。実家では強い香料のようなものはなかったから、強すぎる匂いは得意ではない。けれどブライアンが好きなものだと思うと、そこまで気にならなかった。

帰ってきたブライアンは出迎えた私を無視し、食卓についた。

メインが終わった後、レモンケーキが運ばれてくる。

ケーキというよりクッキーに近い印象だ。好物が出てきたことで、ブライアンの顔が和らいだ。嬉《うれ》しくなって、つい私はブライアンに話しかけてしまった。それが悪手とも思わずに。

「レモンケーキがお好きと聞きましたので、料理人に用意するように頼んだのです。どうぞゆっくりお召し上がりください。バラもお好きでしたよね？」

私の言葉を聞いた瞬間、ブライアンはほんの僅かに硬直し、次の瞬間、レモンケーキの載った皿を弾《はじ》き飛ばした。勢いよく飛び、レモンケーキは皿から落ちて床に散乱し、落下の衝撃で皿は割れてしまった。

何も言えないでいる私を後目《しりめ》にブライアンは立ち上がり、食卓に飾られている赤いバラの入った花瓶を持ち上げると、床に叩《たた》きつけた。私の実家では一生買えない高級な花瓶が、一瞬で砕ける。

そして、彼は私の目の前でそのバラの花びらを踏みつぶした。

「二度と余計なことをするな。不愉快だ」

ブライアンは私をそう睨《にら》みつけて、去っていった。

このときに私の心は、ぷちっと潰れてしまった。幸せだった婚約期間に抱いていた幸福な結婚生活の妄想が大きかったから、余計にこの落差に耐えられなかった。

床に散乱する破片。零れた水やレモンケーキ。そして何より、踏みつぶされた赤いバラ。

――まるで私たち夫婦を表しているようだった。


それからの私は、ブライアンに対して何もしなくなった。

あの、一瞬見せた暴力性がこちらに向くかもしれないと思うと恐ろしかった。私の父は優柔不断で、家の当主として足りないところばかりの人だったけれど、子供や妻に暴力を振るったりすることは一度としてない人だった。私にとってブライアンは父以外で最も親しくなった異性であり、だからこそ彼の行動により、力のある男性に何かされれば、私は抵抗など何一つできないのだと分かってしまった。

そんな恐怖を抱いては、ブライアンを見送ったり出迎えたりなんてできるはずもない。食事だって、同じ場所で取るのが怖かった。

突然態度が変わった私に使用人たちはどう思っただろうか。分からないが、ブライアンに完全に恐怖するようになった私は、彼らと話すのも怖かった。ここはブライアンが生まれ育った場所で、私は他から来たばかりのよそ者。使用人たちの中では私の命令より、ブライアンの命令が優先されるに決まっている。そんな環境で使用人たちに心を開けるはずもない。

ブライアンは大人しくなった私に満足したらしく、あの日以降、彼が私に暴力を振るうようなことはなかった。私が命令に従うと分かると、あからさまにブライアンが屋敷に帰ってくることは減っていった。

屋敷に残された私ができることはほとんど、ない。

女主人としてするべき一番の仕事――それは屋敷を整えること。屋敷というのはその貴族家の持つ力の象徴となるからだ。基本であり、疎《おろそ》かにはできない部分。家に飾るもの、置くもの、庭の様子まで、妻のセンスが問われたりする。

だけど……私がそれをして、何になるのだろう。

この家で茶会は開かれない。ブライアンは私に社交の一切をさせないと宣言し、実際その通りにした。外で彼がどう誤魔化しているかなど知らないが、本来であれば届くだろう外からの誘いの手紙もないし、私が社交をしないことは噂《うわさ》にもなっていないのか、領地にいるだろう義父母からも何も文句は出てこなかった。

この屋敷はただ私が暮らすだけの場所。力をかけて手入れをしようとは思えなかった。

また単純に、私好みにするのも躊躇《ためら》われた。疑心暗鬼になった私は、屋敷について私が手を出したらブライアンが後から怒るのではと疑っていた。だから以前から義母と共に屋敷の管理をしていたという執事のギブソンらに、一任した。好きにしてくれと。ギブソンは少し渋っていたが、侯爵家の雰囲気はまだ分からないからと言えば、最終的には折れてくれた。

こうして屋敷の管理という仕事はなくなった。そうすると、本当にすることがない。私はただただ毎日を消費するだけの人形だった。貴族のたしなみとして刺繍《ししゅう》をしたりして気を紛らわせたが、そもそも贈る相手がいない。家族に贈れば良いのかもしれないが、新婚一年目の夫婦なのに夫以外にわざわざ贈るのも変だ。私はこれまで刺繍を趣味にしていたわけでもないし。

何がブライアンの逆鱗《げきりん》に触れるか分からず、不安を抱き、怯《おび》え、部屋の中に贈る当てのないハンカチが溜《た》まっていく。どうせ誰にもあげないのだからと、ハンカチに空いたスペースがなくなるほど針を刺したりもした。刺している間は無心になれても、気が付けば手が止まって、どうしてこうなったのだろう……と自問自答する日々。

そんな生活が、半年と少し続いた。

月に数度屋敷に帰ってくるというぐらいまで姿を見せなくなっていたブライアンが、ある日帰ってくると私を呼び出した。知らぬうちに彼の嫌がることを何かしたのかと思って怯える私に、彼は尊大な態度で言った。

「外では、夫婦仲が良いフリを必ずしろ。当然だが、このことは喋ってはならない。それを守れるのなら、多少の外出は許してやろう」

どうして急にそんなことを言い出したのか。それは今でも分からない。

だが少なくとも、私にとってその言葉は救いだった。私はブライアンの言葉に何度も何度も頷いた。絶対に外で妙なことは喋らないと誓った。約半年間、屋敷に閉じこもっていた私はもう頭がおかしくなっていたのだろう。

従順な私の態度にブライアンは満足げに頷いて、また帰ってこなくなった。

行先などどこでもいい。私は外出用の馬車に乗り込んだ。

「どこへ向かわれますか？」

貴族の女主人が一人で出掛けられるわけもなく、使用人たちが付き添ってくる。外回りには必ず付き添うと挨拶してきた従者からかけられた言葉に、特に答えが浮かばず、とりあえず「お店」とだけ答えた。

連れていかれたのは服飾店だった。義母である侯爵夫人が度々使っていた店だと従者が教えてくれたが、私は困ってしまった。

服を買うのは気が引けるので、買ったところで使う当てもない。服は本当に高い。貴族の服なんて、特にだ。だから実家にいた頃は、何年も同じ服を着ていた。

ただ入店しておいて何も買わないのは失礼だと思い、目についた帽子を購入する。

こんな外出を、しばらく繰り返していた。

一日一回、どこかの店に行っては帽子や靴を買った。服そのものに比べれば、まだ場所は取らないから。

一度も使われない靴や帽子が衣装部屋に溜まっていく。使いどころもないのに買う方が失礼ではないか。そんな風に悩み始めていたときに、店内で呼びかけられた。

「まあ、失礼。アナベル様でありませんこと？　ライダー家のブライアン様と結婚なされたお久しぶりですわね」

話しかけてきたのは結婚前、どこかのパーティーで顔を合わせたことのある女性だった。

その瞬間気が付いたのだ。店に買いに行けば、誰かと……知り合いと会う可能性があるという、当たり前のことに。

女性と話してボロが出てしまうのが怖くて、適当なことを言って店を飛び出した。

「駄目だわ、買い物は……だめ……」

店員だけならば、こちらが話したくないという空気を見せればそれ以上話しかけてくることはほとんどない。だが店に来ている客は違う。こちらがどんな態度を取ろうが関係ない。商品を選ぶことに集中したいと言っても、多少話すくらいならできるだろうと考える人だっているはずだ。そして今の私は、有名な侯爵家に嫁いだ人間。きっとあれこれと聞きたがる人間がいる。

高位貴族は店に買いに行くよりも商人を呼びつけることが多いと聞くが、こういった些細なことに煩わされないために商人を呼ぶのかもしれない――。なんとなく、そんな風に高い地位の人たちの気持ちを妄想した。

その一件以降どこかの店に行くことはなくなったが、屋敷に居続けるのはもっと嫌で。数日間はあてもなく馬車を走らせたけれど毎日それを続けるわけにもいかないし……。

そんなとき、視界に入ったのが美術館だった。

「……美術館」

あそこならば、中で会話をしたりするのは忌避されるのではないか？　そう思ったのだ。

以前の私は、ああいう芸術的なものを楽しむことはなかったし、入ったことだってない。我が家にはそんな余裕がなかったからだ。私はただ、あそこならば屋敷に帰らず、時間を使うことができるのではという思いだけで入館した。

昼間だからか、館内はそこまで人が多くはない。外から見たよりずっと広く、入ってすぐの場所から絵画が並んでいた。近くの絵画の下に書かれている画家の名前を見ても知らない人ばかり。

それでも意外と面白かった。

一枚一枚、画家の名前や、絵について説明された文章を読む。それから、絵の前に立って、絵を眺める。この絵はどういう場面を描いているのだろう。どんな風に描いたのだろう。そうやって想像を膨らませるだけでも沢山の時間を過ごすことができた。

一日だけではほんの少ししか見ることができず、私は連日美術館に通った。一週間かけて全てを見終わり美術館を出ると、丁度目の前の広場で、近くの劇場の従業員が声かけを行っていた。

「来週から、カリオーラ座の新作公演が開始するよぉ！」

そういえば劇場に足を運んだこともないと、私は思った。美術館に比べれば人に話しかけられる可能性もあったけれど、劇場にはボックス席という個室もある。そこで観《み》ることができれば、他人と話す可能性は減るだろう。

そう思って、劇場に足を運んだ。

私の想定は概《おおむ》ね正しくて、ボックス席ならば他の人と話すこともなかった。入るときと出るときに気を付ければ、ずっと座って演劇歌劇を観ることができて素晴らしかった。まあ、それから少しして、例の流行《はや》りの演劇が増え始めて、劇場からは足が遠のいたが。

同じような流れで音楽ホールにも足を運ぶようになった。もちろん、ボックス席のような座席があるホールに限られたけれど。

そんな風にして日々を過ごしていると、気が付けば私は人の少ない日は美術館や劇場、音楽ホールに足を運び、人出の多い日や疲れている日は屋敷で大人しく過ごす……という生活を過ごすようになった。各施設のオーナーたちが声をかけてくることもあったけれど、あまり話したくないという雰囲気を出せば彼らもすぐに引いてくれた。そうして一人、特別良《よ》し悪《あ》しが分かるわけでもない芸術を楽しんだ。

メラニアからの手紙は突然だった。彼女が嫁いだアボット商会の名前が薄く書かれた手紙で、何か商品の注文をしただろうかと思いながら開けば、メラニアからの手紙だったのだ。

どうやら彼女は商人という夫の仕事柄、いくつものコミュニティに所属していたらしい。そのうちの一つである芸術系のコミュニティで、ライダー侯爵家の若夫人……つまり私が劇場などに足を運んでいるという噂《うわさ》を聞いて、私の夫が許せば遊ばないかと誘ってきたのだ。

一人で出掛けるのならともかくとして、誰かと出掛けるのはブライアンの怒りを買うだろう。けれど誘いの手紙が届いた以上、無視するわけにもいかない。返事をしなくては……。

遊ぶことなど許されないだろう。きっとブライアンは怒鳴り散らすはずだ。

(……けれど、もう二度と、誰かと出掛けることもできないのでは……)

これから一生、私はこの屋敷で意味もなく暮らしていく。そうだとしたら……。

悩みながら恐る恐るギブソンに頼んでブライアンに「以前からの友人に、歌劇に誘われました。秘密は喋りません。行っても構いませんか」と連絡を取った。ブライアンは帰ってくることもなく、何かの紙をちぎったかのような切れ端で、「約束さえ守れば好きにしろ」と返事を送ってよこした。ブライアンの気持ちは分からない。考えも分からない。ただ、許可が出たことが嬉しかった。

こうして私は久しぶりに友人に会うべく、気持ちを高揚させて当日を迎えた。

——そしてメラニアと再会し、私を待っていたのは、自分が負け組になったのだという気持ちと、絶望と、そして大切な友人だと思っていたメラニアを見下して安心したいと考えていた心根の醜い己への失望だった。

第二幕

『ドロシアーナ』

勝手に争い勝手に負けた気分になって底まで落ち込んだ私の心など知る由もなく、メラニアはそれからも私をよく外出に誘ってきた。

彼女と再会した日、私はもうメラニアに会いたくないと思っていた。話しているうちについ自分の状況を喋《しゃべ》ってしまうかもしれないと思ったからだ。そして何より……幸せな彼女を見るたびに自分の現状と比較して卑屈になり、自分の中の醜い、汚い、弱い己をこれ以上、直視したくなかった。

だから私からは彼女を誘ったりしなかったのだが……メラニアはそのようなことを気にしない。次から次へと送られてくる誘い。それを断っているのにどこか他の場所に出掛けることはできないし、結局一回、また一回と彼女と出掛けた。

最初は次で止《や》めよう、なんでまた来てしまったのだろう、もう来るのは止めよう、次は断ろうなどと考えていたのに……ズルズルと付き合いが続く。

再会してから三か月ほど経《た》ち、その間にも彼女といくつもの美術館を見て回り、音楽祭に参加し、劇を観《み》た。

何もすることのない私と違い、メラニアには嫁ぎ先での仕事がある。だから毎日彼女に会っていたわけではないけれど、私の体感では、二日に一回ぐらいはメラニアに会っていたような気がしていた。実際には、週に一回ぐらいだったのだけれど。

次第に、気が楽になった。人と出掛けているのにブライアンから怒られることはなかったし、自分と彼女を比較して落ち込むより、話をすることが楽しく感じるようになった。

屋敷にいても、外にいても、自分のこれから先を悲観してばかりだったけれど…………メラニアと出掛けているときは、あまり考えなくて済んでいる。

そんなある日、いつものようにメラニアから出掛ける誘いの手紙が届いた。

——親愛なる　アナベル

今度、カンクーウッド美術館で展示会があるの。私、買いたい絵があるのだけれど、良かったら一緒に絵を見に行かない？

——貴女《あなた》の友　メラニア

最初の頃は形式や体裁というものをよく守っていた手紙も、最近ではお互い未婚の令嬢だったときのような気軽な文体となっている。お互いに結婚した身であることを考えれば良くないのだろうが、私個人としては昔のような心地になるのでいやではない。

使用人に用意してもらった紙に了解の返事を記し、返送をお願いすると、「次はいつお出掛けでしょうか？」と尋ねられた。私がメラニアと出掛けるのは日常になっていたので、使用人たちからすれば、私のもとにメラニアから手紙が来た時点で、またどこかに出掛けるのだと判断できたのだろう。使用人たちにとって主人の行動を把握するのは重要なことだ。隠すことなく日付や時間帯、向かう場所も伝えておく。


週末、私はメラニアと共にカンクーウッド美術館を訪れた。

メラニアに誘われたカンクーウッド美術館は王都有数の美術館で、規模はもちろん最大級で、様々な歴史ある美術品を見ることができる。私も既に何度も足を運んでいる。初めて赴いたときは、展示している作品全てを一巡するのに半月ぐらいかかってしまった記憶がある。もっとも、当時の私は一つ一つの作品の前で腰かけて長い時間を消費していたのが原因の一つだけれど。

それはさておき、今回赴く展示会というのは名前の通り、美術館が主催（あるいは会場提供を）している、芸術作品の展示を行っている場なわけだけれど、カンクーウッド美術館の展示会は王都では特に有名だ。規模はもちろんのこと、集められる作品の多種多様さが理由だろう。

古い有名な作家の作品や、ある程度名の知れた作家の作品だけを展示している美術館は多いが、カンクーウッド美術館では権威のある作風の物から現代の流行の物、有名な者から無名な者の作品まで、幅広く作品が集められて展示されている。ただ絵を見に来ることも可能なので、購入予定のない参加者も多い。常設されている展示品を見に来たついでに作品を見に来る人も多いだろう。

入ってすぐの背の高い中央ロビーを横切り、メラニアと共に展示会場となっている西四番のホールを目指した。展示会そのものは何日か前から行われているからか、来客の波はそこそこに落ち着いている印象だ。

今回の展示は絵画がメインのようで、並んでいるのはほとんど絵画だった。陶芸や彫刻などの作品は、見るからに少ない。絵画の大きさは様々で、0号や1号などの女性でも楽に持てそうな小さいサイズの絵画から、30号や50号に届くだろう大型の絵画まで壁に並んでいる。

「アナベル、向こうだわ」

ついいつものように入口にかけられている一枚目から見始めてしまった私に、先に進もうとしていたメラニアがそう声をかける。私は一言メラニアに謝罪をして、彼女と共に奥へと進んだ。

「あったわ、あれだわ」

メラニアの言う先では、数人の先客たちが一枚の風景画の前に留《とど》まっている。そのすぐ横には美術館の館員が一人いて、その風景画について説明しているようだった。

どこの風景かは一目で分かる。チィボン橋だ。王都の南のカンラ川にかかっている桁橋で、王都南部の入口だ。よく王都を出入りする人にとっては、王都の顔でもあるだろう。

「よろしいかしら」

館員が他の客に説明を終えたところで、メラニアが話しかける。

「こちらの絵についてですけれども」

メラニアは手元の小さな鞄《かばん》から、封のしてある手紙を取り出し、館員に渡す。館員はそれを恭しく受け取り、胸元に仕舞い込んだ。

「確かにお受け取りいたしました、アボット夫人」

「ええ、よろしくね」

メラニアはそれだけで、くるりと絵に背を向けてしまった。

「見ないの？」

「手に入ればいくらでも見られるわ」

メラニアの言葉から、私は彼女があの絵にかなりの額をつけたのだろうと思った。

展示会は普段の美術館と同じく見て回るだけでなく、気に入ったものがあれば買うこともできる。展示会に並べられている作品は、販売も兼ねていることが多いので、ほとんどの場合購入できるのだ。購入方法は先ほどメラニアがしたように、美術館の人に自分が買い取りたい作品と買取希望金額を伝えるというものだ。

ただし絶対に購入できるわけではない。

もし複数人の買取希望者がいた場合は、展示期間の終了後に持ち主や作家と美術館が話し合ってどの相手に売るかが決定する。売買は水面下でのやり取りとなるので、あまり表に出たくない人でも作品を手に入れやすい利点がある。

だが直接購入するオークションと違い、いくらで買い取れるのか……というのは、大体の相場はあっても確実ではない。オークションのように目の前で値段が提示されるわけではないから、人気がある作品ならばいくらつけても安心はできないのだ。

展示期間が終わった後に連絡が来るのは購入できた人のみ。……つまり連絡がなければ買い取れなかったということ。

結果でしか分からないし、誰に売ったのかも教えてはもらえない。そのあたりは人によっては欠点だろう。

思い入れが強く確実に欲しいと思うのならば、他人がつけそうにないほど高価な額を入れるのが安全だ。

そうまでして高額をつけても、買えないこともある。持ち主や作家本人が誰に売るかの決定をするからだ。ほとんどの場合は最も高額をつけた人に売るが、時折それ以外の理由で売り先を決める人もいるのだとか。

絵にしろ彫刻にしろ展示会で買うのは、そんな訳で難しい。なので自信満々なメラニアは凄《すご》いなぁと私は素直に思った。

「どうかしたの、アナベル。なんだか遠くを見ているわ」

「メラニアが凄いと思っただけよ」

「凄い？　いやだぁ、展示会に来たら何か買うじゃない。アナベルだってそうでしょ」

「そうなの？」

展示会に、絶対に作品を買わねばならない決まりはない。だから私は普段美術館で作品を見るのと同じ気持ちで眺めていて、買おうと思ったことは一度もなかった。

立ち止まった私に、メラニアも足を止める。彼女は頬に指先を当てて少し首をかしげながら言った。

「ううん？　……うーん、決まりがあるわけではないわ。でも貴族とか、地位のある人の多くは、何かしら値段をつけていくことが多いわよね。マナー……と言ってしまうと流石《さすが》に違うわね。暗黙の了解という感じ？　特に貴族は、美術品を沢山持っていて困るわけでもないものね」

普通の貴族夫人は、家に客を招くことが多い。そしてそのときにセンスの良さを相手に感じさせるために様々な趣向を凝らす。毎回同じでは当然ダメで、よほどお気に入りのものを除けば、その日の天気や季節、政治の風向き、招待している客などを加味して壁の絵画や招待する部屋のカーテン、敷物、果てはテーブルに椅子に使うカップなどまで気を遣う人もいるという。

私には関わりのないことだし、屋敷の中にあまり沢山物を増やしても、置く所がない。あれこれといじって、また、ブライアンに怒られたら……。

「あら、そんな不安そうな顔しなくていいわよ。決まりがあるわけじゃないのだし、貴族夫人の中には夫の許可のない買い物がほとんどできない人だっているもの。でも余裕があるのなら、無理して高額である必要はないから、手軽な物を買って帰るのも良いと思うわ。こういう展示会は開催にもかなりかかるものだしね。家の中に新しい芸術品を飾るのは、雰囲気も変えられておすすめよ。ほら、素敵な絵をベッドの傍《そば》に置けば、寝る前も起きたときも、素敵な物を見られるでしょう？」

貴族の家では、全ての最終決定権を家長たる当主が握る。当主である義父は今王都にいないから、代理で夫が握っている状態だ。だからこそ私はブライアンを恐れていたのだけれど……そういえば別に、買い物をすることは禁止されていない。ブライアンは恐らく私が買った物など気にも留めていないのではないか。もし細部まで気にしているのなら、何かしら言ってきてもおかしくないほど、私は既に色々買っているはずだが、何も言われていない。……ならば絵画も、何も言われないのかもしれない。

「私の部屋に飾る絵ぐらいなら、怒られないかしら……？」

ブライアンが、私の部屋に来るとは思えない。彼は恐らく私の部屋に興味などない。もし私に用事があるのなら、呼び出して終わりだろう。夫婦の寝室など、埃《ほこり》を被《かぶ》るような状況（実際には使用人たちが掃除をしてくれているので、いつでも使える状態だろうが）だ。私も彼もあの部屋を真面《まとも》に使ったのは初夜だけだったたし。

……買っても…………良いのでは…………？

お金を使うことを禁じられているわけではないのだし…………良いのでは…………？

心の中で自問自答を繰り返す私には最早《もはや》、近くにいるメラニアや付いてきている従者の声は聞こえていなかった。

「アナベル？　アナベル？　…………駄目だわ、始まっちゃってるわね」

「気分が悪くなられたのでしょうか。すぐに馬車を前に回します！」

「ああいえ、その必要はありませんわ、従者の方。アナベルの……癖みたいなものですよ。少し深く考え込むと、周りが見えなくなるんです。そういうときは少ししたら会話ができるようになりますから、このままにしておいて大丈夫です」

「さ、さようですか……」

だが美術品を買うとなると、事前に必要な費用を想定するのは難しい。となれば、私は今の自分が使えるお金の上限を把握しなくてはならないだろう。屋敷に帰った後、どれぐらいお金に余裕があるかを確認しよう。そう思い顔を上げると、メラニアと目が合った。

「ああ戻ってきたわね。この後はどうするの？　何か絵画を選ぶ？」

「…………いいえ、今日はいいわ」

「ならアナベルを連れていきたい所があるのだけれど…………良いかしら？」

「大丈夫よ」

元々今日はメラニアと会う以外の予定はない。

いや、そもそも私には、一日の予定というものが皆無だ。なんとなく今日はこれをしよう、明日はこれをしようと考えている程度だ。なので急に用事が入ったとしても、合わせるのは簡単だ。

「良かったわ！」

メラニアはとても嬉《うれ》しそうに微笑《ほほえ》んで、私を自分の乗る馬車に押し込んだ。最初の目的地から次の目的地に移動する場合は、いつもこのパターンになっているので、従者も慣れた様子で一人、ライダー侯爵家の馬車へと向かう。

連れていかれたのは王都に本店を構える貴族向けブランド『ドロシアーナ』の取り扱い店だった。

ドロシアーナは一年ぐらい前に立ち上がった、まだまだ新規のブランドだ。名前は知っているが、来たことはなかった。社交もしない身で、新しいブランドの服に袖を通すほど、私は服に関心が高くない。

そんな私でも名前を聞いたことがあったのは、演劇などの衣装製作にも一部関わっており、劇場で名を見ることがあったからだ。

「さあ入って！」

メラニアに背中を押されるように入店すると、高級感のある黒で纏《まと》められた店内と、揃《そろ》いの制服を身に纏った年若い男女の店員たちに出迎えられた。

「おかえりなさいませ、メラニア様」

「ええ、ただいま。ドロシアは手が空いているかしら？」

「今朝籠《こも》ったきり出てきておりません。確認させますので、よろしければ奥の部屋でお待ちください」

「分かったわ。さあアナベル、入ってちょうだい」

メラニアと店員の一人は慣れた様子でそう会話をすると、私と付き添いの従者を連れて奥へと向かう。よほど通い詰めているのだろうか？　メラニアの嫁ぎ先は服飾関係に強い商家だから、新しいブランドについても詳しいのだろうか。そんなことを思いながら、メラニアの後をついて行った私だったが、通された奥の部屋を一目見て、ギョッ、となった。

通された部屋が普通の応接間とかではないということは一目で分かった。店内はどれもこれも見るからに高級な良い素材で作られていたけれど、この部屋には敵《かな》わないだろう。少し大げさかもしれないのを承知で言えば、王族などを招いても問題がないぐらいには品格すら感じられる部屋だ。連れてこられただけの私はかなり場違いで居心地が悪い。

「め、メラニア」

「少し待っていてちょうだいね。ドロシアは調子が良いとよく部屋に籠るのだけれど、調子が悪くてもよく部屋に籠っているから。今日は多分悪いと思うの。良かったとしてもオーナーの妻が来たのだから顔を出すと思うわ」

「オーナー？」

予想外の言葉に私は目を丸くした。そんな私の反応にメラニアは意外そうに小首をかしげる。

「あら知らなかった？　ドロシアーナは夫が一年ぐらい前に立ち上げたのよ。『ザ・ローズ』のデザイナーだったドロシアを引き抜いてね」

ザ・ローズは老舗のブランドだ。高級の代名詞でもあるだろう。ブランドを表すマークは名前の通りバラで、一部のオーダーメイドを除けばほぼすべての作品に、バラが刺繍《ししゅう》されているので、一目でザ・ローズの商品だと分かるようになっている。

ドロシア……ザ・ローズで働いていたのなら、かなりの実力あるデザイナーだということは簡単に想像できるが、そんな彼女の店をメラニアの婚家が経営しているとは。

そして何故《なぜ》ここに連れてこられたのか……まあ、少し言い方が悪いが、服を買わせるのが目的だろう。ライダー侯爵家は国内でも力を持つ貴族の一つ。その若夫人が着た服となれば、多かれ少なかれ注目を集める。——普通は。

私の場合はもちろんだが、そんなことはない。

結婚後は舞踏会も茶会も、社交と呼ばれるような集まりにはただの一度も参加していない。

だから私が服を買っても、他人に影響を及ぼすことは難しい。触れられたくない話題なのでメラニアに語ったことはないが、私なんかより遥《はる》かに色々なことを聞き及んでいる彼女が、そのことを知らないとも思えない。

そうでなくても、私の恰好《かっこう》が周りから羨まれるようなことになるとは、到底思えない。

皆《みな》が憧れる女性と言えば、胸が大きく、腰は細く、尻はそれなりに大きい女性だ。細かい個人の趣味はさておき、美しい女性と言えばこの三つの特徴を兼ね備えた人のことだろう。あとは背丈もか。あまり大きすぎるのは好まれない。そこに、目立つ髪の色や目の色が加われば、無敵とも思える美人が完成する。もちろん、鼻が高い方が良いとか、肌は白くとか、他にもあるけれど、先述の要素が世の女性が目指す体形であり、それに似合う服は私には合わない。

私は幼い頃の控えめな食事の影響か、胸が小さい。腰は太くはないけれど……尻も大きいわけではないし、背丈など、女性にしては高い。胸は大きくならなかったのに、背丈だけはなぜか伸びたのだ。私より背の低い男性も少なくなく、女性で自分より高い人にお目にかかることはほとんどない。極めつけのように、髪の色と目の色は目立つ要素のない薄茶の髪に微妙な茶目。私が外を歩いていたとしても、私を真似《まね》したいと思う女性は少ないだろう。

そこまで考えて、いやいやと首を振る。言われたわけでもないのに考えすぎだ。恐らく、普通にドロシアーナの商品を多少購入する……お得意様に名を連ねてほしいだけだろう。それなら私も彼女の力になれる。だから大丈夫なはずだ。うん。

一人そんな風に考えている間に、私とメラニアの前には紅茶やお菓子が置かれた。

あまりに大物のような対応をされて少し困ってしまうが、対外的には今の私は侯爵家の若夫人。そういう対応をされるに値する立場なのだろう。実情は、全然違うのだけれど。

申し訳なさと気まずさによる居心地の悪さを感じていると、ドアがノックされた。

「失礼します」

聞こえた声は低い男性のもので、またドロシアーナの店員の誰かが来たのかなと思った。メラニアは私の目の前で紅茶のカップをそっとソーサーに戻してテーブルに置く。

「入ってちょうだい」

ドアが開くと、赤毛の背の高い男性が立っていた。一瞬不思議に思ったのは、その男性の服装が他の店員とは違ったことだ。店員たちは男女の違いはあれど、皆統一された服を着ていたのに、彼だけは違うから、もしかしたらお店の責任者なのかもしれない。

そんな風に考えている私の目の前で、メラニアは体の正面を入口に立つ男性に向ける。

「ドロシア！　待っていたわ、ほら早く中に入って」

私はバッとメラニアの横顔を見た。彼女は私の方を見てはいなくて、笑顔を男性に向けていた。

今、今、デザイナーの名前が彼女の口から出たような……気がしたのだけれど……。

「メラニア様………前触れもなく突然呼び出さないでいただけませんかね？」

少し疲れたような顔で、男性が返事をした。ドロシア、と話しかけられたのが自分だと迷ってもいないような様子で。

「あら、顔色を見るに、朝からあまり調子が良くなかったように思えるけれど」

「……ええ、まあ、確かに仕事の進捗は微妙でしたがね……」

「え…………えっ…………？」

困惑する私をおいて、メラニアはいつの間にか私の横に移動してくると、私の手を片手で握り、もう片方の手で男性を示した。

「アナベル、紹介させてちょうだい。彼はドロシア、ドロシアーナのデザイナーよ」

やはり彼がドロシアで間違いないようだ。ドロシアってどう考えても女性名だと思うのだけれど……。ああでも、本名じゃない名前で仕事をする人もいるから、そういうものなのだろうか。

疑問を抱きつつも、基本的には目上の人から目下の人に挨拶をするのが一般的なので、立ち上がって会釈をする。

「はじめまして、ドロシア様。アナベル・ライダーと申しますわ」

「……ドロシアーナのデザイナーを務めております、ドロシアと申します」

お互いに挨拶を終えると、三人全員が席に着き直す。話を始めたのはドロシアだった。

「それでメラニア様。突然の呼び出しの理由はなんだったのでしょうか」

「あら。見たら分かるでしょう？」

見たら？　と首をかしげる私に対して、ドロシアは僅かに眉を寄せた。

「……ええ、まあ、言わんとしていることは」

「うふふ、そうでしょう！」

分かっていないのは私だけのようで、困ってメラニアを見つめるが、返事が来るより先にメラニアは私の肩を摑《つか》んで私に密着しながら笑みを浮かべた。

「ドロシア、貴方《あなた》にアナベルを全身コーディネートしてほしいの！」

「え」

「承りました。どのような場での服を想定されますか？」

「えっ」

「ドロシアならそう言ってくれると思ったわ！　アナベルは美術館とか、劇場とかに行くのが好きだから、社交用のドレスより外出用の服がいいわよね。ねっ？」

「えっあっうん」

「なるほど……オーダーメイドをご希望でしょうか」

「そうねえ。もちろんオーダーメイドが一番アナベルに合うものを選べるけれど……今日のところは既製品で構わないわ」

「かしこまりました」

流され流され。急に尋ねられて辛うじて返事だけして。気が付けばドロシアは立ち上がって行ってしまった。

唖然《あぜん》としている私にメラニアはこう言った。

「突然でごめんなさいね。実は前から、アナベルの服が気になっていたの」

直接的な言葉に胸に矢が刺さったような心地になる。メラニアはいつもではないけれど、たまにそういうところがある。

それに、自覚があるので余計に辛《つら》い。

私が今着ている服は、ほとんどが屋敷の外に出ることを許可されて以降に雑に買ったものだ。店舗で購入することを止めた後は屋敷に商人を呼んではいたけれど、私に希望がなかったからか、どことなく……恐らく義母が好んでいたのだろうな、という服を持ってこられることばかりで……そして私も、ハッキリとした意思がないものだから、その中から比較的好みな服を選んでいた。義母は私と正反対の体つきの人だから……こう、どうにも……合わない上に、遠回しに言わなければ、全体的にデザインが古い感じがあった。

質は良い。ただ、今の流行とは違うだろう。社交に出ないので最先端は分からない私でも、普段出掛けていれば周りの人間の服装ぐらいは目に入る。そこから、なんとなく今の流行《はや》りも、ぼんやりと分かることは分かるのだ。

メラニアと初めて会ったときも、自分との違いに悲しくもなったことを思い出した。

「言っていいものか少し迷っていたのよ。でもね、アナベル、今服にあまり頓着していないじゃない？」

「よくお分かりですね……」

ついい敬語になってしまった。

そう、確かにかつては私も、そういうことを気にしていた。

……ただ最近は、自分の恰好は特に気にかけず侍女たちに任せきりで、今日はどこに出掛けよう、何を観に行こうとそればかり考えている。己の恰好より出掛ける目的の方に比重が傾いていて、意識することもあまりなくなっていた。気が付かれていたようだ。

「分かるわ、友達だもの。貴女が自分のできる範囲で服について悩んでいたなら口を出すのも無粋だと思っていたのだけれど……気にしていないなら、私が手を貸したいなと思ってたの、前々から！」

今まで後回しにしておいてなんだけれど、恥ずかしい。貴族夫人としては失格だ。私はそっと持っていた扇を広げて顔を隠した。

「そんなに見苦しい……？」

「見苦しいなんてことはないわよ。ちょっと古いかなぁというぐらいよ、それも私みたいな若い女だから気になる程度。もう少し上の世代だと気にしてもいないと思うわ。ただ私が、アナベルに似合う服を着てほしいというだけ」

「…………メラニア…………」

「あぁっ、今日の服は私からのプレゼントだから、代金は気にしないでちょうだいね」

「気にするわ。お金はちゃんと払うわよ」

「私がアナベルに服を贈りたいのだから、気にしないでいいの。もしドロシアーナの服を心から気に入ってくれたら、また服を買ってくれればいいから」

いいや払うと言い募ろうとしたところで、ドアが再びノックされて話が中断される。入ってきたのは店員さんで、私は試着のために呼び出されて移動した。

移動先には女性の店員さんばかりでドロシアの姿はなかった。初めての人たちばかりという状況に少し緊張はしていたものの、言われるがままに今着ている服を脱がしてもらい、渡された服を着て、着終わった後はすぐに移動させられた。移動先にはメラニアとドロシアがいて、メラニアは私を見た瞬間に、両手を合わせる。

「流石よドロシア！　アナベル、よく似合ってるわ！」

「そ、そうかしら……？」

今着ている服は、花の刺繍が全体にある明るい青地のもので、差し色のように黒と緑が入っている。両腕を覆う手袋は黒で、差し色に合わせているのだろう。

私の反応が気になったのか、ドロシアが尋ねてくる。

「ライダー夫人。何かお気に召さないところはございますか？」

「い、いいえ。とても素敵なドレスで…………その、気おくれしてしまいますわ」

「そうでしょうか。とても美しく着こなされていますよ」

服を売る人だからそれぐらいの言葉は出てきておかしくはないのだけれど、異性に見た目について言及されるのはブライアン以来のことで――。気持ちが少し浮ついてしまう。

「正直に言うともう少し濃い色の青が良かったのですが……ライダー夫人の背丈を考えますと、丁度良いものがなかったものでして。申し訳ありません、メラニア様」

「なるほどね」

そうメラニアが頷《うなず》いた後、妙な沈黙が部屋に流れた。

「…………ドロシア。しばらく大きな予約はなかったわね」

「はい、メラニア様」

嫌な予感がする。

「私が許すわ。アナベルに似合う服を見繕ってくれるかしら。オーダーメイドでいいわよ」

「かしこまりました」

「待って、待ってメラニア。そこまでしなくていいわ、既製品で十分よ！」

「では申し訳ありませんがライダー夫人、少し採寸をさせていただきますので、こちらへどうぞ」

「ねえ聞いてちょうだいな！」

私の主張はむなしくも聞き入れられず、私は全身を採寸され、ついでにと服だけでなく小物の類や靴などもあれこれと合わせられた。あれが似合う。これが似合う。あの色がいいのではスカートはもっと大人しめに、シルエットを絞ってなどと私だけをおいて話は進んでいき、メラニアとドロシアだけでなくドロシアーナの店員たちも続々と参加してきて……収拾がつかなくなっていった。途中からは全てを諦め、私は大人しくマネキンとして立っていた。

本当は私自身も一緒になってどんなドレスがいいかなどの希望を言えれば良かったのだけれど、今の私の中にはそのような希望もなく。大人しく、友人の気が済むまで耐えるしかなかったのだった。

最終的には元々着ていた服に着替え直し、メラニアからプレゼントだと最初の青の外出用ドレスと、それに合う小物一式を手渡されることとなった。それをずっと付き添っていた従者が馬車まで運び、従僕《フットマン》と共に馬車に積み込む。それなりに量はあったけれど、男性だからか、二人は軽々と荷物を積み込んだ。

結局メラニアに固辞されて、代金は払えなかった。

屋敷に帰ったときには、既に時刻は夕方近くになっていた。

「おかえりなさいませ、アナベル様」

「ええ、ただいま」

顔馴染《かおなじみ》となった使用人たちと挨拶を交わしながら、外行きのドレスを脱いで室内着になる。

コルセットを外すときはいつでも解放感がある。

着替えを終えた後はすぐに夕食を取った。

それからベッドに戻ったところで、やっと私は思い出した。

「そうだわ、お金」

ベッド脇に置いてある小さなベルを鳴らすと、すぐに侍女が飛んでくる。彼女に執事頭であるギブソンを呼んでほしいと頼めば、少ししてからギブソンは数人の侍女と共に私の部屋までやってきた。

「お呼びでしょうか、若奥様」

ギブソンはいつもと変わらない、丁寧な態度でそう尋ねてくる。

ちゃんと彼と向き合って話をするのは、結婚後ではこれが初めてかもしれない。彼も、この屋敷の他の使用人たちも、私をわざと蔑《ないがし》ろにするようなことは一度もなかったのに。

そんなことを考えつつ、ドロシアーナでの一件で忘れていたことを彼に尋ねるのだ。

「突然こんなことを尋ねてしまって申し訳ないのだけれど……私が使えるお金は、今どれくらいある……の、かしら……」

聞きながら途中で思った。最初に説明を受けていたのではないか？　と。彼に二度手間というか……失礼なことを聞いたのではないかと。

ただ、説明を受けていたとしても覚えていない、のだ……。結婚直後の記憶は……細かいことを思い出そうにも、それ以上に衝撃的なことばかりが思い出されてしまい、曖昧だ。結婚後がそんな調子なので、結婚前など、もっと記憶がない。……あの頃の私は浮かれきっていて、世界が幸せそのものので、自分はまるでおとぎ話の主人公になったかのような心地でいた。

ああ、関係ないことにすぐ意識がいってしまう。悪い癖だ。

そう思いながら、今に意識を戻す。ギブソンの表情から彼の感情を読み取ることはできなかったけれど、返事はすぐだった。

「正確な金額は、申し訳ございません、確認しませんと……」

「ああ、大体、大体でいいのよギブソン。そんな詳しくなくて大丈夫なの」

ギブソンが付いてきていた侍女の一人にサッと視線をやっていたので、慌てて止める。もう夜になっているのに、こんな時間からあれこれと資料を探させるのは申し訳なかった。

「大体でよろしいのでしょうか？　それでしたら……そうですね、王都で屋敷を二つぐらいは問題なく買えるかと」

「…………………ごめんなさいギブソン、もう一度言ってもらえる？」

「はい、屋敷二つ分ぐらいはございます。何かご購入したいものがおありですか？」

私はギブソンの質問に、すぐ答えられなかった。

屋敷……屋敷、二つ分？

王都で家を簡単に買える……そんなにお金があるの？　私。

「……冗談などでは…………ないのよね？」

「もちろんでございます。若奥様は結婚からしばらくの間、あまりお金を使われませんでしたので、その分のお金が余剰分として、若奥様個人の資産として残っております」

侯爵家、恐ろしや。

確かに結婚から半年間ぐらい私は何もしていなかったし、そのあともいくらか服などを買ったぐらいで、特にお金のかかる舞踏会やら茶会やらには参加もしていないから、多少はお金があるとは思っていた。とはいえ美術館に行ったり演劇を観たり、それなりにお金は使っていたはずだ。それでも普通に屋敷が二つ買えるぐらいのお金が残っているというのだ、私が自由に使っていいお金として。

「一応確認させてちょうだい。その…………そのお金を使って、ブライアン様に怒られないかしら？」

「そのようなことはありえません。こちらは、若奥様がお使いになられるためのお金ですので」

ギブソンは不思議そうな顔をした。それもそうだろう。今まで特に気にせずお金を使っていたのに、今更怯《おび》えるなんておかしな話だ。私は少し恥ずかしさを感じながら、夜遅く呼び出したことをギブソンたちに詫《わ》びてから、一人ゆっくりと寝た。

明日することを決めて。

第三幕 『デイジー』

翌朝、起きた直後に世話に来てくれた侍女に出掛けることを告げた。

食事を取り、侍女たちに手伝ってもらって着替える。昨日ドロシアーナで貰《もら》ったばかりの青いドレスの袖に腕を通した。新しい服だったから、なんだか別人になったような気持ちだ。

「若奥様、よくお似合いでございます！」

「ありがとう」

侍女の言葉に少し恥ずかしくなりながらそそくさと用意されていた馬車に乗り、私はカンクーウッド美術館を目指した。

目的はもちろん、展示会。

昨日と同じく、人はいるもののそれぞれの作品の前に一人いるかどうか。四、五人集まると人が多いなぁと感じる程度だ。入口に行けば覚えのある顔の人が入館の手続きをしてくれた。

対応するのは私ではなく、私が外を出歩くときにいつも付いてきてくれる従者だ。

連続で展示会に来た理由の一つは、昨日はそこまでゆっくり見られなかったから。昨日は、メラニアの目的の絵画までほぼ一直線に進んで、それが終わり次第すぐにドロシアーナに向かった。だからちゃんと見られた絵画が本当に少なかったので、今日はゆっくりと絵画を見て回りたかった。

もう一つの理由は、何か絵画を買ってみようと思ったから。画廊などに足を運んでも良かったのだけれど、絵画を買おうと思った最初の切っ掛けがカンクーウッド美術館の展示会だったから、ここの絵画の中で何か買ってみようと思った。

実際に買えるかは分からないけれど、手に入らなかったらまた別のものを買ってみれば良い。正直なところ、私にはどの絵画が良いもので、どの絵画が悪いものかなんて、分からないのだ。

沢山見ているうちに分かるようになるものかと思っていたけれど、そういうわけでもないと知った。未《いま》だに絵を見て思うのは、綺麗《きれい》だなとか、それぐらいの感想だけだ。あるいは好きか、そこまで好きにならなかったか。

そんなことしか感じられないからか、美術館に行くときも、欲しいという感情を持ったことは一度もない。そもそも欲しいという感情を向ける対象として見ていなかったところはあるが……。いやまあ、……無理して欲しくもないものを買っても意味がないけれど…………メラニアと会話をして、買ってみたいと思った。だから何か、買えたらいいな、という気持ちで私は展示会の作品を見ていった。いつもの通り、入口の絵画から順番に。

　大分時間が過ぎていき、半分ぐらいの絵画を見た。

　王都の街並みを、王家の人々が住む宮殿を中心に描いた巨大な絵画は流石《さすが》に圧巻だった。細部の壁の質感も、まるで本物の石のよう。作者の名前は、よく見たことのある名前だ。今の王都でもかなりの人が知っている有名な画家で、その人の新作だろうこの絵画を展示できる、カンクーウッド美術館の力の凄《すご》さを感じる。

　その隣にも、王都の絵と同じ大きさで、こちらは港町を描いた絵が飾られている。濃い青に惹《ひ》かれて歩く私は、その巨大な二枚の絵の間に、ポツンと小さな絵が飾られていることに気が付いた。この展示会の中でも特に大きい二枚の絵に挟まれていたから見落とすところだった。どうしてこんな見落とされそうな所にこんな小さな絵が飾られているのか。不思議に思いながら、その絵画に目を向ける。

　光るような黄色が目に飛び込んでくる。

　黄色い花の絵画だった。

　暗く濃い緑の壁に、赤褐色の机が置かれている。その上に、白い花瓶が置かれていて、その中に数輪の黄色い花が飾られている。細長い花弁が一枚一枚少しずつ違う開き方をしていた。花に詳しいとは言えない私だけれど、それでも私はデイジーの花だと理解できた。

　窓から光が注いでいるのか、花弁の一枚一枚が、まるで黄金に輝くかのようで。

――その花が、私に声をかけてくれたような気がした。

あと少しで花に気が付かず通り過ぎようとした私に、ただ優しく挨拶をしてくれたのだ。無責任で、勇気もない、力もないちっぽけな私を見つめて、声をかけてくれた。

どれぐらいその絵の前に立っていたか分からない。

私はゆっくりとあたりを見渡して美術館の人を探した。そして一番近くにいた口ひげが印象的なアッシュグレーの短髪の男性に声をかけた。

「ごめんくださいな」

「はい、なんでございましょうか」

ニコニコと笑みを浮かべた男性は私の呼びかけにすぐ反応をしてくれて、近づいてきてくれた。

「この……その」

そういえばなんと言って買えばいいのだろう。考えが及んでいなかった。

メラニアのやり方を考えれば、恐らく事前にどのぐらいの金額かを記入して渡すのだろう。でもどれぐらいの金額がいいのか。それも考えていなかった。

黙り込んでしまった私に、男性は笑顔のまま説明を始めた。恐らく、絵の解説を望んでいると思われたのだろう。

「こちらの『デイジー』はガーデナーという絵描きの描いた絵なのですよ。ガーデナーは自然、そして花を愛する画家でございましてね。色々な花や自然の風景を描いております」

「……………そうなのですね」

ガーデナーという名前には覚えがあった。今まで特に意識したことはなかったけれど、何度か参加したカンクーウッド美術館主催の展示会で見た記憶がかすかにある。確かに、そのどれもが自然を描いたものだった……ような気がする。

そんなことを考えていると、そっと私の斜め後ろから従者が囁《ささや》いてくる。

「購入なさいますか」

助け船だった。私は慌てて頷《うなず》く。

「そ、そうね。ええ、そうしたいわ」

「ありがとうございます、夫人。ガーデナーも喜びます」

私と従者の声が聞こえたのだろう、男性はニコニコとそう言った。

従者が私の後ろから、男性の横へと移動する。二人は私から三歩分ほど離れた位置で何かを話し始めた。何を話しているかは分からないけれど、私は彼らの会話が終わるのを待っている間、またデイジーの絵を見つめる。

この絵を見つめていると、なんだか心から力が抜けて息ができるような気がした。どうしてそう思うのかは自分でも分からないけれど。

メラニアは好きな絵を毎日見られたら素敵だろうと言っていた。その気持ちが今は想像できる。この絵を毎日見ることができたなら、私の心はもう少し穏やかな気持ちでいられると……そう思った。

カンクーウッド美術館の展示会で絵の購入を試みてからひと月が経過した。

先日、展示会が無事に終了したことを知った。そうなると、順次どの購入希望者に作品を渡すかが持ち主や作家と相談されて、決まり次第連絡と共に作品が届けられることになっている。

『デイジー』は買えたのだろうかと不安を覚えて仕方ない。

ぼんやりと『デイジー』に思いを馳《は》せていると、ギブソンが部屋に入ってきて私に声をかけた。

「若奥様。ドロシアーナの者が到着いたしました」

「……今日だったわね」

『デイジー』のことを考えすぎて、たまに近い記憶が飛んでしまうのは問題だろう。私は頭を軽く振って、ギブソンに「今行くわ」と返事をした。

ドロシアーナのドロシアから、服をお届けしたいと連絡があったのが数日前のこと。

メラニアとドロシアが服を仕立てるとか選ぶとか言っていたけれど、まさか本当に選んで持ってくるとは思っていなかった。

あの日ドロシアに見立ててもらった青いドレスは私も結構気に入っていて、定期的に着ている。だから普通にドロシアーナに買い物に行くか、持ってきてくれるように頼むつもりでいたのだが、私よりも相手の動きの方が早かった。

侍女たちと共にギブソンに案内された部屋へと向かう。

「…………」

「まあ、凄いですわっ」

部屋に足を踏み入れた私が言葉を失ったのに対して、近くにいた侍女たちは感動したように声を上げる。やはり女性だから、服とかが好きなのだろう。しかもこの屋敷の侍女たちは若い人が多い。皆《みな》、頬を紅潮させて、ドロシアーナから届いた商品たちを見ていた。

通された部屋は、普段はダンスなどの練習用として用意されている板張りの部屋だ。そこに無数の服や帽子、靴、傘を始めとした付属品などが所狭しと並んでいる。持ち込まれた量故に、衣装部屋などではなく、いったんここに運ばれたようだ。

「これ……は……」

「ライダー夫人、突然の訪問をお許しいただき、ありがとうございます」

呆然《ぼうぜん》としていた私の目の前に、赤毛が飛び込む。

「ドロシア様……」

「私に敬称は不要です、ライダー夫人」

ドロシアーナのデザイナー、ドロシアがそこに立っていた。彼は恭しく私に一礼する。

「こちらは当ブランドのオーナー夫人より、ライダー夫人へと贈らせていただく服一式でございます」

一式というレベルではない。それにとてもではないが、贈り物の範疇《はんちゅう》も超えている。ここにある服だけで小さい服屋が十分に開けるレベルだ。

「主に夫人が美術館や劇場などに足を運ばれることを想定し、外を歩くのに相応《ふさわ》しい装いをご用意いたしました。全てをオーダーメイドではご用意できず……力不足で申し訳ございません」

「力不足なんて、そんな……待ってください、ドロシア、さ……。……ごほん。先ほどメラニアからと言いました?」

「はい。こちらは全て、メラニア様よりライダー夫人への贈り物となります」

なんてこと。

服というのは安くない。平民の多くは出費を抑えるために、新しい服を買うのは一年に数度だけにしている家も少なくはないという。軽々しく新調するのは金銭的に厳しいと、何度も繕うのだ。

私の実家も、一番酷《ひど》いときはそうしていた。貴族としては恥ずかしい限りだが、そうでもしてお金を浮かせなければ生活も厳しいぐらいだったのだ。まあ、そのレベルの困窮をちゃんと覚えているのは兄弟の中でも私ぐらいだし、今はライダー侯爵家からの支援もあって持ち直しているけれど。

私は数度呼吸をしてから、ギブソンに視線を向けた。声をかけずとも、彼はすぐに反応してくれて、私のすぐ傍《そば》まで移動してきてくれた。

「ギブソン。お金の準備をしてちょうだい」

「かしこまりました」

ギブソンはすぐ部屋から出ていく。ドロシアは私とギブソンの会話を聞いて少し慌てた様子で物申してきた。

「ライダー夫人。いけません。お代の方は、メラニア様からいただいております故」

「いいえ。お支払いさせていただきます。必ず、代金は持ち帰ってくださいませ」

「ライダー夫人。お気持ちは嬉《うれ》しいのですが、そのようなことをすれば私共がメラニア様から叱られてしまいます故」

ドロシアからすれば困った話だろう。私とメラニアに挟まれる立場だからだ。彼に迷惑をかけたいわけではない。それでもこの量を、何の力もない私が無償で貰っていいはずがない。この服を社交界で着てみせて、外に広めるというのならともかく……それができないのなら、せめてお金はしっかりと払うべきだ。

ギブソンが戻ってきた。

「金額が分かり次第、代金は準備できます」

「ありがとう、ギブソン。……ドロシア。ドロシアーナの服はどれも素晴らしいものですわ。

それを無償で頂くなど、ライダー侯爵家の名に瑕《きず》がつきかねません。メラニアには私からも手紙を用意いたしますので、それを持ち帰りお渡しくださいませ。それでもと言うのなら、次に会うときに私が直接説得いたしますが……」

私個人としても申し訳ないし、ライダー侯爵家としても無償で貰うなど許されない。

メラニアの性格から考えて、ドロシアたちがお金を貰って帰ったとしても怒ることはないだろうが、それでも彼らが安心できないのならこう付け加えよう。

「……そうですわね。もし納得しないのなら、メラニアにはこうお伝えくださいな。ライダー侯爵家が、これらの服の代金を即支払う甲斐性《かいしよう》もないと言うの？　と」

お義母《かあ》様やお義父《とう》様を思い浮かべながら、真似《まね》するつもりでそう言うと、ドロシアは観念したように頭を下げた。

「かしこまりました。メラニア様にはそのようにお伝えいたします」

「ええ、よろしくね」

良かった。これで丸く収まったと言えるだろう。

細かい値段は聞かず、金額のやり取りはギブソンに任せたけれど、大丈夫だと思う。何せ家を二軒ぐらい買えるだろうお金を私は自由に使えるはずなのだから！

侍女たちが私の衣装部屋に、購入した服を運び込んでいく。私の服たちは季節に合わせて部屋を分けてしまわれている。

今回ドロシアが持ち込んできたのはほとんど今の季節と次の季節にかけて着られそうなものだったので、主に今使っている衣装部屋に服たちは運び込まれた。

そこで気が付いたのが、一時期意味もなく靴や帽子を中心に買い込んだから、衣装部屋には既に結構な量があるということだ。

実家で暮らしていた頃の私が見たなら感動して騒ぐぐらいの量であるが、侯爵家の女主人として考えるとまだまだ量は少ないだろう。

でもそれも、社交を常日頃からするなら、という前提付きの話。

もちろん外に出る以上は人の目を気にする必要があるが、社交界ほど張り詰める必要はない。

そう考えると、ドロシアーナからこれほどの量の服や付属品を新たに買った今、二度と着ない服や、二度も履かない靴、使わない傘や帽子など沢山のものがあぶれるだろう。

それでも気にしない貴族夫人は沢山いるだろうが、私は少し気にしてしまう。

「アーリーンを呼んでくれる？」

「かしこまりました」

すぐ傍にいた侍女に声をかければ、少ししてこの屋敷で侍女頭を務めるアーリーンが現れた。

アーリーンは第一印象からして生真面目そうだなと思った人で、実際、この屋敷に長年真面目に勤め続けている女性だ。

「お呼びでしょうか、若奥様」

「ええ。服のね、選別をしたいの。それでね、私が使わないと思った服や靴なんだけれど……もし欲しいという人がいれば、使用人のみんなに譲ろうと思っているの。……良いかしら？」

使わないものを捨ててしまう人も少なくないが、同じように要らなくなったからと屋敷で働く人に渡してしまう話もよく聞く。だからそれをしてみようと思ったのだが、勝手なことをして不興を買いたくはない。

お義母様にわざわざそんなことを尋ねるのも気まずいので、長く勤める彼女に許可が貰えれば譲っても大丈夫だろうと考えたのだ。

アーリーンがどんな反応をするか内心少しドキドキしていたが、私の話を聞いたアーリーンはあっさり頷いたので、どうやら問題なかったようだ。

「かしこまりました。服の選別はこの後行いますか？」

「ええ、アーリーンたちの手が空いていれば、すぐに」

「問題ありません」

アーリーンが普段服を管理している侍女たちを呼び集める。既にしまい込まれているドロシアーナの新品の服たちはほとんど固まって置かれていたので、他の服との差が分かりやすかった。ありがたい。

まずドロシアが本日持ち込んできた服にどんなものがあるかを確認する。ドレスの種類、色、後はどのような場面で着ていけそうか。それに合わせられる靴や帽子に鞄《かばん》など。それからネックレスやイヤリングなどのアクセサリー類も確認する。今後も使えそうなものは残す予定なので、基本となるドロシアーナの服たちを把握する必要があった。ちなみに組合せなどは私はよく分からないので、服担当の侍女たちに一任する。

それが終わってから、元々持っていた服や靴を見ていく。

まず思ったのが、ドレスの数よりはるかに靴や帽子、鞄などの小物が多いということだ。服よりも小物を買っていたという自覚はあったが、こうして改めて見ると本当に数が多い。服が一だとすると、靴は三ぐらいあるし、帽子は四か五ぐらいありそうだ。多少気に入って使っていたものもあるが、ほとんどが買うだけ買って一度も使っていない。

まずはそういう品から譲ると決めた。使われていないものなら、譲られた人も気持ちよく使えるだろうと。

靴は足のサイズが合わなければ履けないと思うが、なんとかなるだろう。足の大きさは背の高さに比例するなんて話もあるが、私の場合はあまり当てはまらない。私は背丈こそそこらの女性よりあるけれど、足の大きさは普通ぐらいなのだ。だからオーダーメイドをしなくても、店頭で簡単に靴が買えた。

沢山の靴が衣装部屋から運び出されていく。

次は帽子だ。

こちらもやはり、買ったは良いが、一度も被《かぶ》っていない物が多い。色とりどり、様々な形の帽子があったけれど、ここまで沢山は必要ないと思う。

ドロシアが持ってきた商品の中にも帽子は沢山あって、これから先あちらの服を主に着るのならばあまり合わせることもないかもしれない。

そう思いながら、被った記憶もない帽子たちは侍女に手渡していった。

同じ要領で鞄や傘も、繰り返し使うぐらいには気に入ったものを除き、ほとんど全てを衣装部屋の外に出してしまう。

仕分けが終わったそれらを見て、靴や帽子の専門店でも開けそうだと思った。商品に偏りが随分あるけれど。

「アーリーン、後はお願いするわ」

「かしこまりました」

なんだか疲れてしまった。思ったより体力を消費したようだ。

いや、私の体力が落ちただけかもしれない。

昔は生活するためにはある程度、自分のことは自分でしなくてはならなかった。

今は朝起きてから夜寝るまで、自分ですることと言えば歩くことや食べることぐらいか。社交界に積極的に出る人ならば、長時間歩き回ったりダンスをしたりするために体力を維持することもできるだろうが、私のように一日座るか少し歩くかしかしないのなら、体力が落ちるのも当然のことだろう。

今日はもうこれで休んでしまおう。そう考えた。

カンクーウッド美術館で私が声をかけたアッシュグレーの短髪の男性がライダー侯爵家に訪れたのは、ドロシアーナから大量の服や付属品が届けられた数日後のことであった。

「長らくお待たせいたしました、ライダー夫人。こちらが夫人が購入された、ガーデナーの『デイジー』でございます」

事前にしっかりと来訪の連絡があり、カンクーウッド美術館からやってきた男性は、そう説明しながら丁寧に運んできたのだろう平べったい形の箱を差し出してくる。

私の方へと差し出された箱を、ギブソンが受け取る。そして箱の中から小さな絵画が取り出された。

あのデイジーだ。

黄色の花が私の顔を見つめている。

「……間違いありませんわ。お届けくださり、ありがとうございますブロック館長」

そう声をかけると、男性――カンクーウッド美術館のブロック館長がニコリと笑う。

品を受け取った後で、私は館長に対して謝罪をした。

「先日は申し訳ございません。私、失礼ながらお顔を存じ上げなかったもので、まともなご挨拶もせず……」

先日声をかけたとき、私は彼がカンクーウッド美術館の館長だと知らなかった。館長の名前がブロックというのは聞いていたのだけれど、顔を存じ上げず、自発的に知ろうともしていなかったのだ。

後日、私が外出時にいつも付いてきてくれる従者の彼がアッシュグレーの短髪の男性の素性を調べ、私に報告してくれたのだ。何度も足を運んでいる美術館の館長に対して、まともに挨拶一つしなかった……なんてことだろうと顔が蒼《あお》くなってしまった。従者の彼は、何故《なぜ》把握していないのだとギブソンから叱られたようで申し訳なかった。

私の謝罪にブロック館長は両手を体の前で横に振りながら、カラリと冗談を口にする。

「お気になさらないでください、ライダー夫人。自分で言うのもなんですが、あまり特徴のない顔の男ですので、気が付かれないのは当然のことでございますよ」

心中はともかく、彼が大事にするつもりはないと態度で示してくれたのは嬉しかった。

「それにしても、館長ご自身がわざわざ届けてくださるとは思わず少し驚いてしまいました。私、展示会で絵を購入するのはこれが初めてだったのですけれど、いつも館長がお届けされているのですか？」

「まさかまさか。普段は美術館の館員や、持ち主や作家本人が責任をもって購入者の方にお届けしておりますよ。ただこの絵は私も少し思い入れがありましてね……必ず、無事にお届けしなければと思っていたのでございます」

「そうなのですね。素敵な絵ですものね……」

そう言いながら、私はデイジーを見つめた。

……暖かい花弁の光が、私に向けて輝いている。

ああ、いけない。今はお客様の対応をしているところだもの。

「大切にいたしますわ。ありがとうございますブロック館長」

「こちらこそ、此度《こたび》は『デイジー』をご購入いただきありがとうございます。これからもカンクーウッド美術館に足を運ばれてください」

ブロック館長が帰った後、私は黄色のデイジーの絵を、寝室の壁に飾った。メラニアが、寝る前や起きてすぐに見られたら……と言っていたのを思い出してだ。

この出来事以降、私は様々な美術館の開催する展示会に足を運び、その中で欲しいと思える作品を購入するようになった。

「素敵な絵だわ」

「この花瓶、白い花に合いそうね」

「この絵画を購入しましょう」

もちろん、何でもかんでも買うわけではない。

展示会を全て見て回って、それで二度見たいと思ったものをもう一度見て、それから更に欲しいと思ったもの、家でも見ていたいと思ったものを買うように努めている。家に持ち帰ってから、必要でなかったと思ったりしたら、その作品を真剣に作った作家さんに申し訳ないから。

展示会での購入だから、必ず買えるわけではない。

欲しいと思っても、手に入らないこともあった。でもそれも展示会の醍醐味《だいごみ》だ。

きっと私よりもずっとその作品を欲しいと熱烈に思った人の手に渡ったのだろうと思うと、手に入らなかったからと苛立《いらだ》つこともない。

そうして展示会を回りまくった結果、購入した作品によって私の部屋の壁は埋まり、部屋のスペースも多くが侵食されることとなった。

「若奥様……ご購入された絵画や彫刻や陶芸ですが、屋敷内に置いてはいけませんか？」

そう私に物申してきたのは、主に私の身の回りの世話をしてくれている侍女のジェマだ。

ジェマの言葉に、私は眉を寄せながら質問する。

「……そうした方が良いかしら……？」

「一つ一つは素敵な作品でも、これほど集中してしまうと目が散ってしまって、ゆっくりと鑑賞できない状態になると思います。若奥様が集められた素敵な作品を、屋敷の様々な場所で落ち着いて鑑賞できるようにいたしましょう！」

後頭部で一つに纏《まと》めて結い上げているダークブロンドの髪が、彼女の力強い頷きと共に揺れる。

彼女の言う通りだと、納得した。

寝室も、私室も、購入した作品で埋まってしまっている。

目立つのはサイズの大きなものだけで、せっかく購入したけれどサイズの小さな作品は目立たなくなってしまっている。

どれも欲しいと思ったものだけれど、これでは可哀想《かわいそう》だ。

「……でも……」

でも屋敷の中に置けば、突然帰ってきた夫がそれを見ることになる。気にしなければいいけれど、もし夫が新しい絵画に興味を持って、それで誰が購入したのかとか考えだしたら…………。

黙り込んでしまった私に、ジェマが声を控えめにしながら問いかけてくる。

「若奥様は何を気にかけておられるのでしょうか。どうかジェマに教えてくださいませ。主人のお悩みを解決するのも、傍仕えの仕事です」

ジェマの言葉に私は俯《うつむ》く。私の不安の理由は夫なので、彼らに気軽に話すことは難しかった。

私が話さないと考えたからか、ジェマは別の提案をしてくる。

「では若奥様。現在使っていない部屋に一部を移すというのはどうでしょうか？」

「……使っていない部屋？」

「はい。この屋敷は広いので、普段使われていない部屋の方が圧倒的に多いのです。そちらの部屋でしたら、若奥様も見たいときに自由に見に行けますし、普段は誰にも見られません。全

て を 移すのではなく、いくらかそちらに移してはどうでしょうか。それから、定期的に部屋に飾る絵画を交換するのです」

それは良い提案に思えた。普段使っていない部屋ならば、夫が行く可能性も低い。

ジェマはもしかしたら、私が独占欲が強く手元に置きたがっているとでも思ったのかもしれない。実際はそうではないが、わざわざ訂正はしない。

夫は、屋敷に帰ってこないのが標準となっていた。

帰ってきたとしても、私が出掛けている日を選んでいるのか直接会うことは一度もなかった。帰宅は屋敷でなければ処理が難しいような書類が目的なので、一直線に執務室へ向かい、仕事が終わり次第すぐ出掛けているとギブソンや家令のソラーズから聞いていた。

普段は部屋に鍵をかけたりすれば、良い感じに夫を避けることができるかもしれない。

「……それなら良いかもしれないわ」

「本当ですか、若奥様」

「ええ。絵画が傷んだりしない、ちゃんとした部屋に置きたいわ」

「お任せください、侍女頭に相談してすぐに部屋を選別いたします！」

ジェマは元気よく返事をして、部屋を出て行った。

その数分後にはアーリーンを伴って戻ってきたので、あまりの速さに驚いてしまった。

「ジェマから話を伺いました。絵画を飾るのに相応しい部屋をいくつか選んでおります。よろしければ、移す前に若奥様にも確認していただけますでしょうか」

そう言ってアーリーンやジェマに案内された部屋は様々な種類があった。使われていないゲストルームもあれば、普段はいくらかの家具が保管されている部屋などもあり、本当に余っているらしく何も置かれていない部屋まであった。

そのどれも、風通しも良いし、絵画を飾る場所は太陽光にも晒《さら》されない。ライダー侯爵家の使用人たちならば、普段の手入れもしっかりと行ってくれるだろう。部屋から移動させるのに不安はなくなった。

「どれを移動させようかしら……」

この二か月間で私が調子に乗って購入した絵画の枚数は…………今何枚か、自分でも分からない。二十ぐらいまでは数えていたのだけれど、それ以降は数えるのを止《や》めてしまっている。枚数は分からないが、一つ一つの作品はちゃんと覚えている。

例えば今まで購入した中で一番大きい絵画は、秋のデリンヴァ山が描かれたものだ。これはネイザーという名前の画家が描いたものだ。

国内を旅するだけでも大変だが、国外となるともっと大変になる。ネイザーはこの国出身であるが世界各国を旅し、その土地その土地の絵を描く画家だ。知らない土地を見ることができるのが嬉しくて、私はネイザーの絵をいくつも購入していた。デリンヴァ山も、隣国の隣国にある山だから、恐らく私が直接見ることは一生ない。

……他にも、川の絵もあるし、遠い異国の村の絵、どこかの国の祭りを描いた絵などもある。それらの場所にも、私が行くことはないだろう。だからこそ欲しくなる。

絵画以外では、いくつか彫刻もある。あまり大きい物ではないけれど、主に動物の彫刻を作っているクラックスの作品ばかりだ。

最初に購入したのは跳ねる魚の彫刻だ。三十センチをゆうに超える魚が、勢いよく跳ねている。彫刻を見ていたときに美術館の方が説明してくれた内容によると、その魚は実際に見た大きさを忠実に再現しているらしい。

クラックスは動物の中でも水生生物が特に好きなのか、他ではあまり見ないものをよく作っている。細長い魚とかもいるけれど……これも実在する魚と説明されたときは、信じられなかった。とても細長いし。アナゴ？　というらしい。

花の絵は、ガーデナーの絵ばかりだ。

私が初めて買った、デイジーの絵。あれを描いた画家であるガーデナーの描く花の絵は、どれも本当に素敵なものばかりで、いつの間にか彼の絵が増えていった。とはいっても彼の名前だけで買っているわけでは全くなく、見回って欲しいと思った花の絵の多くが、ガーデナーのものばかりだったのだ。

彼の絵はカンクーウッド美術館でよく見かけるので、カンクーウッドの展示会に出掛ければ、高い確率で目に入ったのも理由の一つかもしれない。

最初の頃はガーデナーも小さな絵を描くことが多かったのか、女性でも簡単に持てるサイズのものばかりだった。しかしこの二か月のうちにだんだん大きいサイズのものも見かけるようになっている。大きい絵だと、沢山の花が画面に描かれ華やかだ。

他にも前々から有名だったドリューウェット、ヘインズビー、オートレッドらの絵もあるし、その他多くの画家の描いた絵が、手元にはある。

「デイジーと、デリンヴァ山と、あとやっぱり魚は残しておきたいわ」

それぞれ一目惚《ひとめぼ》れのようにして買ったものだ。デイジーは見ているだけで穏やかな気持ちになれるし、デリンヴァ山は見ていると少し寂しい雰囲気もあるが、見続けていると優しい気持ちにもなれる気がする。魚の彫刻は、見ると元気になれるのだ。理由は分からないけれど。

結局、寝室にはガーデナーのデイジーの絵と、数枚の比較的小さな絵画だけが残された。

そして日中過ごす私室の方に、ネイザーのデリンヴァ山を描いた絵画を飾り、それと色合いの合いそうな暖色の絵をいくつか飾る。部屋の出入口の横に、魚の彫刻を置いた。

他の絵画や彫刻たちは、事前に下見をした部屋たちに飾られた。

今はとりあえず移しただけだけれど、執事のギブソンを始めとした屋敷の管理をしている使用人たちに、ある程度の移動は許可している。もちろん、あまり人目に付かない所にとお願いはしているけれど。

部屋の物が減ったことで、なんだか落ち着いた雰囲気に戻った気がする。

やはり、いくら一枚一枚が素敵な絵でも、集めすぎるのは良くなかったのだろう。特に絵画に詳しいわけでもない素人が勢いで集めすぎたかもしれない。今度からは少し気を付けよう。そう思った。

第四幕　実家からの突然の連絡

ブリンドル伯爵家から、私に対して会いたいという連絡が来たのは突然だった。

ブリンドル伯爵家——つまりは私の生家なのだけれど、家族とは結婚後、一度も会っていない。夫からすれば私が真実を吐き出してしまう危険性が最も高いのが家族だ。完全に連絡を絶ってしまうと怪しまれるだろうからと、少しの手紙のやり取りがされているだけ。

そんな形でしか接触できない身なので、会いたいという連絡が家から来たとき、どうしようと困ってしまった。勝手に会って良いわけがない。勝手なことをすれば夫は今度こそ怒り狂うだろう。

でも急に会いたいと言ってくるのだから、何かあったのかもしれない。何せ手紙の差出人はブリンドル伯爵家の中でも、父でも弟妹《きょうだい》でもなく、母なのだ。父や妹たちならば、ちょっとしたことで大問題だと騒ぐこともあるかもしれない。弟はそういうことはしないだろうが……絶対しないとは言い切れない。

だが母がわざわざ言ってくるのだから、何かが起きたのだと思う。心がざわついて嫌な予感がした。

どうせ毎日暇なのだ。すぐに行きたい。

でも夫が許すわけがない……。

どうしようかと悩んでいると、いつの間にか揃《そろ》っていたギブソンとアーリーンが私を見ながら言った。

「若奥様。御家族に会いに行かれてください」

「ギブソン……でも、…………勝手に屋敷を空けるなんて、夫が許さないわ」

「そのことでございますが、既に若様から許可を得ています」

「えっ!?」

驚いてギブソンの顔を凝視してしまう。彼は私を安心させるように頷《うなず》く。

「ブリンドル伯爵家からのお手紙は、まず若様宛で届きました。そして恐らく若奥様にお会いしたい理由などを説明されたのでしょう。その上で若奥様宛のお手紙も届いたのです。若様は、若奥様がご実家に出向かれることをお許しになられました。ただし、泊まることは許さないとのことですが……」

日中、出掛けるだけならば許すということか。

もちろん今の私と夫の関係については話してはならないだろう。相手が家族ならば、特に。

だってブリンドル伯爵家は、今もライダー侯爵家から支援をしてもらっている。やっと人並みな貴族の生活を送れている状態のはずだ。それでももし私が夫とのことを……実は妻として全く愛されてもおらず、社交も許されずに蔑《ないがし》ろにされているなどと家族に伝えれば、彼らは怒ってくれるだろう。そして侯爵家にも訴えるはずだ。いくらなんでもそこまで蔑ろにするなんてと。

侯爵夫妻がどういう対応をするかは予想がつかないが、そんなことになれば、夫はきっとすぐに実家へ報復する――ブリンドル家への支援を打ち切るはずだ。体が震える。

我が家が完全に独《ひと》り立《だ》ちするにはまだ時間が必要だと思う。……もし時間が経過して独り立ちできる状態になったとしても、ライダー侯爵家のような名門貴族の家門と敵対した我が家に手を差し伸べようとする者はほとんどいないだろう。歴史こそあるが、現在の国内の力関係において、ブリンドル伯爵家は何の強みも旨《うま》みもないのだから。親戚だって、きっとかつてのように見捨ててくるはずだ。

気を付けねばならない。絶対に、家族に怪しまれないように。

「そう……分かったわ。ありがとうギブソン。アーリーン、出掛ける準備を整えてくれる？」

「もちろんです。すぐにお着替えいたしましょう」

「ありがとう」

立ち上がり、足を進める。

部屋を出る直前に私は立ち止まり、ギブソンに振り返った。

「ギブソン。一つ夫に言付かってくれる？」

「もちろんでございます」

「問題は起こしませんし、伯爵家の問題事も侯爵家には関わらせませんわと」

逆もしかり。侯爵家の事情に、家族を関わらせるつもりもない。

私は溜息《ためいき》をつきながら着替えるために、今度こそ部屋を出て衣装部屋へと向かった。急な外出の予定であったが、侍女たちは文句一つ言わずに準備をしてくれた。濃い紫のドレスを身に纏《まと》う。靴や鞄《かばん》も合ったものを身に着ける。これらの小物も、全てドロシアーナで買ったものだ。

以前大量に服などが送られてきた以降も、私はドロシアーナに足を運んだり彼らに来てもらったりして服を作ってもらっている。

準備が整い玄関へと向かえば、既に馬車の準備はされていた。

馬車に乗り込む際、いつも付いてきてくれる従者のジェロームが手を差し出してくれる。彼の横では仕事を取られた従僕《フットマン》が所在なげに立っていた。

私はジェロームに手を重ねつつ、急に準備をさせたことを詫《わ》びた。

「ありがとう、ジェローム。突然でごめんなさいね」

「構いませんよ若奥様。足元にお気を付けください」

「ええ」

そう答えて乗り込もうとした私だったけれど、何故《なぜ》かジェロームが凄《すご》く笑顔で、違和感を覚えて足が止まる。もちろん彼は普段から笑顔だが、それにしても凄い……凄い笑顔だ。

「何かあった？」

「ああ……申し訳ございません。その……初めてお名前を呼んでいただけたものですから」

そうだっただろうか。……言われてみると、そうな気がする。

彼の名前を知らなかったわけではない。ただ、個人名を呼ぶというのは……少し気安すぎる気がしていたのも事実だ。ギブソンやアーリーン、そしてジェマなどは、日常で接することが多かった。でもジェロームは外に出るときしか関わらなかったから、最初の頃は話しかけ辛《づら》くて……よく外に出掛けるようになってからも、それが続いてしまっていた。

「ごめんなさい。貴方《あなた》のことを蔑ろにしていたわけではないの」

「そのようには思っておりません！　申し訳ございません、余計なことを申しました」

「そんなことを言わないで。尋ねたのは私なのだもの。……手を貸してくれる？　ジェローム」

「もちろんでございます、若奥様」

彼の手に体重をかけながら、馬車に乗り込む。私が椅子に腰かけたのを確認すると、ジェロームはドアを閉めた。それからジェロームは従僕《フットマン》と共に馬車の後ろにある座席の方へと移動したのが音で分かる。

もう乗り慣れたけれど、ライダー侯爵家の馬車は家格に見合う立派なものだ。

馬車というものはある意味で貴族の顔でもあるので、立場が上の家であればあるほど大きな馬車を持つことが多い。そしてあまり目立ちたくないときにはわざわざ小型の馬車を使うのだ。

侯爵家の馬車には前方に馬を操る馭者《ぎょしゃ》がいるのはもちろんのこと、貴人が馬車を乗り降りする際に手伝うことが主な仕事である従僕《フットマン》も必ず付いてくる。それに加えて、ジェロームのような外回りに付く従者も乗るので、常日頃三人から四人の人間が前後に座っている状態だ。

安い馬車だと、馭者と従僕《フットマン》が一人乗るのがやっとなスペースしかないし、もっと安ければ馭者が一人乗れるだけで、それに合わせてサイズも小さくなることが大半だ。

もちろん、実家にあった馬車は馭者しか乗っていなかった。

ライダー侯爵家を出発してから大分走り、次第に光景が見慣れたものになってくる。

ライダー侯爵家は王都の中の、貴族たちの屋敷が並んでいる地区に邸宅がある。地区といっても密集して建ち並んでいるわけではない。それぞれの家が庭やら池やらを持っているので家と家の間隔は広い。ただ周辺には同じように身分の高い貴族の家しかないので、変な馬車や馬が走っていればすぐに分かるという利点があるとか。……むしろ屋敷で働く使用人たちは見覚えのない人間が通っているのに気が付かなければならないらしく、働き始めと共に付近の家の馬車や馬なども ある程度見分けられるように教育されるとも聞く。私には絶対にできない。

一方で私の実家、ブリンドル伯爵家があるのはそこからほとんど真反対の位置——旧貴族地区とも言われる地域にある。

旧とはつくが、今でも貴族は住んでいる。……そのほとんどが地方に領があり滅多に王都には来られない貴族や、王都の中でも落ちぶれて、小さい屋敷しか管理できないような家ばかりで、庭なども管理が行き届かずに雑草が生えまくっている家が多いが。

ブリンドル伯爵家は元々、先祖代々旧貴族地区に暮らしていたが、私が幼い頃に住んでいた邸宅は立派だった。しかしその家は、父が背負った膨大な借金をなんとかするために売り払ってしまっている。先祖代々暮らした家から、家族がやっと住めて使用人も最低限の人数で問題ないような小さい家に引っ越したときの不安な気持ちは……忘れられない。

父は私に、すぐに帰れると言った。少し我慢して借金を返せば暮らしていた家に戻れると。

もちろんそれは嘘《うそ》で、あの時点で家は売り払われていたから、借金を返し終わったところで戻れない。きっと子供を安心させたくて咄嗟《とっさ》にあんな嘘をついたのだろう。幼い私はそれを信じたが、気が付けばそのまま、あの小さな家で社交界デビューを迎えることになり、そして結婚して家を出ることになった。

「若奥様。もうすぐ到着でございます」

馭者の声に窓の外を見る。少しカーブした道になっているため、窓を開けなくても実家は見えた。

貴族の家族六人が――今では五人が――暮らしているとは思えない、小さな家。私が育った実家である。

「アナベル！　よく帰ってきたわね」

「お姉様！」

「アナベル姉様！」

「お母様、ジェイド、レイラ」

今度は従僕《フットマン》の手を借りて降りると、家の前で待っていてくれたのだろう五人の人影の内、真っ先に小さな体が二つ飛び出てくる。

私の妹たち。ジェイドとレイラだ。二人は丸い綺麗《きれい》な緑の目を潤ませながら、私の腰に抱き着き、こちらを見上げてくる。

「会いたかったわお姉様……結婚してしまってから、ちっとも会えないのだもの……！」

「ごめんなさいね、新しい環境で……しばらくは色々と忙しかったのよ」

私にしてはサラリと嘘をつけたと思う。本当は暇すぎたのだけれど、そんなことを妹たちに言えるはずもない。

二人が離れると、すぐ傍《そば》まで来ていた母が私の頰を撫《な》でた。

「……元気そうで良かったわ、アナベル」

「お母様も、元気そうで良かった」

私たちはそっと抱き合う。それが終われば、今度は弟が顔を出した。

「まるで別人だな。……侯爵夫人になったんだから、別人のようなものか」

「フレディ。侯爵夫人という名称はお義母様《かあ》のものよ。私のことを呼ぶのなら、ただライダー夫人と呼ぶべきだから」

「分かってるよ。ただの例えだろ。………お帰り、姉さん」

一つ年下のフレデリック——私たち家族はフレディと呼んでいる——は茶化すように言葉を口にしたが、それでも微笑《ほほえ》んだ。会えなかった一年と半年ほどの期間の間に、家族は皆《みな》、様変《さまが》わりしていた。

着る服がしっかりと手入れされた物になっているのはもちろんのこと、皆の表情からも今の生活が行き届いたものであると分かる。それが分かっただけで、あの新婚半年間の苦しみが溶けて消えていった。

「あ、アナベル……よく帰ってきたな。立派になって、父様は嬉《うれ》しいよ」

「お父様もご健康そうで良かったですわ。…………それで、お母様。一体何があったのですか？」

そう声をかけた瞬間、家族の空気が重くなる。

父は俯《うつむ》き、母は困り切った顔で溜息をついた。弟は不機嫌そうに顔を歪《ゆが》め、妹たちは年長者たちの雰囲気の変化に、そっと身を寄せ合い不安そうな顔をする。

やはり嫌な予感は当たってしまったか。これはまた、父が何かしてしまったに違いない。すぐ傍にライダー侯爵家の関係者がいなければ、きっと頭を抱えていただろう。後ろに控えているジェロームのお陰でなんとか耐えている状況だ。

「……まずは家に入りましょう。長くなるかもしれないわ。座って話しましょう」

母の言葉に、私たちはブリンドル伯爵家の家へと入っていった。

そして私は、父と母と弟と共に、ある一室へと足を踏み入れた。一応応接間ということになっている部屋は、以前までは末妹のレイラが使っていた部屋だ。私が嫁いで出て行ったことで、恐らく部屋を移動したのだろう。最低限、応接間としての体裁を保っていた。

私がこの部屋に案内されるとき、妹たちは大事な話だからと席を外されている。自分も参加したいと主張していたけれど、家の大きな話となると幼い娘たちに聞かせない判断というのは珍しくもない。現在この屋敷（と言うには小さすぎるかもしれないが）で働いているという見覚えのない使用人に、妹二人は連れていかれた。

そして、私が婚家から呼び出された原因が伝えられた。

「偽物をつかまされた……」

「ええ。……フレディ」

母に名前を呼ばれ、ずっと不機嫌そうに顔を歪めていたフレディが立ち上がる。そして部屋の端、床の上に直接置かれていた何かから、布を取り去る。

まぶしい黄色が私の目に飛び込んできた。

「……小麦畑」

何を描いているかは一目で分かる。小麦畑だ。絵画ではよくある自然の風景だが、随分とぺったりしている。

偽物をつかまされたという情報と、目の前の小麦畑を描いた絵。もう、何が起きたかを予想するのは、あまりに簡単だった。

「もしかして、これをドリューウェットのものだと？」

「あ、ああ」

なるほど。

フィルマン・ドリューウェット。既に死後数十年が経《た》っている彼は、我が国でも人気の高い画家の一人だ。

彼は生涯に亘《わた》り様々なものを描いてきたが、若い頃から晩年まで一貫して描き続けてきたものがある。それが彼の故郷の地方でよく見られる、見渡す限り一面の小麦の畑を描いたものだ。

一年に一度も小麦畑の絵を描かないことはないと言われるほど、ドリューウェットは故郷の風景を愛し、小麦畑を描いてきたことで有名だ。

多くの人間が小麦畑を描くドリューウェットを目撃していて、実際、小麦畑の絵をドリューウェットから手に入れた人も多いとか。

中にはドリューウェットの屋敷にて、何十枚もの『小麦畑』を見たと証言した知り合いもいたらしい。

小麦畑と言えばドリューウェットと多くの人間が考えていた。

……数が多ければ価値がないのでは？　と思われるだろうが、ドリューウェットの場合は話が違う。彼は小麦畑の絵を沢山描いたけれど、そのほとんどが日の目を見なかった。

彼自身が愛した『小麦畑』を手元に残していたという噂《うわさ》もあれば、納得いかなかった作品は処分されたという噂もある。

ともかく、生きていたときにはあれほど目撃情報があったのに、死後はその作品は見つけられなかったのだ。ドリューウェットの熱狂的なファンであったとある貴族が彼の屋敷を探し回っても、小麦畑を描いた絵は一枚も見つからなかったという。

残っていたのは生前にドリューウェットが他人に譲った『小麦畑』ぐらいで、その多くも、既に別の人に売り払われていたとか。ドリューウェットの死後、その価値が上がってから分かったのだが、『小麦畑』の本物を所持し続けていた人は思ったよりも少なくて、本物と確定できたのは全部で三枚だけだったという。

人気が出てくれれば、当然、悪いことを考える人間がいる。実は先祖がドリューウェットから手に入れていた……なんて謳《うた》い文句と共に多くの『小麦畑』が出てきたが、後年出てきた中で本物と認定されたのはたった二枚しかない。

「お父様。ものの見事に偽物をつかまされましたね」

他の絵ならばともかく、よりにもよってドリューウェットの『小麦畑』なんて……。

「えっ！　そんな、アナベル、お前は今見たばかりじゃないか！　どうしてそんなことを言うんだい」

父は酷《ひど》く衝撃を受けたという顔をしているが、一度でもドリューウェットの『小麦畑』を見たことがあればこんなことは言えなかったはずだ。

「お父様。私みたいな初心者でも見れば分かりますわ。この『小麦畑』からは何も感じないではありませんか。命が感じられません。ドリューウェットの『小麦畑』を美術館でご覧になったことはありませんの？　カンクーウッド美術館には本物の『小麦畑』が二枚ありますが、どちらも一目見ただけで一面の小麦畑の雄大さと眩《まぶ》しく光る小麦の輝きが伝わってきます。どちらも生きているのです。このような、ただ紙の上に描いただけの小麦ではないのです。高い実力を持った画家が、心の底から小麦畑の光景を愛して描いたのだと分かるのですよ」

私が言葉を紡げば紡ぐほど、どんどん父は縮んでいく。

そんな父の横で、母とフレディはぱちぱちと目を瞬《しばた》いていた。

「驚いたわ、アナベル。いつの間にそんなに絵画に詳しくなったの？」

「詳しいと言うほどではありませんが、カンクーウッドにはよく通っておりますから。他の美術館にもよく行っておりますので、美術館で見ることのできる『小麦畑』は全て見ているだけです」

現在公の場に公開されており見ることのできる『小麦畑』は三枚。

前述の通り、内二枚はカンクーウッド美術館にあり、残りの一枚はグレボー美術館にある。

どれも素晴らしい作品で、一体どれぐらいの時間をあの絵画の前で費やしたか分からない。

残りの二枚はどれも個人所有であり、持ち主と交友がなければ見ることができない状態だ。

「そもそも、ドリューウェットの『小麦畑』なんて、贋作《がんさく》の定番ではありませんか。よりにもよってどうしてこれを購入したのです」

「…………これを持ってきた人が、自分の曽祖父がドリューウェットと親しかったと。それで特別に、当時余っていた『小麦畑』を譲ってもらったが、曽祖父の死後には誰も管理していないからと……大事にしてくれる人に譲りたいと、そう言ってきて……」

「その話を信じたのですか？」

父はこれ以上小さくなれないのではないかというほどに小さくなっていた。母はその背中を撫でながら溜息をつき、母を挟んで父と反対に座っているフレディは、とても実父に向けるものではない視線を向けていた。

まあ、家の財政状況がやっと持ち直したというところで見るからに偽物の可能性が高い絵画を買ったのなら許せなくても仕方がないだろう。

私は手に持っていた扇を開いて口元を隠す。家族相手に真意を伏せる必要はないが、これはもう癖だ。

「仕方ありません。いくらで購入したか知りませんが、高い授業料だったと思うしかないでしょう。一応、真贋鑑定は受けた方が良いとは思いますが、恐らく恥をかいて終わりですよ」

もちろん真贋の判定をする者も軽々しく個人情報を漏らしたりはしないだろうが、恐らくドリューウェットの『小麦畑』と聞いた瞬間に呆《あき》れてしまうだろう。

ドリューウェットの『小麦畑』に贋作が多いと広まってなお、贋作を売る人間は後を絶たないし、それを本物だと信じて持ち込む人間もゼロにはならないのだから。

「ともかく、私から言えることはそれだけですよ」

「待ってアナベル。問題は、カーティスが贋作をつかまされたことではないの」

母に言われ、私は僅かに眉を寄せた。カーティス……私の父が飽きもせず騙されてしまったことが問題ではないのならば、何が問題だというのか。

「では一体何が？」

「今度我が家でパーティーを開くの。大きなものではないわ。昼間に集って、少し食事会をするぐらいよ」

それは驚きだ。我が家主催のパーティーなど、一体何年ぶりだろうか。

祖父が存命の頃はそれなりの頻度で開かれていたようだが、父がみるみる資産を減らしてからは一度も開かれていない、はずだ。しかし何故今その話題が……。……。

まさか。

「そのパーティーの招待状でね、カーティスがドリューウェットの『小麦畑』を手に入れたと書いてしまったらしいの」

「馬鹿なの？」

取り繕うのも忘れてストレートな罵倒が口から零《こぼ》れた。父はもう頭を下げているのかと思うほど上体を倒しており、表情は分からない。

が、申し訳ないが、後ろに侯爵家の人間であるジェロームがいるのは分かった上で、こればかりは、言わなければならない。

「少し考えれば、そんなことをしようなんて思わないはずでしょう」

「だ……だが、パーティーへの参加者を増やさなければと……実際！　多くの家から参加の連絡があったのだ！」

もごもごと父が反論する。父が何をしたかったのかは、分かった。

恐らくこのパーティーは、フレディの結婚相手探しも兼ねている。フレディは今年十八、そろそろ婚約者ができてもおかしくない年頃だ。特に、家を継ぐ嫡男ならば。だが、借金を背負ってから親戚含めてほとんどの家との付き合いがなくなった我が家では、結婚相手を探すのも一苦労だ。

せいぜい親戚ぐらいしか頼れそうな家がないけれど、その親族こそ私たちのことを見下してきていた筆頭だ。会った回数は少ない上、従姉妹《いとこ》にあたる人々とは……あまり良い関係とは言えない。

できれば、新しい関係の家の方が望ましいと思ったのだろう。その縁を引き寄せるのに、目玉となるものが欲しかった気持ちは分かる。

多くの家を招くために父なりに考えて行動した——それは分かるが、昔からそのように行動した結果、多量の問題を引き寄せていたことを忘れてしまったというのか？

「増えるに決まっています。参加の表明をした家のほとんどが、我が家を嗤《わら》うために来るでしょうね」

母の手によって体を起こされた父は、パクパクと口を開閉するが、声が出てこないらしい。

「お母様が私を呼んだ理由が分かりました。確かにこれは、ブリンドル伯爵家の大問題ですわ」

「ええ。本物の『小麦畑』を用意するのは不可能よ。けれどそのまま見せれば、必ず真贋鑑定は受けたのかとでも聞かれるわ」

「ええ、していないと誤魔化せばそんな本物かも分からないものを目玉にしたのかと嗤われますわ」

「したと嘘をつけば、事を大事にする者がいるかもしれない」

「絶対に嘘は駄目です。どこかで必ず露見しますわ。…………大人しく、素直に、手に入れた『小麦畑』が偽物だったと言うしかないでしょう」

「アナベル！」

父が悲痛な叫びを上げる。つい冷めた目を向けてしまったが、私が声をかけるよりも先にフレディの怒声が響いた。

「何も建設的な意見が述べられないなら黙っていてくれ！」

「ふ、フレディ………」

「一人前に誇り《プライド》だけデカい木偶《でく》の坊《ぼう》の癖に……！」

「フレディ！　お父様に言いすぎよ！」

フレディの怒りは真っ当だが、言葉が悪すぎる。流石《さすが》に母が咎《とが》めれば、フレディは凄い顔で舌打ちを一つして立ち上がり、そのまま部屋を出て行ってしまった。

それを見送った母は溜息をついて、父は泣きそうな顔で固まっていた。

重い空気だ。私が馬車から降りた直後、呼び出しの理由について尋ねたときに感じた空気に近い。

……これはジェイドもレイラも怯《おび》えて、私にあれほど熱心に抱き着くわけだ。元々よく面倒を見ていたから懐いてくれていたが、それにしても必死さがあるなと感じていたのだ。

「……ごめんなさい、アナベル。帰ってきたばかりでこんな……」

「別に大丈夫です。お父様が原因で言い争いなんて、よくありましたもの」

「…………本当に、ごめんなさい。本当なら嫁いだ貴女《あなた》に頼るべきではないのだけれど、カーティスは騙されたことを公表したくないと言うし、けれどこの絵は偽物で………」

「真贋の判定を受けたのですね？」

「ええ。一目見て、偽物ですねと言われたわ」

だろうな。私でも偽物だと思うぐらいだ、プロが見れば一目見て分かるだろう。贋作でもできの良いものというのは存在している。そういう作品は、本物か偽物か調べるのにも苦労する。

だがこの『小麦畑』は、あからさまにただ描いただけの小麦畑。悩むまでもなかっただろう。

私は溜息を大きくついた。

頭が痛い。

「まずはっきり申しますが、騙されたと認めるのは必須です。お父様。当主として頭を下げてください」

父が何かを言う前に、念押しした。

「お父様の世間での評価は今更です。一つ騙されたエピソードが増えても大した痛手にもなりませんでしょう？　ですが家の名前で招待状を出しているパーティーで、偽物と分かっているものを本物のように出せば、家名に瑕《きず》がつきます。今はもう、お父様やお母様だけでは収まらず、フレディにまで飛び火しますわ」

何の責任もない子供でも、親の失態で嗤われる。とはいえ、まだ社交界にも出ず一人前とみなされない年齢の頃ならば、まだ「親」のやらかしで済む。だがもうフレディは社交界に出て、大人となった。「親を止められなかった子」として見られ始めるのだ。フレディ自身の悪評に繋《つな》がってしまう。

社交をしていない私でもそんなことくらい分かるのだ。当然、母は分かっているはずだ。実際私の言葉に頷いている。

「お父様。せっかく持ち直した家を、また以前のように没落させるのですか」

「そんなこと…………絶対にしない」

「ならば謝るしかありません。とはいえ、謝るタイミングは……はぁ、難しいですね。いつにするのがいいか。…………パーティーの開催はいつですか？」

私の問いかけにすぐ母が答えてくれた。

「次の月なの」

「…………戻ってから、少し考えます。今すぐにこれという答えが浮かばないわ」

「ありがとう、アナベル。ごめんなさい、本当に」

「気にしないでお母様。さて。私、フレディたちと話してきますわ。せっかく皆に会えたのに、会話もしないで帰ったらつまらないもの」

そう言いながら立ち上がり、私は父母を置いて部屋の外へと出た。

廊下に出たところで、付いてきているジェロームに謝罪とお願いをする。

「ごめんなさい、情けない様子を見せてしまって。どうかこの内容は秘密にしておいてくれないかしら」

「秘密といいますと、執事頭《ギブツン》にもでしょうか」

「ギブソンなら……別にいいわ。私からも相談するかもしれないから。でもそれ以外の人には、伏せておいてほしいの」

どう足掻《あが》いてもブリンドル伯爵家の汚点にしかならない。ライダー侯爵家でもあまり広まってほしくない。

今は一応、立場だけとはいえ女主人だからと皆秘してくれるだろうが、もし将来的に夫から離縁されるなんてことがあれば…………そのときは嬉々《きき》として語る者もいるかもしれないからだ。ライダー侯爵家の使用人は皆しっかりとした人ばかりだけれど、噂好きなのは人間の性《さが》みたいなところがあるから、絶対に言わないとは言い切れない。できる限り知る人は少なくしたい。

その少ない人から漏れる可能性ももちろんあるが、そこまで考えたら何もできなくなってしまうので、漏れたらそのときはそのときと諦めるしかない。

私の言葉にジェロームは頷いた。

「かしこまりました。ご安心ください。主人と共に見聞きしたことを別の場所で漏らしたりいたしませんから」

「ありがとう、ジェローム」

私は廊下を歩いた。広くない家だ、フレディが行ける場所は多くはない。二人の妹はきっと自室にいるはずだ。だとすれば、彼もまた自室にいる可能性が高いか……。

そう思いながら歩いていたが、あっさりと彼を見つけることができた。

フレディは自室ではなく、裏口に繋がる廊下に立ち止まっていたのだ。

「フレディ」

足音で気付かれていたとは思うが、名前を呼ぶ。そうするとフレディは父によく似た焦げ茶の髪を揺らして振り返った。やはり父に似た緑の瞳は、興奮からか少し色が濃くなっているように感じられた。

「……謝らない。あいつが悪いんだ、散々、母様に助けてもらったくせに、勝手なことしたあいつが……」

あいつというのは間違いなく父のことだろう。

いつからかフレディは父のことを父様とは呼ばなくなった。人前で呼びかけるときはそう呼ぶときもあるが、家では全くそう呼ぼうとしない。最初は訂正しようとしていた母も、途中で「早い反抗期ね」と諦めていた。

確かに反抗ではあると思う。一時的なもの……かどうかは分からないが。

「そうね。お父様は馬鹿だわ」

それは間違いない。学習能力がないともいえる。

周りから見た父は、優しい人だろう。父が怒鳴ったところなど見たことがない。せいぜい、先ほどのように咄嗟に声が大きくなるぐらい。それも情けない声だから、怒鳴ったようには全く聞こえない。

父は妻や子供たちを愛していて、いつも優しかった。暴力も暴言もなく、子供たちが何か失敗しても優しく言い聞かせるだけ。

それは素晴らしい父親像なのかもしれない。だが、家族からすれば……子供からすれば、父は情けなくて、頼りがいのない男性でしかなかった。

それでも心の底からは嫌えない。私が子供で、相手が父親だからだろうか。

「……俺はあんな奴《やつ》にはならない。あんな風に、家族に迷惑ばかりかける奴になんてならない……！」

私はそっと、フレディの背中を撫でた。

一つしか年の変わらない弟は、幼い頃から、男児だから、家を継ぐからと、頑張っていた。私も長子だからとあれこれ考えたりしていたが、きっとフレディほどのプレッシャーや責任は背負っていなかった。

社交界に出た後のこの子を、私は知らない。本当ならば嫁いだとはいえ実姉として手助けしなければならなかったが、私は夫に禁じられているからと……なんの手助けもできなかった。

「ごめんね、フレディ。今まで何も助けてあげられなくて」

背は伸びたが、まだ私ほど高くはない弟の頭を抱き寄せると、少し嫌がるそぶりを見せた。

しかしその抵抗もほんの少しのことで、すぐ大人しくなる。

フレディの頭を抱き寄せていたのはほんの数秒のことだった。彼がそっと体を動かしたので、私も腕を解《ほど》く。僅かに潤んだ緑の瞳が私を見た。

「姉さん太ったな」

「はぁ？」

空気を壊す発言につい声が裏返る。フレディは口の端を僅かに吊《つ》り上《あ》げた。

「前はもっとガリガリだったろ。いい食べ物食べるとそうなるのか？　そのうち丸々しそうだな」

「……おばか」

手に持っていた扇で二の腕を叩《たた》く。痛いと文句を言われたが、私は呆れて言葉が出なかった。

「まあいいわ。久しぶりだから、兄弟水入らずで話しましょう。ジェイドとレイラも一緒にね」

「そうしよう。ジェイドたちこそ、姉さんに会いたいってずっと騒いでたんだからな」

フレディと共に二人がいる部屋へ向かえば、ジェイドとレイラが大喜びで出迎えてくれた。

そのまま四人でお茶を飲むことにする。

四人分の紅茶と菓子が運ばれてきた。

出てきた紅茶は、一人ひとりバラバラのカップに淹《い》れられている。それに懐かしさを覚えた。

社会的に地位が高い家では、複数人に茶が振る舞われるときにカップが違うということはないだろう。見栄えが一番の理由だろうか？

しかし我が家では気にしない。最初はセットのカップを買っていたが、割れたり、家族が増えたりで別々のもので飲むようになった。まだ一人ひとり別のカップを使っているだけならマシで、場合によってはカップとソーサーが明らかに別の絵柄のときもあるぐらいだ。恐らくライダー侯爵家では未来永劫《みらいえいごう》ありえない事態だろう。

菓子は焼き菓子で、湿気《しっけ》てはいなかったが皿の上に焼き菓子の屑《くず》が散らばっている。こういうのも、ライダー侯爵家では見ることがない光景だ。

全てに懐かしさを覚えながら紅茶を口にする。……薄い。口元に運んだ時点で香りもほとんどなかったので、察してはいたが。

相変わらず、少ない茶葉で紅茶を淹れているようだ。私相手ならばいいが、他のお客様にこれを出したら憤慨する人もいるかもしれない。一応、帰る前に母には伝えておこう。私はライダー侯爵家で通常の濃さの紅茶を口にしているから違和感を覚えるようになったが、フレディたちは物心ついた頃からこの薄さの紅茶を飲んでいるから、違和感を抱いたりはしていないのだろう。

「お姉様お姉様、侯爵家ではいつもどのように生活されているのですかっ？」

末妹のレイラの問いに、来たなと思った。絶対にどこかで誰かに聞かれるとは思っていた。

レイラの目も、その横のジェイドの目もキラキラと輝いている。

ボロが出ないように気を付けながら、妹たちの夢を壊さないように口を開く。

「そうね、どのように……と言われると説明が難しいわ」

「社交界で姉さんを全然見かけないんだが、あまり外出はしていないのか？」

フレディ。痛いところを突いてくる。

少し困りつつ笑う。

「ええ、ほら、私、あまり大勢と話すの得意ではないでしょう？　旦那様はそれを知ってくださっていて、家で楽に好きに暮らしてくれと言われてね。私も甘えているの」

嘘……というわけでもない。

私が社交に苦手意識を持っていることを夫は気が付いていた。嘘じゃない。

家で暮らせと言われた。嘘じゃない。

好きに暮らせと言われた。嘘じゃない。

こ、これはギリギリ嘘じゃないラインだ。そのはずだ。

「お義兄様《にいさま》はお姉様に惚《ほ》れ込んでおられたものね………凄いわぁ！　愛されてるって感じ！」

「お姉様、いつもいつも、沢山の人の顔と名前を覚えられるかしらって言ってたものね」

レイラとジェイドはそれぞれそんな風に言う。

どうやらいい感じに誤解してくれたらしい。婚約していた頃の夫の私への態度を見ていた人たちは、夫が私を甘やかしていると思うのだろう。これならいい感じに誤魔化せそうだと安心する。

「ええ、旦那様には感謝しているわ。……フレディ。社交で何か困ったことでもある？　私ってば、姉のくせに何も助けてあげられなくて……」

「別にないよ。俺は姉さんほど対人関係に苦手意識を持ってないから」

紅茶を飲みながらフレディはさらりと言う。確かに私よりはフレディの方が社交界でうまくやるだろう。心配しすぎるのは、余計……邪魔かもしれない。

「ジェイドとレイラは、何か困っていることはない？」

「うーん、すぐにパッとは思い浮かばないわ」

そう言うジェイドに対して、レイラが膝の上で指先を擦《こす》り合《あ》わせながら言った。

「あのね、アナベル姉様……私、新しい服が欲しくて」

「おいレイラ」

レイラの言葉にフレディが眉を寄せた。しかしレイラは頬を膨らませて兄を睨《にら》む。

「フレディ兄様は出掛ける用だと言ってお父様たちから三着も仕立ててもらっているではありませんか！　私だってあと二着…………一着ぐらい、お出掛け用のお洋服が欲しいわ！　ねえジェイド姉様、お姉様もそうでしょう？」

レイラが横のジェイドに同意を求めると、ジェイドは私ともフレディとも視線を合わさず、斜め上を見上げた。ジェイドが困るとよくする動作で、恐らくレイラと気持ちは一緒なのだろうが、そうだと言い辛いのだろう。

フレディに対してズルいという感情はあれど、ドレスを何着も用意するのは大変だということも分かっているのだ。あと二年もすればジェイドも社交界にデビューするので、その準備のために一年でドレスは何枚まで、とか言われているのかもしれない。

そうはいっても二人は年頃の少女だ。社交界には出ずとも、私的なパーティーに参加することは今後皆無ではないし、そうでなくてもどこかに出掛けるときに素敵な服や新しい服を着たい気持ちがあってもおかしくない。

ジェイドからの支持が得られなかったレイラは横の姉を睨んでから、私に向かい、両手を組んで目を潤ませる。

「お願い、アナベル姉様。私もアナベル姉様みたいな素敵な服が欲しいわ！」

「服一着にいくらかかると思ってる。姉さん。聞かなくていい。服だけで終わるもんか、次は靴だ、帽子だ、鞄だ、アクセサリーだとキリがないぞ！」

「フレディ兄様酷い！　私を何だと思ってるの？」

「我が家に余裕ができたからといって、あれこれ買えるほどではないと言ってるんだ、調子に乗るな」

「だから我が家じゃなくて、お姉様に強請《ねだ》ってるんじゃないっ！　侯爵家は我が家と違ってお金持ちなんでしょう？」

「お、まえなぁ！」

「こらこら。二人とも止《や》めなさい」

兄妹喧嘩《きょうだいげんか》を始めそうになる二人を止める。

フレディは嫡男としての考えがある故に、レイラの考えを認められないのだろう。一方でレイラも、それはそれで分かっていたとしても、自分の気持ちというものがある。特にこの年頃の女心というのは難しいのだ。私も、少し親に反抗気味だった時期があるので分かる。……私がレイラの年頃のときは、どうせ社交界デビューなんてできやしないだろうと思っていて、親に反抗的だったのだ。懐かしい。

「そうね。そういえば、結婚してからは忙しくって、ちゃんと誕生日の贈り物も贈れていなかったわね」

「何言ってるんだ姉さん。花束に敷物やカーテンを贈ってくれただろ」

知らない。そんな話知らない。

え？　贈ってない。だって結婚してから半年間の私はもう、周りのことを考える余裕もなくて。その後も、外に出られたことで頭が一杯で、家族の誕生日も忘れていたのだ。家族からも連絡がなかったから、嫁いだらこんなものなのかと思っていたのだけれど……。

驚いてしまったが、それを悟られないようにフレディに言う。

「それだと、家全体にという感じがしたでしょう。もっと個人的な形で贈るわ。昨年の分と、今年の分。合わせて渡すという形なら、ドレスを一着作っても問題ないでしょう」

「ありがとう、お姉様！」

「良かったね、レイラ」

ジェイドが微笑んでレイラに声をかける。なんだか他人事《ひとごと》のような反応をしていたので、つい突っ込んだ。

「あら他人事？　ジェイドもよ」

「え、えぇっ！　わ、私も？　アナベルお姉様。本当に？」

「当たり前じゃない。フレディにもね。三人共、可愛《かわい》い弟妹だもの」

「あっありがとうお姉様！」

「………わ、分かったよ」

こうして私は三人に誕生日のプレゼントを渡すことを約束し、懐かしい家を後にした。弟妹たちとの触れ合いは私の心を温めてくれた。

第五幕

信頼できる相談相手

さて大きな悩みができた私だが、相談できる相手というのも限られている。

夫？

論外。

義父母？

領地にいて手紙でしかやり取りをしていないし、信頼できるか難しい。

使用人の皆《みな》？

難しい。助けようとはしてくれるかもしれないが、流石《さすが》にこの問題は彼らの手に余る。

社交もしておらず貴族同士の知り合いなどほぼ皆無な私に頼れる人間は——もちろん、一人しかいない。

『皆さま、お聞きになられたでしょうか。この男は今先ほど、己《おの》が口で己が所業を明かしました！』

『ま、待て、黙れ！　アナ！』

『名前を呼ばないで。……この男は私を騙《だま》し、それでは飽き足らず、皆さますら騙してきたのです。国王陛下。恐れ多くも申し上げます。この国では、このような所業が許されると言うのでしょうか⁉』

『……奴《やつ》を塔へ！』

『ち、父上！』

『黙れ。貴様のような愚かな息子など、余にはおらぬ』

『そ、そんな……！』

力なく崩れる悪役を、兵士たちが連れていく。残った人々の中で、玉座に座る国王は主人公を見下ろした。

『アナスタシアよ。希望があれば聞こう』

『陛下。では私が白い結婚であったことをお認めください。そしてどうか、次に私が結婚する相手は、私に選ぶ権利を』

『……良かろう。どちらも認めよう』

主人公は国王に自分の要望が認められたことを喜び歌う。

舞台上が暗くなる。歌い続ける主人公だけに光が当てられていた。それも途中で舞台袖に消えて見えなくなる。

次に全体が明るくなると、舞台の上は舞踏会から田舎の風景へと変わっていた。

舞台袖から出てきた主人公は、豪奢《ごうしゃ》なドレスからシンプルな白のドレスに着替えていた。それは彼女が白い結婚だったと認められ、まだ何にも穢《けが》されていない乙女であることを表しているかのようだった。

彼女は走る。その先に立つ、愛する人のもとへと。

『グレッグ！』

『アナスタシア！』

二人は抱き合い、口付けを交わす。

『愛してるわ』

主人公の声が響くと共に拍手が響き渡る。物語が終わったと私に伝えていた。

白い結婚から離縁……という筋書きの物語が流行《はや》り出した頃は、そこまで劇団毎《ごと》に独自性はなかった。同じ脚本を使っているところも多かったわけだから、ほとんどの流れが一緒で、演出が少し違うとか、後は舞台の上に立つ女優俳優の実力次第という感じだった。

しかしだんだんと、雰囲気も変わってきた。脚本家たちが、物語の流れそのもので他との違いを出そうとし始めたのだ。

例えば白い結婚をさせられた女性の、男性や悪役キャラクターに対する復讐《ふくしゅう》が過激なものになっていたり。

例えば、そもそも白い結婚自体も女性の方が最初から企てていた計画の一部だったり。

逆に、白い結婚の悲惨さに焦点を当てて描く作品も出てきたりと、どうにか物語でも他の劇団との差を作り、客の記憶に残そうとしている脚本家たちの努力が垣間見《かいまみ》える。正直なことを言えば、全く違う話を扱う方が記憶に残りそうだが…………未《いま》だに世間の流行りは白い結婚にまつわるあれやそれなので、観客の要望に沿わねばならないのだろう。

私はというと、以前よりは白い結婚をさせられている物語を見ても、辛《つら》い気持ちにはならなくなってきた。……見すぎたせいで、なんとなく先が予測できるようになってしまったせいもあるかもしれない。

……まあ、今日ばかりは、それより気にかかっていることがあるからだが。

「ジョルジーヌ、今日も素晴らしい歌だった……！　ありがとうアナベル。あの舞台、中々観《み》に行けてなかったのよ！」

「喜んでもらえて良かったわ」

普段はメラニアに私が誘われて共に出掛けてばかりなので、私から誘うというのは初めてのことだった。アデラ座の公演に彼女を招き、その後は完全個室のある飲食店へと場所を移す。

個室には私とメラニアだけで、普段外出時は近くに控えている従者のジェロームには、部屋の外に出てもらっている。個室で窓もない構造になっているので、部屋に入るには出入口を通るしかない。そのため、出入口に立つことで部屋の外に出てもらうのを了承してもらった。

「それでアナベル。私に何か用があったのでしょう？　なぁに？」

簡単な軽食を注文し、料理が運ばれてきた後、メラニアはそう言った。私が驚いて少し硬直していると、彼女は笑う。

「アナベルから誘ってくれるなんて今までなかったじゃない。それにこんな、外から分からない個室に連れてこられて、いつも傍《そば》に控えさせている従者まで下げてたら気付くわよ」

「……そうよね、そうよねぇ」

それはそうだ。何か話したいのだと言っているも同然の行為で、振り返ると恥ずかしくなる。

少し赤くなった顔を扇で煽《あお》ぎながら私は友人の顔を見つめた。メラニアは初めて会ったときから変わらない、少し丸みを帯びた顔だ。

「……ここだけの話ということにしてほしいのだけれど」

「もちろんよ。外で話して良い話題と、そうでない話題ぐらい分かるわ」

「ありがとう。……実はお父様がドリューウェットの『小麦畑』の偽物を買ったの」

「………やってしまったわね………」

「それだけなら良かったのだけれど、来月に家でパーティーを開く予定があるらしくて」

「嫌な予感しかしないわね」

「素晴らしい勘ね。その目玉として『小麦畑』の話をしてしまったらしいの」

「どちらを向いてももうどうしようもない状態ではないかしら、それ」

「そうなの。どうせ瑕《きず》はつくのだけれど、フレディのためにも少しでも浅い瑕にしたくて。あ、フレディは一つ下の弟よ」

「覚えてるわよ、友達の家族ぐらい。会話をしたことはないけどね。……でもそうね、一つ下だからもう社交界デビューも済ませたでしょう？　その年で偽物を買ったとか、止められなかったとか言われるのは辛いわね」

流石メラニア。話が早い。最終的にそこまで噂《うわさ》が捻《ね》じ曲《ま》がる可能性もゼロではないため、できれば父が『小麦畑』の偽物を買ったということがそこまで印象的にならないようにしたい。

「とはいえ『小麦畑』を購入したと言ったのなら、もしかするとそこそこ広まっているかもしれないわ。ブリンドル伯爵家の名前は、貴女《あなた》が結婚するときにそれなりに話題になっていたからね」

「そうなのよね……」

これがまだ、私が結婚する前のことであったのなら、あまり話題にもならなかったと思う。ブリンドル伯爵家？　ああ名前は聞いたことあるなぁ、ぐらいで、面白味もなく、話題に上がることもなかっただろう。

しかし長女である私が、名門であるライダー侯爵家に嫁いでしまった。これにより、社交界の中でブリンドル伯爵家の名前はある程度、知名度を取り戻している。それ以降の活躍については特にないが、ブリンドル伯爵家の名前を聞けば、ああ、娘がライダー侯爵家に嫁いだよね、ぐらいまで情報が浮かぶ程度には意識されているのだ。

つまり今やらかすと、ただでさえ落ちているブリンドル伯爵家の名が更に落ちる。跡を継ぐフレディはもちろんのこと、これからどこかに嫁いでいかなくてはならないジェイドやレイラの将来への影響も大きい。嫁いでいる私への影響も少なからずあるだろうが……ライダー侯爵家と私にはというと、実のところそこまで大きな影響はないだろうと思う。

ライダー侯爵家はそもそもブリンドル伯爵家の悪い噂も込みで私が嫁ぐことを受け入れているから、罪を犯したわけでもなければそこまで気にしないだろう。確かに短期的な意味ではライダー侯爵家にも噂が付きまとう。それでも夫からすれば、私という〝お飾り妻〟をまた見つける手間を考えれば、これぐらいの汚名は気にしないはずだ。

だからやはり、今回の問題はどれだけブリンドル伯爵家の名につく瑕を小さくできるか、ということころだ。

「他のドリューウェットの作品を代わりに出すとかは？」

「無理よ。いくらなんでも『小麦畑』と見間違える作品なんてないでしょう」

もし父が、ドリューウェットの作品を手に入れたとしか書いていなければ、その手は使えた。私の絵画のコレクションの中にドリューウェットの絵があるからだ。信用の置ける筋から購入しているので間違いなく本物で、別途鑑定にも出しているから信憑性《しんぴょうせい》は問題ない。

だが父は『小麦畑』を手に入れたと書いたのだ。そうなると、やはり『小麦畑』を凌《しの》ぐインパクトのある絵が必要になる。本物を手に入れるなんて絶対無理なので、端《はな》から考えはしない。

「となると、ドリューウェットの『小麦畑』より珍しく、価値のある作品を用意しなくてはならないということよね。…………難しすぎない？」

「そうなのよ。どうしましょう……」

私が持っているコレクションで代役が務まるのならどれでも貸すのだけれど、私が買っている絵画はどちらかというと現在進行形で作品を生み出している作家の作品が多い。つまり、絵画にあまり興味のない層からの認知度は低いのだ。そんな作品では、どれほど素晴らしくても今回のパーティーでは無価値になる可能性がある。

絵が好きな人は有名だろうが無名だろうが好きだと思えば気にしない。

だが絵のことをお金と交換できる品物としか思っていない人間は、どれぐらい有名か、どれぐらい価値があるかという点でしか判断しないのだ。

「唯一幸いなことは、今のブリンドル家でも手紙を出すことが容易な層にしか招待の手紙を送っていないことなの」

家に帰った後、母から招待状を送ったリストを貰《もら》った。そこに記されていたのは親戚と、それなりに勢いのある商家や、騎士、男爵、子爵あたりの家ばかり。伯爵以上の家はなかった。

恐らく父の力で手紙を出せる範囲が、このあたりが限界なのだろう。

格上相手に恥を晒《さら》すのと比べれば、いくらか、いくらかはマシだ。

リストの名前を見て少しだけホッとしたのだ。最終手段として、私が夫に頭を下げて頼み込み、ライダー侯爵家の力を使って変なことを言いふらさないようにする、という手段が取れるから。これがライダー侯爵家でも物申せないような位の高い人間が招待されていたらどうにもならないが、今のところ招待されている人間を見れば何とかなるだろうと考えられた。

とはいえそれは、最終手段としたい。

「何か良い案ない？　メラニア」

「難しいことを言うわねぇ。…………あっ」

「何か思いついたの？」

つい身を乗り出しそうになるのを必死に抑えながらメラニアを見上げると、彼女は人差し指を立てながら言った。

「絵画なら、やっぱり専門家に聞いてみましょう！」

メラニアは思い立ったら即行動というところがあると思っていたが、こうして傍にいると、それをより感じる。あの宣言の後に私の腕を引くようにしてカンクーウッド美術館に赴いたかと思えば、着いて早々にブロック館長を呼ぶようお願いしたのだ。

相手は国内外に名を知られている美術館のトップだというのに、臆することなく、この行動の早さ。私には恐らく一生できない。そう思った。

私たちの急な呼び出しに顔を出してくださったブロック館長は、いつもの通り、口ひげで隠れていても分かるほどに口角を上げて私たちを迎えてくださった。

「ようこそいらっしゃいました、ライダー夫人、アボット夫人。私をご指名ということで、どのような御用でしょうか」

「ブロック館長！　ライダー夫人をお助けくださいませんか。私共では良い考えが浮かばないのです。どうかお知恵をお貸しいただきたいのです」

「もちろんでございますよ。私がご協力できることでございましたら手助けさせていただきます」

館長は私たちの様子から只事《ただごと》ではないと思ったのかもしれない。

館長に促され私たちは美術館の中で関係者のみが通されるだろう廊下を通り、それから、椅子も机も高価なのが一目で分かる作りの部屋へと通された。比べるのは失礼であるが、ドロシアーナの応接間よりも、恐らくお金がかかっている。

ここ……恐らくだが、軽々しく口にはできないような身分の方が来られたときとかに対応する部屋なのではないだろうか？　そんな所に通されてする相談が自分の困りごとというのが恥ずかしい。

席に着くと共に、メラニアはまずこの問題を外部に漏らさないことをお願いした。ブロック館長は混乱した若い女二人を安心させるように、ゆっくりと頷《うなず》いた。

それを見てからメラニアは私を見た。さあ話して、と言われているようだった。

だが、いざ説明しようとすると、口から上手《うま》く言葉が出てこない。

「…………あ、…………………っ」

喋《しゃべ》ろうとしているのに、喋るつもりがあるのに。

けれど口を開いても、漏れるのは私の息だけで、言葉にならない。

メラニアにはあんなに説明していたのに。ついさっきまで、普通に声が出ていたのに。突然、何故《なぜ》？

ブロック館長もメラニアも何も言わずに私を待っていてくれたのだけれど、結局私はこの後まともに説明することができなかった。ある程度待ったところで私がメラニアに視線を向けると、こちらの縋《すが》る気持ちを察してくれたメラニアが私の目をまっすぐに見つめてきた。膝の上の私の手を、メラニアの左手が握る。握られて初めて私は自分の手が震えていると気が付いた。

「私が説明するわね。何か間違っていたら教えてちょうだい」

「……」

私は頷いた。

メラニアは私に代わり、ブロック館長に悩みについての相談をした。説明の途中、館長の顔に呆《あき》れや蔑《さげす》み、失望などが浮かぶのではないかという不安から、ブロック館長を見つめてしまった。父が偽物を騙されて買ったことから始まり、本物かの確認もまともにせず周囲に通達したことなど、様々な本物の芸術と日々触れ合っている館長からすれば怒りを感じてもおかしくない愚行ばかりだ。

けれどブロック館長の表情は、メラニアによる説明が全て終わるまで、特に変わることはなく極めて落ち着いたまま……強いて言えば真剣な表情のままだった。

肩透かしを食らったような気持ちになった。…………同時に、結婚後では恐らく一番喋っているだろう外部の人から失望したような視線を向けられなかったことに、安堵《あんど》もした。

「なるほど。確かに対応が難しいですね」

「あ、の」

今度は、少し掠《かす》れているものの、ちゃんと自分の声が出た。

「はい」

「私の、持っている絵で、何か、『小麦畑』に匹敵するような作品とか、ありませんでしょうか……」

「ライダー夫人が購入された絵画を全て把握しているわけではありませんので、良ければ後でお持ちになっている絵画の一覧をお送りいただけますか？　ただ、カンクーウッド美術館《わたくしども》がご紹介させていただいた絵となりますと、中々……ドリューウェットの、しかも『小麦畑』を超える知名度を持ち、万人から価値を認識されている物はないでしょう。…………それ以外ですと、ライダー侯爵家が所有している絵画であれば、『小麦畑』に匹敵するものはいくつかあったはずですが」

「！　本当ですかっ」

「ですが夫人。その絵画は、ある程度芸術作品に精通している者ならば、ライダー侯爵家所有の物だと知っているのですよ。その場は誤魔化せても、後から夫人の御実家の物ではないということが露見する可能性が高いのです」

それでは駄目だ。一時的に貸し出すことは別に良いとして、けれどそれは汚名をそそいだり有耶無耶《うやむや》にしたりするインパクトは持たない。買ったならともかく、借りたということは、結局その絵を所有したわけではないのだから。

「それ以外、それ以外ですと…………ふむ、私の伝手《つて》を少し当たってみましょう。あまり期待はしないでいただきたいのですが」

「…………いえ、ブロック館長にはいつもお世話になっております。これ以上迷惑はおかけできません」

私は力なく首を横に振った。横からメラニアが咎《とが》めるかのように私の名を呼んできたが、そっと重ねたままの彼女の手を握る。

結局、もとはと言えば自業自得なのだ。

父はもちろんのこと…………父があぁいう人だと知っていたのに、生活が好転したことで父への監視を緩めてしまった母も、自分のことばかりで家族のことを少しも考えなかった私も。

もっと早く母が気が付けば。もっと前から自分から、家族と触れ合おうと考え行動していれば。もしかしたら、今みたいに悩む必要はなかったかもしれないのだから。

「ブロック館長。突然お時間を取らせてしまい、申し訳ありません。お仕事の邪魔でしたでしょう」

「邪魔なんて、まさかまさか。……ライダー夫人、私は迷惑などとは思っておりませんよ」

「ありがとうございます」

普段客として来ている相手に、本心など言えるわけがない。私は申し訳ないと思いながらメラニアの手を握ったまま、立ち上がった。

「本日はこれにて失礼いたします。私が個人で保有しております絵画の一覧は、用意ができ次第送らせていただきますわ。ブロック館長を頼ってしまうこと、どうかお許しくださいまし」

私はそう言って、カンクーウッド美術館を後にした。

私を追いかけてきたメラニアが、眉を吊《つ》り上《あ》げながら言う。

「ちょっとアナベル！　ブロック館長以上に絵について頼れる方なんていないじゃない！」

「私の極めて個人的な問題に沢山時間を割いてもらうなんて、申し訳ないもの」

「もう！　侯爵家に嫁いだっていうのに、そういう考えはあまり変わってないのね。誰にも迷惑をかけないとか、誰にも弱みを見せないとか、無理なのよ。問題は誰にどう迷惑をかけるのか、誰に弱みを見せるのかなのよ？　迷惑をかけた相手にはそれに見合う行為を、後でお礼として出すにしろ、その後相手が困ったときに力になるにしろ、すればいいの！　その点ブロック館長は信頼できるし、普段からアナベルは美術館を訪れたり展示会で絵を買ったりしているのだから、後から挽回《ばんかい》することはいくらでも可能じゃない。それぐらいのやり取りはしなくては」

メラニアの言う通りなのだけれど、中々、持って生まれた性格というのは変わらないのだ。

その後もメラニアは私にぽこぽこと怒っていたけれど、ある程度のところでサッパリ切り替えた。

「私も少し考えてみるわ。それと、もしかしたら夫には相談するかも。夫も口は堅いから許してほしいのだけど」

「メラニアが信頼できると思っているのでしょう？　なら大丈夫よ」

そんな会話をしてから私たちは別れた。

私は彼女を見送ってから、溜息《ためいき》をつくのだった。

どうしたら良いのか。その答えは、全く思いつきそうにもなかった。


数日が過ぎ去った。当然、画期的な解決方法なんてものは現れない。メラニアやブロック館長という、他者の力ばかり期待していた私のもとに素晴らしいアイデアが天から降ってこないのは、ある意味当然のことだった。

陽気に出掛ける気分になどなれず、ただ屋敷の中で時間だけが過ぎ行く。その時間も、普段よりずっとずっと長く感じられた。

「どうしよう」

誰に聞かせるでもなく、一人呟《つぶや》く。

家族に、少し考える時間が欲しいと言ってしまっている以上、何かしら解決するアイデアを持っていかねばならない。だけど『小麦畑』を超える作品を手に入れる方法なんて思いつかないし、実際、そういう作品が今売りに出されたりはしていなかった。

これでもただ屋敷で悩んでいただけではなく、今まで関わった画廊や美術館の方々などに尋ねてはみたのだ。だが、『小麦畑』と同等あるいはそれ以上の価値があるという作品が売りに出される予定はなかった。

一度、顔をできるだけ隠してオークションにも足を踏み入れてみたのだ。今までは展示会でばかり買っていたから、オークションならば芸術にあまり興味のない人でも欲しがるような何かがあるのではと思って。

だが『小麦畑』に匹敵するものはなかったし、そもそも、競り合いの雰囲気がピリついていて、私は声を出すこともできなくなってしまった。

頭を抱えて、頭痛すら感じ始めたとき、ジェマが私に尋ねてきた。

「若奥様。明日の音楽会《コンサート》へは参加されますでしょうか……？」

「……そういえば、明日だったわね」

私がよく行くホールで定期的に行われている音楽会《コンサート》。何度か参加しているうちに、定期的に日程の知らせが届くようになり、よほど問題がなければ参加するようにしていた。まさか実家関連の問題が発生するなんて思ってもみなかったので、明日の音楽会《コンサート》には既に出席で連絡をして、チケットも手に入れている。

どうしようか……そう迷ったのは一瞬だった。

「行くわ。皆にはそう伝えておいて」

「かしこまりました」

これ以上考えても良案は浮かばず、心だけが疲れていく。こういうときは何かに癒された方がいい。……と言い訳して、私は音楽会《コンサート》に参加することを決めたのだった。簡単に言えば、現実逃避だ。

音楽会《コンサート》への参加は、正解だった。疲労が吹き飛ばされる、そんな心地になる素晴らしい演奏だった。

「……いい歌だったわ」

全ての演奏終了後、私は小さく呟いた。

目玉であった歌手の歌が良かったのはもちろんだが、初めの方で歌っていた一人の歌手が印象に残っていた。

あの歌手の名はなんだろうか。そう思い、本日のプログラムを見る。

「グレンダ・サムウェル……彼女の歌、どうにも聞いた覚えがあるのよ」

「調べておきましょうか？」

「ええ、お願いしてもいいかしら」

「かしこまりました」

ジェロームは私の疑問を丁寧に拾ってくれた。

うん。随分と素晴らしい気分転換になった。――とはいえ、本日の目的は音楽会《コンサート》だけではない。ホールを後にして次に私が向かったのは『ドロシアーナ』だ。

「いらっしゃいませ、ライダー夫人」

入室すると、一番近くにいた店員がそう私に声をかけてきた。

確かに私は何度かここに訪れているが、この店員とは会ったことがない……と思う。それでも私の顔が把握されているのは……メラニアのせいだろう。多分。

まあそのあたりはおいておいて。

とりあえず今日の目的を伝えようと口を開き——けれど対応してくれている店員の後方に、この店のデザイナーが姿を現したのを見て、ゆっくりと開いた口を閉じた。彼が私のもとにわざわざ移動してきてくれたのに気が付いたからだ。

「ライダー夫人。ようこそいらっしゃいました。本日はどのような御用向きでしょうか」

「わざわざ出てきてくださったの、ドロシア。そこまでする必要はありませんでしたのに」

「ライダー夫人は、我らがオーナー夫人の大切なご友人でございますから」

ニコリと微笑《ほほえ》んだドロシアに促されて、別室へと移動する。貴族の女性を立たせたままというのは問題が起こるのだろう。

「本日は、私の弟妹《きょうだい》の服を仕立てるのをお願いしたくて参りましたの」

ジェロームに視線をやれば、彼はフレディたちの採寸情報を広げた。

先日服を贈ると約束した後、フレディらには現在の採寸を(もちろんしっかりと測った物を)くれと頼んでいた。それが送られてきたこともあり、こうして約束通り、弟妹たちに遅くなった誕生日プレゼントを贈る準備を始めたというわけだ。

「あの子たちも年頃ですから、よろしければドロシアに仕立てて……ああ、見立てるでも問題ないのですが、一式、頭から靴まで揃《そろ》えていただきたいと思いまして」

時間が経《た》つと、一セットなんて言わず、もっと沢山贈りたくなってくる。ただ、これで複数贈ってしまうとフレディたちとの約束を破ることになるし、何でもかんでも与えるのが良いことではない。ジェイドたちがどんな所に嫁ぐことになるかはまだ分からないけれど、お互いに嫁げば、姉妹とはいえあまり過剰な物のやり取りはよくない。…………そう自分に言い聞かせて自制する。

「なるほど……失礼ですが、ご弟妹の容姿について伺っても構いませんでしょうか。髪の色ですとか、目の色ですとか」

「皆、私とはあまり似ていませんの。弟と下の妹の髪は焦げ茶と言えばいいのかしら。上の妹は、弟たちほど濃い色ではない茶髪ですね。目の色は、私とは違い、皆綺麗《きれい》なグリーンなのですよ」

「なるほど。ありがとうございます。体格はこちらの情報で問題ないのですが、ご弟妹の詳しい年齢もよろしいですか？」

「弟が十八、上の妹が十四で、下の妹が今年十二になります」

「かしこまりました。お任せくださいませ」

「ありがとうドロシア」

出された紅茶で口の中を潤していると、書類を控えた後、ドロシアがこんなことを言い出す。

「……ライダー夫人、何かございましたか？」

私はゆっくり目を瞬《しばたた》いてから、彼の顔を見て、小さく首をかしげる。

「何かというと？」

「少し思い詰めたようなお顔をされておられるように見えましたので……」

そんな顔をしていただろうか。

そんな風に問いかけられてしまえば、脳内に実家の絵画問題が浮かんでくる。あの問題は、暇さえあれば浮かんできて、どうしたらいいんだろう、でもどうしようもない、だがどうにかしないといけないと、ぐるぐると思考が同じ渦を回り続けるのでいけない。

それでも他のことが目の前で行われていれば意識しないで済んだりする。今日だって、音楽会《コンサート》が始まってからは、ほとんど考えもしていなかった。

それなのに思い詰めているように見えたなんて……。私は手持ちの扇を広げて顔のほとんどを隠す。侯爵家に入ってから、身に沁《し》みついた癖だ。

扇を広げるのは相手に感情がはっきりと伝わらないようにするためだが、された相手もそのことは理解できてしまう。そのせいだろう、ドロシアは私に向かって頭を下げた。

「申し訳ございません、出過ぎたことを申し上げました」

彼の対応に、むしろ私の方が慌ててしまう。不快だったわけではなく、少し困ってしまっただけなのだ。それでつい、パンと広げてしまっただけで、本当に、彼を不快に思ったわけではない。

「顔を上げて、ドロシア。ただ恥じただけなのよ、自分のことをね」

ドロシアは顔を上げてくれたものの、その後はなんとも雰囲気が重い。

その重さに耐えきれず、早々に帰ることにした。目的は済んでいるのでいつ帰っても別に問題はなかった。

馬車の準備を待ちながら、私は斜め後ろに控える従者のジェロームに声をかけた。

「私、そんなおかしな顔をしていたかしら」

「いいえ、いつも通りだったかと」

ジェロームも不思議そうに首をかしげている。……そう、よね？　私別に、ドロシアーナで悩みを抱えているというオーラなんて、醸し出していないわよね、と自問自答しながら馬車に乗り込んだ。

ドロシアはわざわざ店の外まで出てきて、私の乗った馬車が去っていくのを見送ってくれた。あからさまな上客扱いに少し気恥ずかしさも感じてしまう。だが実際のところ、メラニアに連れられてドロシアーナに初めてやってきた日から贔屓《ひいき》にしているのだから、ドロシアーナの人々があした対応を私にするのも当たり前のことなのかもしれない。商売というのは、人との縁を蔑《ないがし》ろにすればあっという間に潰れてしまうとメラニアが言っていた。一時のみ成功することはあるかもしれないが、長くは続かないとも。

屋敷はもう目前、というときだった。突然、馬車が止まった。どうかしたのだろうかと不安を覚えていると、ドアがノックされて外にいるはずのジェロームの声がした。

「若奥様。少し道がぬかるんでいたようです。調《ととの》えますので、少しお待ちください」

「分かったわ」

数日前に少し雨が降っていたので、その跡だろうか。不思議に思いながら私は馬車の中で待った。

……暇だ。

こういうとき、同性の傍付きがいれば一緒に車内に乗り込めるので話し相手になるが、ジェロームは異性なので中には入ってこない。今度からやはり同性の使用人も誰か、出掛ける際に付いてきてもらった方がいいだろうか。でも今までジェロームだけで問題は起きていないし……と一人で考えていると、再びドアがノックされた。

「出発いたします」

その声の後すぐに、馬に出発の合図を送る鞭《むち》の音がして、馬たちの足音が鳴り響き、馬車が動き始める。そのまま数十メートル、屋敷の石壁の横をまっすぐに進んだ馬車は、敷地内に入るべく曲がった。

何の気なしに窓の外を見ていた私は、つい先ほど自分たちが通ってきた道に視線を向けた。水たまり一つない道は乾ききっていて、小さな疑問が浮かんだが、それは泡のようにあっという間に消えた。

馬車を降りて屋敷に戻り、私は着替えるべく屋敷の中を歩く。部屋のすぐ傍の廊下を歩いていると、ふと、何かが足りないと気が付いた。立ち止まり何が足りないのか考えていると、私が答えに辿《たど》り着《つ》くよりも先に、侍女頭のアーリーンが駆け寄ってきた。アーリーンの後ろには泣きそうな顔をした年若い侍女がいる。何事だ。そう思ったときには、アーリーンと侍女は深く深く頭を下げていた。

「申し訳ございません、若奥様。こちらの台座に置いていた花瓶なのですが」

そう言われて、この廊下に置かれていた花瓶がなくなっているのだと理解した。

別室に移動した私のお気に入りたち。その中の一部は、私の部屋にほど近い廊下に限り、飾っていた。それがないのが、先ほど抱いた違和感だったと気が付く。

「ガナーシュの花瓶……何かあったの？」

ガナーシュは陶芸家の名前。色々な陶芸品を作っており、グレボー美術館で開かれる展示会に度々作品を出展している。陶芸の柄が特徴的で、小さな野菜が沢山描いてあるものや、一見別の物に見えるが、よく見ると魚の模様をした花瓶など、不思議な柄で人気を得ている。

確か、ここに置いてあったのは一見花が描かれている普通の絵柄だが、よくよく見ると花の茎が花瓶の底に繋がっていて、底には何故か林檎《りんご》が描かれていた。どうしてそうなったのかは分からないが、分からないのが面白くて買ってきたのだった。

てっきり、掃除中に落としてしまい、割れたのかと思った。それなら後ろにいる若い侍女が泣きそうになっているのも理由が付くからだ。怒っていないと伝えるためにも、私はアーリーンに落ち着いたトーンで話しかけたのだが、彼女の返事に言葉を失ってしまった。

「実は……先ほどまで若旦那様が戻ってきておられたのですが、その際にこちらの花瓶を気に入られて、持って行かれてしまったのです」

ヒュッと喉が鳴る。

若旦那――私の、夫。

もう大分長いこと顔を合わせていない、屋敷に来ることも滅多になかった人が今さっきまで来ていた……。私に近づくのを嫌がり、私の部屋に寄ろうともしなかった男が……。

私の花瓶を持って行った……。

「申し訳ございません、若奥様！　そちらの花瓶は、わ、若奥様が購入された物だとご、ご説明したのですが、若旦那様はお聞きになられず……っ、妻の物ならば自分の物だと……！」

若い侍女が必死な声色で弁解した。

どうやら夫がガナーシュの花瓶を手に取ったとき、対応した侍女が彼女だったようだ。

アーリーンが前に出て謝罪しようとした彼女を押さえ、頭を深く下げた。

「若奥様の私物を、若旦那様相手とはいえ、無断でお渡ししました。最終的に許可を出したのはわたくしでございます。どうか処罰はわたくしに」

「そんな！　違うんです、わ、私が、私がわ、若旦那様にご説明できなくて！」

アーリーンは落ち着いて、頭を下げ続けている。その横で若い侍女が狼狽《うろた》えて涙を零《こぼ》していた。

その二人がうまく視界に入らない。頭が動きたくないと言っている。だが私がこのまま立ち止まり何の指示も出さなければ、困るのは二人だ。

ゆっくりと呼吸をして、私は優しい声色を心がけながらアーリーンに頭を上げるように命令した。

「アーリーンにどうして処罰をするの？　若旦那様が花瓶をご希望されていたのでしょう。お渡しするのは当然だわ。貴女《あなた》も、そんな風に泣いては駄目よ。これがお客様がいる所なら、侯爵家の使用人は……と言われてしまうかもしれないわ。アーリーン、ガナーシュの花瓶は他にもあったわよね。それをここに置いてくれる？」

「かしこまりました」

「あ、ありがとうございます、ありがとうございますっ」

私はアーリーンたちと別れて自室に戻り、ジェマに手伝われて外出用の服から、室内着に着替えた。そのまま部屋に置かれている横長のソファに倒れこんだ私に、ジェマが慌てて近づいてくる。

「大丈夫ですか、若奥様！」

「……ごめんなさい、ジェマ。驚かせてしまって……。大丈夫よ、少し足が疲れてしまっただけだから……」

「では足のケアの準備をしてまいります」

「いいえ。大丈夫。いらないわ」

「ですが」

「少し……少しだけ、一人にしてもらってもいいかしら？」

「……かしこまりました。何かありましたら、すぐお呼びください」

ジェマが出て行った後、私は侯爵夫人に相応《ふさわ》しくない体勢でソファに倒れたまま、そっと顔をクッションに押し付けた。

——独白　ブロック——

私が初めてアナベル・ライダー夫人を目撃したのは、彼女が二回目にカンクーウッド美術館に訪れたときのことだった。

初来館のときは「不安を覚える客が来た」と部下たちが騒いでいたため印象に残っており、彼女が例の貴族女性だとすぐに分かった。視線を向けているとすぐ傍《そば》にいた従者が私に気が付き、ジェスチャーで放っておいてほしいと訴えてきた。

部下たちが不安を覚えたと言う理由は、すぐに分かった。

彼女からは生気というものが感じられなかった。水を意図的に与えられずに萎《しお》れ枯れかけた花のような女性というのが、第一印象。服のセンスはひと昔前のものだが質は良い。髪や指先も高位貴族の例に漏れず、十分に世話をされているように見受けられる。だがどれほど使用人が水を注ごうと、受け取る器がひび割れて水を零《こぼ》していては、どうしようもない。

絵画を見つめるヘーゼルの瞳は澱《よど》み、亜麻色の髪は萎《しな》びて哀れさを誘った。

美術館まで乗り付けていた馬車や入館料の支払先から、彼女がライダー侯爵家の人間だということはすぐに分かった。ライダー侯爵家は武を尊ぶ名門貴族だ。今代当主も若い頃に隣国との戦いで名を上げている。その一人息子は、少し前にブリンドル伯爵家という家の娘を娶《めと》っていた。あの、枯れかけた花が、そうだろう。

ブリンドルという名も、昔はよく聞いた名であった。先代は貴族ながら先見の明を持ち商才に溢《あふ》れていたが、先代の得た「向こう百年は安泰」と言われていた資産を、次代があっという間に使い切り、凋落《ちょうらく》した家だ。次代が悪人だったという噂《うわさ》はないが、父親のような才はなかったのだろう。凋落した後は、あっという間に社交界からも忘れられている。

不釣り合いな結婚で苦しんでいるのだろうと思われた。本来は成り立たない縁組だ。最早《もはや》平民が貴族に嫁いだような違いがあるはずだ。

古い友人にこの結婚について尋ねたところ、「あそこの一人息子は、親の選んだ結婚相手を悉《ことごと》く拒絶していたというからな。このまま妙な女に入れこまれたり、独身を貫かれたりするよりも、負債だらけとはいえ確かな貴族の家の娘を娶らせたかったのだろう。全く、親の言うことを聞かぬ息子を持つと苦労するな」などと話していた。

その疲れを癒すために来ているのであれば、芸術はその対話相手として相応《ふさわ》しい。絵画は周りをよく見て、よく語っている。その言葉に耳を傾けるかどうかは、見る者に一任されているだけなのだ。

独《ひと》り孤独な人ほど、絵画は良き友となり、相談相手となる。絵画は逃げない。何時間でも何日間でも、悩みを聞いてくれるのだから、いくらでも、気が済むまで絵画と話してほしいと思った。

枯れかけた花――ライダー夫人は、その後もカンクーウッドに訪れ、長い時間をかけて全ての芸術品を鑑賞していき、常連客の一人となった。

――彼女を初めて見かけてから半年ほどが経《た》った頃、展示会に現れた彼女に私は驚いた。久しぶりに見たライダー夫人は、様変《さまが》わりしていたのだ。

いつも従者以外連れていなかった彼女が、隣に友を連れていた。私も知っている、アボット商会の若夫人だ。彼女と談笑しているライダー夫人は、ヘーゼルの瞳が温かく丸みを帯び、口角は緩やかに上がっている。それは作ったものではなく、間違いなく素の笑顔だった。

元気を取り戻して良かったと、思った。

私が彼女と初めて会話をしたのは、彼女が友人と楽しげに訪れた次の日だった。それまでの年配女性のようなセンスの服から一転し、明るい青地のドレスを着こなしたライダー夫人は、まるで別人であった。服だけでなく、ドレスに合わせたように彼女の顔を彩る化粧も変えられていて、身支度担当の侍女の力の入りようがよく分かった。

展示会に足を踏み入れたライダー夫人を見て、私はピンと来た。彼女は今日、作品を買いに来たのだ。彼女の動向を他の客と会話しつつも見守っていた私は、運命の出会いを目撃した。アルトゥールの『王都の歓声』とオートレッドの『ビーツ海』、その二枚の絵画に挟まれた、小さな絵画――ガーデナーの『デイジー』。

今まで誰にもまともに見られることもなかった。それでもただ咲き続け、つぼみを広げて光を得て美しい姿を見せることこそが己の最大級の働きと知る花の、切実な呼び声。誰もが気付きもせずに通り過ぎて行ったその声に、ライダー夫人が気付いたのだ。少なくとも私にはそう見えた。

一人の女性が本当の意味で芸術に魅《み》せられた、尊く美しい光景であった。

それを目撃した者として、私は一人の男のもとへ向かう予定を組み込んだ。

⚜

王都にある、ある貴族の屋敷を私は訪ねた。馬車から降りれば、見知った顔が私に挨拶をした。

「ようこそおいでくださいました、館長」

「やあパーシヴァル」

「わざわざ館長においでいただき恐縮なのですが……主《あるじ》は本日、虫の居所が良くないのです」

「気にしないとも」

彼の機嫌はすぐに良くなるという予感があった。パーシヴァルの案内の下、彼の主人に会いに行く。

「ジェレマイア様、館長をお連れしました」

アトリエの真ん中に、目的の人物はいた。

画家ガーデナー。――本名、ジェレマイア・コーニッシュ。

今はジェレマイア・コーニッシュ・ウェルボーンと名乗ることもある。

ドアの開く音は聞こえていたはずだが、彼は振り向きもしなかった。ただただキャンバスに向かっているが、その絵の進捗が悪いようだ。両手は膝の上にいっており、近くにはパレットもない。少なくとも、真新しい絵の具の匂いがないので、今日は絵の具を出していないのだろう。

パーシヴァルは何とも言えない顔をしている。無言で、主人に話しかけないでくれというオーラを発しているのが分かる。

だが芸術家にしろ音楽家にしろ、感性を用いて仕事をするような人間は、感情の起伏が激しい。そんな数々の知り合いと付き合ってきた私にとって、無言で機嫌の悪さを訴えるなんて……子供のようなものでしかない。

気にせず、ガーデナーに近づきながら私はごく普通の声で話しかけた。

「ガーデナー。今日は『デイジー』の購入希望者がいたことを知らせに来たよ」

その一言にパーシヴァルは明らかに表情を変えたし、ガーデナーも振り返らないものの、僅かに顔を上げた。

「館長、本当ですか？」

「もちろん。今日はその件について相談に来たのだから。うちの展示会では、どれだけ購入希望をする人がいても、作家が認めないなら売買契約は成さない方針だからね」

ガーデナーはゆっくりと振り向いた。あまり眠れていないのか、目元には隈《くま》がうっすらと出始めていた。とうに育ち切って精悍《せいかん》な顔立ちになったというのに、疲れからか表情は幼い。

「……かわれた？　えが？」

虚《うつ》ろな声に私は頷《うなず》いた。

「ああ、君の絵が欲しいとね。希望額は十二万デルだ」

「十二万……!?」

私の言葉にガーデナーは僅かに目を見開き、パーシヴァルは金額を復唱した。

今まで絵がまともに売れず――ハッキリ言えばほぼ無価値のような値段でしか売れなかったことを思えば、十分すぎる金額だ。そういう反応にもなるだろう。

「どなたが購入を希望されたのですか、館長っ！」

「パーシヴァル。落ち着いて。それも説明するとも。……購入希望者の名前は、アナベル・ライダー夫人という令夫人だ」

「アナベル……ライダー？　ライダー侯爵家にそのような名前の人はいたか？」

ガーデナーの目に、冷徹な光が戻ってくる。絵のことから離れ、貴族の話題になったことで意識が画家から貴族男性としてのそれに切り替わったのだろう。

ガーデナーの社交界離れは私よりも遥《はる》かに酷《ひど》い。絵に傾倒しまくっているため、必要最低限の社交の場にしか現れない。そのため、貴族の人間関係図も、少し古い情報で止まっているらしい。

一方でそんな主人を助けているパーシヴァルは顔を歪《ゆが》めた。

「……それは、ライダー侯爵子息ブライアンの妻の名前ではありませんか？」

「ええ。流石《さすが》パーシヴァル。よく知っている」

私が褒めれば、パーシヴァルは苦笑した。

「主がこんな調子ですからね。……ですがそうですか……」

「その令夫人に、何か問題があるのか」

ガーデナーの問いに、パーシヴァルは少し私の顔色を窺《うかが》いつつ答えた。

「あまり良いものではない、と言いますか……。一時、話題になりました。ブライアン・ライダー子息が夫人に熱烈にアタックして結婚したとかで。どんな美女にも靡《なび》かなかった子息を一《ひと》

目惚《めぼ》れさせた、と」

「彼がそんなことを……」

親しいとは言えないが、一応高位貴族の子息同士、ガーデナーもブライアン・ライダーとは顔見知りである。ただ、とパーシヴァルが続ける。

「結婚後が異様で。妻は一切の社交をせず、子息がわざわざ妻への社交の誘いに断りの手紙を送っているとか。理由は体が弱いからとか言われていますが、明らかな嘘《うそ》です」

「何故《なぜ》そう言える？」

「社交には一切出ないにもかかわらず、美術館、劇場、音楽会《コンサート》などでは姿を見かけると専《もっぱ》らの噂です。体が弱いわけはありません！　そんな風ですから、社交界ではあまり良い噂はありませんね……」

「そうか。……ブロック館長。貴方《あなた》の意見は？」

ガーデナーが従者から私に視線を移したので、素直に答える。

「訳アリではあるだろうが、ただカンクーウッドによく訪れる一客としての印象を述べれば……最近、やっと花瓶に水を注がれて息を吹き返した観賞用の花、だね」

パーシヴァルが芸術家ってどうして妙な例えしかできないんだと小声で愚痴っていたが、ライダー夫人を見れば私の説明も分かるはずだ。

「人格的な話をすれば、侯爵家の夫人としては不足なところのある性格はしていらっしゃるが、芸術への思いが偽物ということはない。今回の…………ふふふ、『デイジー』の前で立ち止まった彼女の様子は、是非ガーデナーにも見せたかったものだ。すぐ横に目立つ絵画があるにもかかわらず、『デイジー』だけをずっと見つめていたよ」

私とパーシヴァル、どちらの話も聞いた後黙り込むガーデナーを見下ろしながら、私は尋ねた。

「さて、ガーデナー。どうする。決定権は君にある。『デイジー』をアナベル・ライダー夫人に売り渡すのか。倉庫に積むか。あるいは前のように、画廊に無価値同然に買いたたかれるか。好きな道を、選ぶといい」

ニコリと微笑《ほほえ》んで言うと、ガーデナーは眉間《みけん》に目立つ皺《しわ》を寄せてみせた。何かを言われると眉を寄せて皺を作るのは、本当に幼い頃から変わらない癖だなと思いながら、私は一人の画家の選択を大人しく待った。

⚜

「…………断られたものの、私が勝手に伝手《つて》を使うのを禁じられたわけでもないしな」

過去の記憶から意識を戻した私は、己の屋敷の中で、独り言《ひとご》ちた。アボット若夫人に連れられて、相談に来たライダー夫人は途中で去っていってしまった。

確かにドリューウェットの『小麦畑』の本物を手に入れることも、それに代わる作品を用意することも難しい。無理難題として諦める気持ちは分かるが、ライダー夫人の諦めは、そちらへの諦めではない。人間に対する諦めだ。去るときの彼女の顔は、他人に助けてなんてもらえないと、絶望している人間の顔だった。

前々から少し後ろ向きなところは見えたが、ここ数か月はそういう面が消え、明るい雰囲気になり始めていた。それが一瞬で消えてしまった……そんな風に思えて、とてもではないが放置はできなかった。

使用人を呼び、私は手紙を書き記す。宛先は、私が頼ることのできる幾人かの人間だ。

何。これはただ、個人的な趣味の問題だ。虚ろに芸術を見つめていた頃よりも、輝く瞳で芸術に目を向ける姿の方が遥かに良いと思っただけ。

価値ではなく、絵そのものに眼差《まなざ》しを向ける姿が、惜しいと私が思った。だから勝手に、行動をしているだけの話だ。

「年を取ると、お節介になっていけないな」

などと呟《つぶや》きながら、そのお節介を止《や》めるつもりなど、さらさらない。

このような性格のために、一部の若者からは鬱陶《うっとう》しがられるのかもしれないなと思いながら、私は書き終わった手紙を朝一番に届ける準備を整えるのだった。

第六幕
突然の訪問

ガナーシュの花瓶を取り戻す術《すべ》など、思いつかなかった。夫に逆らえない私が、彼に対して何ができるというのだろうか。

悪いのは私だ。最初の頃は夫の目に入ることをあれほど恐れていたというのに、いつの間にか夫はどうせ帰ってこない、どうせ私の部屋には近づかないと思い、大事なものを目の付く所に飾ってしまった。せめて、夫があの花瓶を大切に扱ってくれると……信じるしかない。

花瓶を失ったことに落ち込み、実家を助ける妙案も浮かばないまま……一週間が過ぎた。そろそろ何かしらの答えを出さなければ、待たされたままの実家も困ってしまう。どうしたものか……そんな風に思っていたとき、フレディが我が家に飛び込んできた。

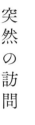

先触れもない――というか、フレディ自身が先触れのようで、実家から緊急の連絡を握って飛び込んできたのだ。

急いで案内された部屋へ行けば、フレディが椅子に硬直して腰かけていた。実家の椅子と違う、高級な椅子に緊張している様子だったが、私が部屋へと入ると、助かったとばかりに彼の瞳の新緑が和らいだ。

「姉さん！」

「フレディ。どうして貴方《あなた》が」

「他の者に頼んでいる時間が惜しくてっ、なんか大変なことになっちゃったんだよ！　姉さん、頼むから家に来てくれ！」

「分かったわ、落ち着いて。今からすぐに実家に向かいましょう。外に馬車を回してもらっているから、先に乗り込んでいてくれる？」

「わ、分かった」

フレディがジェロームに案内されて出ていく。

尋ねることはできなかったが……フレディの服装が酷《ひど》く乱れていた上に靴や足元が汚れていたのが気になった。ジェロームが耳打ちしてきた内容によると、侯爵邸に来る途中で路銀が足りなくなり、辻《つじ》馬車を降りて走ってきたらしい。その様相からフレディが飛び込んできた際、使用人たちはただの連絡係として対応してしまったそうだが、あのような恰好《かっこう》では、伯爵家の人間とは思われなくても仕方がない。対応をした使用人を責めることはできないだろう。

突然の外出だ。夫に何か言われるかもしれない――とも思ったが、フレディがライダー侯爵家まで走ってくるほどの事態だ。不安が勝って私は屋敷を出た。

馬車の中で私はフレディの横に腰かけてゆっくりと話しかける。

「何があったの？」

「今朝早くに突然警吏《けいり》たちが訪ねてきて」

けいり。ケイリ。警吏!?

「先日絵画を購入しただろうと。使用人が出たのだけど、肯定した途端屋敷に入ってきて、それで絵を出せと言ってきたらしいんだ。使用人は動転して、父さんたちを起こすより先に警吏たちを例の絵画の所まで案内してしまって……騒ぎで父さんや母さん、俺が出て行ったときにはもう警吏は絵画を抱えていて、この絵画はある事件の重要な証拠の可能性があるために一時的に預かるとかなんとか……もう朝から大変だったんだ！」

「……なんてこと」

犯罪が起きたときは、王都の役人の一役職である警吏が犯罪の調査、犯人の逮捕などを行う。

彼らは役人であるが、騎士のように武器を持つことを許可されている。なぜなら犯罪者と対《たい》峙《じ》する可能性が最も高いからだ。調査の協力を求められた際に、彼らの機嫌を損ねれば……………という危険もあるため、突然警吏が訪ねてきて動転してしまうのは仕方ない。

仕方ないが、主人を呼ぶ前に警吏を家の中に通してしまう使用人というのはいかがなものだろう。フレディの口調からして、警吏たちが来た時間帯は中々に朝早かったのだろう。だが普通であれば「主人を呼んでまいりますのでお待ちください」と言うのが筋だ。現行犯を追っているときなどよほどのことでもない限り、警吏も勝手に家の中になど入ってこない。特に、貴族の家には。……我が家は見るからに力のない貴族の家なので、貴族と言えど軽んじられた可能性が高い。

話しているうちに、馬車はブリンドル伯爵家に到着した。屋敷に入るとフレディに案内されて、父母のもとへと移動する。私の顔を見た二人は立ち上がり、私の傍《そば》までやってきた。

「ああ、ああアナ！　聞いてくれ、絵画が持って行かれてしまって！」

「アナベル。来てくれたのね……」

「お父様、落ち着いてください。お母様。フレディが駆け込んでくるものだから何事かと思いましたが、事の概要はフレディから聞きました。まだ警吏から連絡はないのですね？」

「ええないわ。どうしましょう。どうして警吏が出てきたの……？」

例えば、私たちが騙《だま》されたと訴えていたのならば、あの『小麦畑』の偽物が持って行かれた理由は分かる。大事な証拠品だ。

でも我々は訴えていない。

……贋作《がんさく》・偽物をつかまされた場合、相手を訴える貴族だっている。だが、泣き寝入りする家の方が多いだろう。偽物をつかまされたと知れれば、審美眼がないと言われるのは当然のこと、あの家は偽物を本物と思って購入したのだ……と囁《ささや》かれてしまう。ときには体面に命を懸ける貴族という生き物は、囁かれることの方を嫌がり、偽物を買っても訴えない。私たちがなんとか誤魔化そうとしていたのも、これが理由だ。

訴えていないのに、何故《なぜ》警吏は絵画を持っていったのか。

「考えられるのは、お父様にあの絵画を売った人間が、何かしら罪を犯していたということですが……」

別の犯罪の証拠品としてあの絵画が必要だった？

でもどうして？

社交界に出ていれば、何かしら噂話《うわさばなし》が耳に入ったかもしれない。それができない状況でも、メラニアに聞けば何か分かったかもしれないが……。

今の私では、どうして警吏が動きだしたのか、サッパリ分からなかった。

「ともかく、そう……そうだわ、今日は一日こちらにいますから。…………夜には帰りますけれども……」

「ありがたいけれど……大丈夫なの？　アナベル」

「大丈夫です。…………ほらフレディ、しっかりして。お父様はともかく貴方までそんなに気落ちしてしまっていたら、誰がブリンドル家を支えるの？」

私の一言に俯《うつむ》いていたフレディが顔を上げる。視界の端で父が口をパクパクさせていたが、何も言葉は出ていなかった。

「……言われなくたって分かってるよ！」

「なら良かった。……この件を知っているのは誰かしら」

「そいつ、母さん、姉さんに俺、それから……使用人たちは知っていると思う」

「ジェイドとレイラは」

「朝に騒ぎがあったのは知ってるけど、何があったのかまでは知らないと思う」

「なら最初に使用人を集めて。全員に事の経緯が分かるまでは、外でこの件を漏らさないように口止めをしなくては。それからジェイドとレイラにも説明をしましょう」

「話すのか、二人に」

「あの子たちももう幼子ではないわ。何かあったと不安を抱え続けるよりは、説明をちゃんと聞いた方が楽でしょう」

私たちは揃《そろ》って部屋の外に出た。使用人たちを集めて、彼らに今回の話を外では漏らさないように通達する。

それから、客人が来たときは、たとえ相手が警吏でも一度主人に連絡し、どう対応するか指示を仰ぐようにと伝えておいた。警吏を勝手に案内した使用人が誰か私は知らない。その人だけに話しても別にいいのだが、その人だけが心得ても、他の人がそうしなかったら意味がない。だから使用人たちの顔には特に視線をやらないまま、使用人の仕事の仕方として忠告……アドバイス？　を伝えておくにとどめた。

その後に私たちはジェイドとレイラのもとへ行く。

「ジェイド、レイラ」

「お姉様！　どうしてお姉様が？」

驚いて目を丸くしている妹たちをそっと抱き寄せた。

「フレディが呼んでくれたの。朝から騒がしかったのでしょう」

「ええ、何があったの？　教えてくれるの？」

「もちろんよ」

フレディが二人に、事の次第を伝える。なんとなく、誰が来たかまでは知っていた二人だったけれど、偽物の『小麦畑』が目的だったと聞いて不安そうな顔をする。

「お、お父様、逮捕されてしまうの……？」

「そんなことはないわ。だってお父様は絵を買っただけでしょう？　あの絵を本物と偽って更に誰かに売ったりしていたら犯罪だけれど、そんなことしていないもの」

警吏が持って行った理由が分からないのでそうとしか言いようがなかったけれど、私が口を挟んだことで妹たちは少しホッとした顔をした。

「もしまた警吏が来たとしても、お父様にお母様、フレディに私もいるわ。だから二人は安心してちょうだい」

「はい、お姉様」

「分かりました、アナベル姉様！」

元気の良い返事に笑みが自然と浮かぶ。

そこでレイラがそう言えばと話題を変えた。

「お姉様、ありがとうございますっ！」

「……？　何がかしら」

本気で分からず首をかしげていた私に、レイラはニコニコと愛らしい笑みを浮かべたまま言った。

「ドレスのことです！　お姉様、『ドロシアーナ』に頼んでくださったのですね！」

「ああ……もしかして、もう届いたの？」

流石《さすが》ドロシア。仕事が早い……。

「違いますわ。先日、『ドロシアーナ』のデザイナーさんが、わざわざ採寸と希望を取りに来てくださったの！」

……？

「デザイナーさんがわざわざ屋敷に来てくださるなんて、初めてのことで驚いてしまいましたわ！」

「連絡が来たときも、本当に我が家に来るの？　と思ったのですけれど、色々な道具をお持ちになられて……凄《すご》かったですわ」

なんて？

え？　理解できず、聞き返す。

『『ドロシアーナ』のデザイナーが家に来た？』

「はい！」

フレディにも視線をやるが、私の反応に少し不思議そうな顔をしながら頷《うなず》かれた。

『ドロシアーナ』のデザイナーということは……それは、ドロシア以外に該当者がいない。いないのだが……。

「ええと、赤毛の？」

「はい」

「ええ」

「うん」

弟妹《きょうだい》たちの言葉に、私は笑顔のままそっと目を伏せた。そして心の中で叫ぶ。

――そ、そこまでしてという意味ではなかったのだけれど⁉

それとも私が手渡した採寸の情報は何か足りなかったのかしら。ど、ドロシア⁉　どちらなの！

当然その声に答えてくれる人がいるはずもない。

……その日、警吏たちがブリンドル伯爵家を再び訪れることはなかった。妹たちは私に屋敷に残ってほしそうであったが、夫からは泊まることは許されていない。後ろ髪を引かれる思いのまま、私は夕方にライダー侯爵家の屋敷へと帰ることになった。

次の日も実家に行こうかと思った私だったが、早朝に母から連絡があったことで止《や》めた。

母からの手紙には、昨日私が急いで駆け付けたことへの感謝が綴《つづ》られていた。そののち、昨日の夜に家族で話し合った結果、あまりに連日私が出入りしては、悪い意味で目立ちライダー侯爵家に大きな迷惑をかけてしまうかもしれないから、来なくて大丈夫だと書かれていたのだ。

しかしそれでは私の方が不安に苛《さいな》まれてしまい……頭を抱えていた私に、ギブソンがこう提案した。

「若奥様ご本人の代わりには到底なりませんが、愚息をブリンドル伯爵家に向かわせるというのはいかがでしょうか」

「ぐそく……？」

「私のことですね」

ギブソンの後ろから、ひょっこりとジェロームが顔を出す。私は自分の目が点のようになったのを感じた。そんな私の反応を見たギブソンは、すぐに後ろのジェロームを睨《にら》む。

「挨拶もまともにしていなかったのか」

いつも冷静で落ち着いているギブソンの、そんな責めるような口調など初めて聞いたので、私の体は更に硬直してしまった。

——その後、ジェロームのフルネームはジェローム・ギブソン・ジュニアであり、ギブソンの長男であったとこの日初めて私は知った。これまでジェロームがジュニアと呼ばれているところは何度か見かけていたのだから、そのときに屋敷で働く誰かの息子だと気が付いてしかるべきだった。使用人たちの関係性を把握していない私が完全に悪いのだけれど、後でジェロームだけがギブソンから絞られてしまった。ジェロームには本当に申し訳ないことをした。

結果的にギブソンの提案を私は受け入れ、私がブリンドル伯爵家に行けない分、しばらくの間ジェロームが伯爵家に滞在してくれることになった。

普段は私の外回りに付いてきてくれていたジェロームが留守にするということもあるし、そもそも警吏が出てきてしまったような状況で美術館だ劇場だと回る気分にはならない。私が出掛けることは、しばらくはないだろう。

事態が動いたのは、警吏が偽物の『小麦畑』を持ち去ってから四日も後のこと。

その間、屋敷で何もできないでいた私に対して、ギブソンたちはいつでも私が実家に駆け付けられるようにと準備を整えてくれていた。馬車の支度はもちろん、私が身に纏《まと》う服を外用のもので揃えてくれていたりした。最たるものは、ギブソンが夫に対して、私が頻繁に出掛ける許可を得ていてくれたことだ。

最初に許可は得ていたものの、こうも頻度が高く行き来するとは夫も思っていなかっただろう。そのことを後から責められることがないように、ギブソンは気を回してくれたのだ。夫をどう説得したかは分からないけれど、きっと私が申し出ていたら、許可を得ることはできなかったのではと思っている。ギブソンには本当に、感謝してもし足りない。

話は戻り、ジェローム が寄越《よこ》した連絡で私は再びブリンドル伯爵家に向かった。

そうして実家に赴いた私は家族ではなく、ジェロームから説明を受けることになった。

「まず若奥様が一番不安に思われていた点からご説明いたしますが、今回警吏たちが絵画を持って行ったのは犯罪の証拠品であったからで、ブリンドル伯爵家がその犯罪に加害者として関わっていると考えているわけではございませんでした」

その一言にホッとする。

加害者として関わっているわけではない…………つまりは、まあ、被害者としては関係者ということなのだが、そんなことは贋作を買わされているのだから当然だ。そこはいい。

それにしても……家族たちのジェロームに向ける視線が大分縋《すが》るというか、キラキラしているというか、救い主に向けるような感じの目で、こう、何が起こったのかをなんとなく察してしまった。恐らく弱気でなめられていた我が家の人間をフォローして、代わりに警吏たちと話をつけてくれたのだろうと思う。

「それから……押し入るようにして屋敷に入り、説明もなく絵画を持って行ったことについては謝罪していただきました。加害者ならばともかく、被害者にする対応ではありませんでしたからね」

「……ありがとう、ジェローム」

ジェロームは前回の暴挙についても謝罪を要求してくれたようだ。

犯罪者でもないのに、もしここで警吏たちに謝罪の一つもしてもらえなければ、ブリンドル伯爵家は警吏からそれほど軽んじられている家ということになる。既に噂は回っているかもしれないけれど……後で謝罪を受けているのと、謝罪をされていないのでは、話が変わってくるだろう。

我が家の汚名は既にいくらでもあるけれど、これまでの汚名はどうしようもなくても、これから先の汚名は少しでも少なくしたい。どんな行動をするにしろ、今私たちが考えている点はそこだ。

「犯罪というのは……やっぱり、絵を売ったところが詐欺をしていたことが？」

「ええ。伯爵が購入した相手は表向き、個人で売買相手を探していると装っていましたが、実際には組織の末端だったようですね。その大本が――名前はまだ明かせないと言われてしまいましたが――王都の画廊で、ブリンドル家だけでなく数多くの貴族相手に贋作を売りつけていたことが発覚し、摘発されることになったそうです。摘発する証拠として、販売してそう時間の経《た》っていない贋作を探していて、ブリンドル家の絵画が選ばれたそうです。……実のところ、贋作を売られたばかりの貴族は他にもいたそうですが、警吏の都合でブリンドル家の贋作を取りに来たようです」

ジェロームは声を潜めて、最後の言葉を付け足した。警吏の都合——つまり、警吏が気を遣うことなく対応できる目下の相手として、我が家が選ばれた、ということだ。

「ブリンドル家であれば、警吏が証言を取るのも苦労しないだろうと考えた者がいたようでした。その方には遠回しに、伯爵家はライダー侯爵家の若夫人の実家であることを伝えましたから……あそこまで軽んじられることは、もうないかと思いますが」

「ジェローム。有難いけれど、それは……侯爵家にご迷惑になるのでなくて？」

「若奥様。侯爵家がこの程度のことで迷惑と感じることなど、ありませんよ」

「それならば良いのだけれど……」

警吏が出てきた理由は分かったが……。あの詐欺の大本が王都の画廊だったのなら、そちらへの捜査は目立ったはずだ。周りもその建物が画廊だと分かっているだろうし、説明がなくても「何かあったのだ」と人々の口から口へと噂は回る。

「ジェローム。そのことは世間にいつ公表されるのかしら。それから、贋作の返却はされるの？」

「贋作の返却は、捜査終了後にあるそうです。世間への公表ですが……機密として教えていただくことはできませんでした。ただもう摘発は終わっているようでしたから、恐らく近日中には噂となるでしょう。具体名は分かりませんが、かなりの数の貴族家が巻き込まれているようです」

どうしたものかと頭を抱えたくなる。

とはいえ実家にできることはそう多くない。

「お父様。お母様。今すぐ、来月のパーティーに参加してくださる方々に、今すぐ、手紙を送りましょう。こうなった以上、例の絵が贋作であったと先んじて認めるしかないと思います」

偽物すら手元にないのだ、ここまできたらどうしようもない。今のところ『小麦畑』を超える絵画も思いつかないし手に入れられていない。もう、諦めて、騙されたことも贋作を買ったことも公表するしかないだろう。

また笑われるだろうし、パーティーに参加する人も減るかもしれないが、仕方ない。

お手上げだ。

「うん。そうするしかないだろうな……。でも、きっとパーティーに参加しないと言い出す人が沢山いるよ……」

流石にこうなれば、父もどうしようもないと肩を落として私の言葉を肯定した。

肩を落としているブリンドル家の人間を見渡した後、ジェロームが私を見つめた。その視線に、何か言いたいことがあるのだろうと察して彼に促すと、彼はこう提案した。

「失礼ですがパーティーの参加者を減らしたくないのであれば、その手紙の中でこの事件についての情報を含ませてはどうでしょうか。貴族は噂を人より早く知りたがります。詳細については手紙では話せないので、などと付け加えれば、パーティーに参加する家も、想定よりは減らないかもしれません。事件の概要について他者より一足早く知れることに価値を見出《みいだ》す者もいるでしょう」

「でも、パーティーまでに公式に事件の内容が発表されればわざわざお父様たちから聞く必要もなくなってしまうわ」

「そうとも限りません。公式の発表が全て真実と思わない人も少なくないでしょう。貴族が関わっていることであれば尚更《なおさら》、当事者しか知らない情報を聞き出せるかもしれない……そう考える人も多いと思いますよ」

ジェロームの考えに確かに……と思った。

大分下世話なことを好む人たちが来ることにはなってしまうだろうが、お父様の手紙で参加を決めたような人たち――つまり、お父様が贋作をつかまされたのだろうと想像した上で来ようとしていた人たち――なら元々〝下世話〟だろうし、そこは今更だ。

私だけでなく、母もそう思ったのだろう。背筋を正し、頷いた。

「……分かりました。では手紙は私が書きます」

「それがいいと思うわ」

「賛成」

母の言葉に即座に私とフレディが頷く。

母の横に座っていた父も、母の方を見て、弱々しい声で「すまない……」と呟《つぶや》いた。母はそんな父の手を握り「お任せください」と微笑《ほほえ》んだ。

これだけ見るとお互いに想《おも》い合《あ》う微笑ましい夫婦なのだが……子としては複雑だ。男女の仲は摩訶不思議《まかふしぎ》だ。この情けない姿が良いのだろうか？

「ギブソン様。申し訳ないのですが、よろしければ手紙の内容についていくらかご相談させていただいてもよろしいでしょうか？」

母のお願いにジェロームは気持ちよく頷いた。

「もちろんです。私でお力になれることでしたら」

さて……これで悩みが解決、とはならないのが難しいところ。

人を集めるのは、パーティー成功の事前準備でしかない。大事なのは、パーティーの内容だ。そしてその内容には、私は関わることができない。実際に対応するのは、父母やフレディたちだ。しかしそこは当事者の方が、ずっと考えていたようだ。

「姉さん。頼みがあるんだけどさ」

「何かしら？」

「姉さんの知り合いで、人付き合いが得意な人っている？　パーティーの前に少しでもそういうの、できるようにした方がいいと思って。俺も今まで多少は社交の場に出ていたけどさ……上手《うま》いとは言えないと思う。だけど今度のパーティーは、成功させたい。だから……助けてもらってばっかりだけど、姉さんの知り合いで、そういう手ほどきができる人がいたら紹介してもらえないか」

紹介……できる人、メラニアぐらいしか思いつかない。他の人間の伝手《つて》がない。私には。

メラニア自身ができなくても、メラニアなら他に助言ができる人を紹介できるかもしれない。

「分かったわ。でもフレディ、教えてもらうというのももちろん、無償では難しいわ。大丈夫？」

「大丈夫。…………だと、思う。多分。そういうのって、いくらぐらいが一般的なのか、知らないんだけど……」

私も知らない。そこも含めてメラニアに聞くべきだろう。パーティーまで、もう半月もない。早い方がいいだろう。


突如アボット商会の本店に訪れた私に、商会の方々はやや怪訝《けげん》な雰囲気を漂わせていた。当然だろう、『ドロシアーナ』には何度か赴いているが、アボット商会の方には今まで来たことがなかったから。本店で働く人々からすれば、突然知らない貴族夫人が現れて、商会長の妻と会わせろと言い出すのだから。

だが付いてきてくれた侍女のジェマの名乗りを聞いた途端、顔色が変わり対応も様変《さまが》わりする。すぐさま奥の重要なお客様を通すだろう部屋に案内されて、メラニアを待つことになった。

席に着いてからしばらくして、ジェマの顔色が悪いと気が付いた。当然だ。外出時に付き添う仕事と、屋敷で私の世話をする仕事は全く違う。本来外に出なくていいジェマを、私の我《わ》が儘《まま》のせいで連れ回しているのだ。したことのない仕事をさせられている上、失敗するわけにはいかないと思っているだろう彼女の心境を考えると、彼女に申し訳ないことをしたという気持ちが溢《あふ》れてくる。

「ジェマ。今から会うのは私の友人だから、大丈夫よ。ごめんなさいね、こんな所まで連れてきてしまって」

私の謝罪にジェマはむしろもっと恐縮してしまったようで、勢い良く首を横に振る。

「い、いいえ！　謝られないでくださいませ若奥様っ！　わ、わたくしの問題でございますっ」

ここで私が声をかけても追い打ちだろうか……？　と思っていたとき、ドアが開いた。

「いらっしゃい、アナベル！」

なんの連絡もなく訪れた非常識な私を、メラニアはそう言って歓待してくれた。

少しだけ久しぶりとなる再会を喜ぶように私たちは両腕を広げてハグをした。

「それで今日はどうかしたの？　先々の出掛ける予定を立てに来てくれた……というわけではないのでしょう？」

「ええ。この前のことなのだけれど……」

「少し待ってちょうだいね。皆《みな》、悪いけれどしばらく二人きりにしてくれる？　女同士の大事なお話よ」

部屋に出入りして紅茶を運んだりあれこれしてくれていたアボット商会の人々に、メラニアはそう言った。彼らは心得たようにすぐに出て行き、ドアもしっかりと閉じられた。正確には後ろにジェマがいて二人きりではないが、こういう場合、主人が遠ざけようとしない限りは付き人は人数に数えない。

「それで。伯爵家のことで何か進展があったのよね？」

「ええ。実はお父様を騙した人が、個人の詐欺師ではなかったそうでね……」

「ということは、詐欺師はタピラティ画廊の関係者だったのね」

「た、タピラティ？」

首をかしげる私にメラニアは口元に指を持って行きながら言う。

「数日前に話題になったの。タピラティ画廊というのはそれなりの歴史がある王都の画廊なのだけれど、急に警吏が押し入っていったって。しばらく大騒ぎで、そのときに画廊にいた店員たちは皆警吏に連れていかれたそうよ」

流石メラニア。引《ひ》き籠《こも》りの私と違い、耳が恐ろしく早い。

「多分、そう、だと思うわ。私は直接警吏と話していないので名前までは知らないのだけれど……」

「アナベルが直接警吏と話すことなんてそうそうないでしょう」

「そうね」

今の私の立場は高位貴族の妻だ。しかも侯爵家の嫡男の。

ハッキリと証拠のある犯罪の直接的な被害者か加害者でもない限り、私が警吏と相対して会話する確率はかなり低い。そういう者が訪ねてきても、代理として執事などが対応することがほとんどだろう。

「話を戻すわ。それで……証拠品として警吏がお父様の購入した絵を持って行ってしまったらしくてね、返却は解決するまでないということだし、パーティーが開かれる前に噂も回るだろうから……もうね、絵画をどうにかするのは諦めたわ。代わりのものを用意するのもね」

「大丈夫なの？」

「大丈夫ではないけれど、もうどうしようもないでしょう？　絵画以外の点で、挽回《ばんかい》するしかないとなったの」

もうパーティーまで半月程度しかない。

「それでね。本当に急なのだけれど、メラニアにお願いがあって今日は来たの。私の弟のフレデリックに、話術……と言えばいいのかしら。良ければメラニアに、そういうことを教えられる人の当てがないかと思って……私はそういう伝手とか全然ないから…………急な話だし、お金は通常より少し上乗せして私が払うから！」

自然と前のめりになりながら懇願する私に、メラニアはあっさりと頷いた。

「分かったわ。任せて。……でもそうね、急に動かせる……話術が得意な……」

そこまで呟いたところで、メラニアは閃《ひらめ》いた顔をした。それから「少し待っていて」と言うとトタトタトタと部屋を出て行った。その少し後に、遠くでメラニアが大声を出しているのが聞こえた。

「ショーン、ショーン！」

名前からして男性を呼んでいるようだ。それからしばらくしてメラニアはそのショーンという人を連れて戻ってきた。

現れたのは、私たちより一回り以上年上だろう男性だ。私の夫よりも年上だろう。細めの目は不思議と、子供のようにキラキラと輝いていた。顎に生えている髭《ひげ》も着ている服も綺麗《きれい》に整えられている。

「アナベル。紹介するわ、夫のショーンよ」

メラニアの言葉で私はハッとした。アボット商会のトップであるメラニアの夫。名前は私も聞いたことがあったのに、どうして先ほどメラニアが呼んでいるときには気が付かなかったのか。慌てて私は立ち上がり、挨拶をしようとしたが、それよりも先に男性は胸元に片手を持っていき頭を下げてきた。

「お会いできて光栄です、ライダー若夫人。メラニアの夫でアボット商会の商会長を務めております、ショーン・アボットと申します。妻がいつもお世話になっております」

「こちらこそ、お会いできて嬉《うれ》しいですわ、アボット様」

「是非ショーンとお呼びください。メラニアからお聞きしましたが、話術について学びたいというお話で……」

「ええ。私ではなく、弟なのですが」

「なるほど。パーティーの日取りを伺っても？」

母から聞いていた日付を伝えると、ショーンは右手の中指と親指を何度もつけて放して、ということをしている。その指の動きが収まると、今度は横のメラニアに視線を向けた。

「グーバとの商談はデイヴィスに任せよう。布の買い付けはアーロンに、ベルローズとの詰めはユーイン一人だと不安があるが……」

「私が行くわ」

「助かるよ。じゃあユーインには話しておくから、張り切ってくれ。……よし、それならなんとか」

それから、口角をキュッと上げた笑顔になり、私へと顔を向けた。

「お任せください。ブリンドル伯爵家のパーティーが成功するよう、最善を尽くさせていただきます！」

「え？」

「アナベル、夫は従業員へ話し方を教えることもあるし、貴族とも仕事をしているからマナー的にも大丈夫よ！」

「……えっ!?」

ショーン様の言葉では一瞬何を言われたか分からず、次いでメラニアの言葉で提案されたことを理解して、私は扇を広げるのも忘れて声を上げてしまった。

慌てて、ショーン様の横にいるメラニアを引っ張ってきて顔を近づけて小声で話す。

「待ってメラニア、ショーン様は商会長でしょう？　そんなお忙しい方に無理に時間を割いてもらうだなんて、申し訳ないわ。ブリンドル家はアボット商会と懇意なわけでもないのだし……」

「大丈夫よ。確かに頼んだのは私だけれど、本人が受けると決めたのだし、仕事だって別に無理をしてるわけじゃないわ。どれも大事な商談ではあるけれど、別にショーンが参加しなければならないわけではないのよ。うちは人手のない小さな商会ではないもの。ただショーンが仕事をするのが好きだから、あれこれと足を運んでいるだけなのよ。デイヴィスもアーロンもユーインも、全員それぞれの業務の責任者だし、一人でやれるわ。あ、ユーインの場合は私も参加することになったけれどね。気にしなくていいわ」

「き、気にするわよ……」

私がメラニアと会話をしている間に、ショーン様の周りには数人の商会の人間が来て短い会話をしては指示を貰《もら》って去っていく。状況を聞いてはすぐにどうしろこうしろと指示を出すショーン様はどう見ても、どう考えても、私とは違い、本気で、激務の人だ。いつもすることがなくて美術館やら劇場やらに通い詰めている私のような暇人とは全然違う。

もちろんメラニアの夫なら、信頼はできる。前から少しだが話には聞いていたし、直接会っても思うけれど、良さそうな人だなあとなんとなく思う。

いやだが、でも、迷惑をかけて……。そう言葉を漏らす私に、メラニアが眉を寄せた。

「アナベル。私、迷惑なら迷惑とすぐ言うわ。貴女《あなた》の頼みは、私にとって迷惑でもなんでもないの」

「メラ、ニア……」

「確かにブリンドル伯爵家はアボット商会と懇意なわけではないわね。でもどんなところから良い伝手ができるかなんて分からないわ。……そういうことにしておけばいいのよ」

メラニアはパチンと片目を閉じた。

突然出てきた茶目っ気に少しだけ呆気《あっけ》にとられたものの、彼女の言わんとしていることを理解して、私は唇を噛《か》みしめる。それから、また口から出てきそうな後ろ向きの言葉をなんとか呑《の》み込んだ。

「………ありがとう、メラニア」

「ふふ、どういたしまして！」

第七幕
―― 予想外のパンチが強すぎる助力 ――

秋の中頃。屋敷から見える樹木の葉は最高潮に色づいて、今が見頃である。

「……まあ、あそこの花壇の花、咲いたのね。初めて見る花だわ」

「この国の花ではないそうです。アナベル様のお気を紛らわせられるようにと、庭師が仕入れたようでございます」

「そうなの。……後で見に行こうかしら」

「ご準備いたします」

私はライダー侯爵家の屋敷の中で、ジェマとそんな会話をしていた。

ここしばらくの私は、どこにも出掛けていない。夫からある日突然「屋敷から出るな！」という内容の怒りの手紙が届いたのだ。許可を取っていたとはいえ、私の行動は目に余ったようだ。

使用人の皆《みな》からは心配げな視線を送られたけれど、自分で思っていたより、衝撃を受けなかったことに、私自身も驚いた。結婚当初の私なら、間違いなく傷ついて部屋に引《ひ》き籠《こも》っていただろう。いや、夫の口から援助を取りやめるという言葉が出てきたらどうしよう……という怯《おび》えはあったが、結果的にそういう言葉はなかったからか、自分でも驚くほどにサッパリと気持ちを切り替えることができた。

外に出るなというのは、私への罰なのだろう。外出できないので懇意になった美術館や劇場に行けなくなってしまったが、今のライダー侯爵邸には様々な楽しみがあるから、日々がつまらないなんてことはない。

今まで購入してきた芸術品は私の心を癒してくれるし。

庭は、庭師がいつも工夫を凝らして素敵な花壇や庭を作ってくれているし。

料理人たちはいつも私を楽しませるために様々な料理を作ってくれるし。

ドロシアのお陰で、出掛けないとしても毎日侍女の皆とどの服を着ようか、どんな髪形にしようかと盛り上がることができる。

結婚当初、夫からの裏切りで絶望の底にいた頃の私が聞いたなら、きっと驚いてしまうほどに心が満ち足りていた。

屋敷に籠っている間にも、パーティーの日は近づいてくる。家族は出掛けられなくなった私に、沢山手紙を送ってくれた。何故《なぜ》か何通もまとまって一度に届くという変な届き方をするが、高位貴族で頻繁にやり取りをするとこんな風に届くのかもしれない。

それはさておき、フレディの手紙からショーン様とうまくやっていることが分かった。ショーン様はフレディだけでなく、家族全員に話術みたいなものを教えてくれているようだ。その進捗は、メラニアも教えてくれているので変な誇張がないのが分かり、安心する。

更にショーン様は話術に留《とど》まらず、パーティーの準備そのものにも顔を出して手伝ってくれているそうだ。急な参戦だったので全てを任せている訳ではないが、家族が意識の行き届かなかった小物や調度品を揃《そろ》える手伝いもしてくれたらしい。メラニアは「夫が買わせてごめんなさいね」と言ってきたが、そういう細部へのこだわりが家格に響く。忙しい中力を貸してもらっているのだから、アボット商会から調度品などを購入したのは、ショーン様への礼として考えると、足りないくらいだ。

手紙をじっくり読んだとしても、今まで美術館や劇場で使っていた時間が浮いてしまってはいる。私のできる範囲で何かブリンドル伯爵家のパーティーのために力添えを……とも思ったが、そういう行為は夫の不機嫌を倍増させるばかりだろう。そのあたりを避けた結果、私が行ったのは劇場や演奏会の出演者や展示会に対して、花を贈ることだった。

出演者に直接、参加や公演の無事を祝福する意味で花を贈ることはよくある。同時に、多少お金を包むこともあるが、問題が起こることもあると聞いたので、アーリーンにおすすめされて私が贈ったのは手紙だった。どうやら今、演劇好きの間で流行《はや》っているらしい。

手紙であれば渡す側も受け取る側も、内容を確認しやすくあまりかさばらない。面白いことが流行っているなぁと思いつつ、いざ手紙を書きだすと自分の思いがまとまらなくて、ああだこうだと何度も書き直す羽目になってしまった。普段自分がぼんやりと、考えをまとめないまま生きているのが妙なところで浮き彫りになってしまったようで少し悲しかったが、それはそれとして自分の気持ちを整理しながら手紙を綴《つづ》るのは良い時間だった。

だが流石《さすが》に、明後日《あさって》にはパーティーとなると、手紙も進まず屋敷内を無駄に徘徊《はいかい》してしまう。

先ほどジェマに教えてもらった花を見に庭に来た私は、ジェマの淹《い》れる紅茶を飲みながら一息ついた。風は少し寒さを増してきたけれど、まだあからさまな厚着をするほどでもない。

庭師がいつも綺麗《きれい》に整えてくれている花壇を見つめながらぼうっとしていると、視界の隅で、アーリーンが早足にこちらに向かってきているのが見えた。その顔に少しの焦りが見え、何事かと私は立ち上がる。

アーリーンは私のすぐ傍《そば》まで来ると、そっと私の耳元で囁《ささや》いた。

「若奥様。……カンクーウッド美術館の館長様が訪ねてこられました」

予想外の言葉に固まる私に、アーリーンはその言葉が周りにあまり広がらないように低い声のまま続ける。

「どう対応いたしましょう。先触れがありませんでしたので、玄関ホールでお待ちいただいております」

「客間を急いで準備して、お通しして。賓客として」

私は慌ててそう言った。アーリーンは心得たとばかりに頷《うなず》いてからジェマを見た。

「若奥様はこれよりお客様とお会いされます。服の着替えを」

「はい」

ジェマと共に部屋に急いで戻れば、衣装担当の女性使用人たちが待ち構えていた。今の私の服は完全に家用の装いで、とてもではないがブロック館長とお会いできる状態ではない。なので服をお客様とお会いできるものに替える。ついでに化粧も変更されていく。

全ての準備を急いでしたけれど、それでもかなりの時間をお待たせしてしまったと、私は早足で客間に赴いた。

客間に入ると、ブロック館長と、見慣れない男性の従者が二人いた。彼らの手には何やら大きな箱がある。気にはなったもののまずは長時間待たせてしまったことへの謝罪をと口を開こうとした私を遮るように、ブロック館長は立ち上がると頭を下げた。

「先触れもなく訪れたことを謝罪いたします、夫人」

「頭を上げてくださいませ、ブロック館長。館長が先触れもなく来られるということは、何か大事な御用事なのでしょう？　気にしておりませんわ」

「寛大なお心感謝いたします。せっかく久方ぶりにお目にかかれたのですから他にもお話ししたい話題はあるのですが、期日が近いこともありますので本題に入らせていただきたいのですがよろしいでしょうか？」

「もちろんです。何でしょうか」

「以前ご相談いただいた件について、一時的な貸し出しではありますが、『小麦畑』に相当するだろう絵画《もの》をご用意できましたのでお届けに参りました」

何を言われたのか分からず、私はしばらくの間黙っていた。それをどう受け取ったのか、ブロック館長は後ろの従者を振り返った。

「パーシヴァル」

頷いた従者が箱の中から、一枚の絵画を出した。

肖像画だ。燃《も》え滾《たぎ》るような赤髪の女性が立っている。

ただ、女性だと少しの間判断できなかった。なにせその恰好《かっこう》は異質だった。一般的に女性が着ているだろうドレス姿ではなく、絵画の中の女性は甲冑《かっちゅう》姿だったのだ。銀の輝く甲冑を全身に着こんだ女性は、唯一兜《かぶと》のみを被《かぶ》っておらず顔が露《あら》わになっている。甲冑に不釣り合いと思えるほど細い線の顔だった。そして、とても兜に入りきらないだろう長い波打つ赤髪を、惜しげもなく晒《さら》している。

彼女は窓際に立っていた。外から差し込む光は暖かく、早朝か、あるいはそこまで日差しの強くない時期に描かれたのだろうと想像ができた。窓際に立ち、そっと窓の外を見る女性の顔は……二つの面が見て取れた。一つは穏やかに何かを見守っているような感情。もう一つは、何かを不安に思っている感情。矛盾していると思われるが、瞬《まばた》きするたびにそのどちらの顔にも見えるのだ。窓の外に見える景色に心が穏やかになっている女性にも、外の景色に心がかき乱されている女性にも見える。

この、絵、まさか。

「ジョエル・ヘインズビーの『窓際に立つ炎夫人』。もちろん本物ですとも、保証します」

いざブロック館長に作品名を言われても、私は理解できなかった。いやむしろ、叫ばなかったことに後々驚いたほどだった。

ジョエル・ヘインズビー。

今から二百年ほど前の人。彼は生前、特に肖像画を好んで描いており、歴代国王の肖像画もいくつか描いている。

そんな彼の作品の中でも特に評価が高く人気もあるのが、女性を描いた物。ヘインズビーの繊細なタッチは、女性の複雑な心理を描き出していた。モデルがはっきりしている絵画も、はっきりしていない絵画もあるが、ヘインズビーが描いた女性の絵という時点で人気が高い印象がある。カンクーウッド美術館にも何枚か収蔵されており、私も眺めたことがある。

その中でも炎夫人と呼ばれる作品群がある。ヘインズビーの作品の中で度々登場する、燃え上がる炎のような赤髪を持つ夫人のことだった。ヘインズビーは頼まれた仕事以外では同じ人を二度描くことはなかったが、この炎夫人は例外で、炎夫人と名のついた作品がいくつか存在している。

それらは『小麦畑』に負けず劣らずの貴重品であり、一般的な美術ファンではお目にかかることもできない。

「な、なぜ」

もう訳が分からなくて、そんな馬鹿な質問しか出なかった。

ブロック館長はそんな私に優しく説明をしてくれた。

「美術に詳しくない人でも知っている『小麦畑』を超えるインパクトの絵画というと私個人の収蔵品などでは難しいところもありまして。知人幾人かに話をしておりましたところ、その中である一人が、譲ることはできないが、短時間貸し出すだけならば構わないと快く託してくださったのですよ」

それは本当に快くだったのかと思ってしまったが、ブロック館長が圧をかけて人と話す姿は想像できないので、本当に快く貸してくれたのかもしれない。……いやでもヘインズビーの『炎夫人』を？　ちょっと想像できない。とてもではないが、これまで特に関わったことのない他家にポンと貸し出せる物ではない。

「ぶ、ブロック館長、その」

意図してどうこうとは考えないが、万が一、本当に万が一があったとき、こちらは何の保証もできない。本当に有難いのだが、身分不相応すぎて対応できると思えなかったので、お断りしようとした私の前に、ぺらりと紙が出される。

「もちろん、何もなしとは参りませんでしたが。こちら、貸出に関しての契約書です。夫人、こちらを一読してから少し考えていただけませんか……？」

眉尻を下げながらそんなことを言われては拒否できない。さっと目を通した私だが、正直、血の気が更に引いただけだった。要点をざっとまとめると、以下の通りになる。

・『窓際に立つ炎夫人』の貸出中の管理は持ち主の家の関係者が行う。

・『窓際に立つ炎夫人』の移動には常にブロック館長が付き添い、万が一がないように館長自身が監視を行う。

・『窓際に立つ炎夫人』に何かあった場合、責任はブロック館長が取る。

「館長っ、このような内容、お受けできませんわっ！」

全面的に面倒がブロック館長にかかっている！　何かあれば、館長が不利益を被る、こんな内容の契約書に簡単にサインするほど私は落ちぶれていない。

私は慌てて、ブロック館長に現在の状況を説明した。館長にお話しに行ったときはどん底までに落ち込んでいたので、それを心配してくださったのだろうが、不安はあれど一種の諦めもあって今は落ち着いているのだ。父を騙《だま》した詐欺師たちが捕まったことや、その話題を餌に客は確保したこと、それから、家族はお客様とうまく会話するために話が得意な人に教えを請うていること。この前館長とお話したときとは状況が違うので、炎夫人はお持ち帰りいただきたいこと。そういう話を必死に伝えたのだが、最後までふむふむと聞いていたブロック館長はニコッと笑った。

「他の代替品の絵画は特に見つかっていなかったのですね、良かった」

……そ、そうではない。そうではない！

「例の贋作《がんさく》売買の話はこちらにも届いています。しばらく界隈《かいわい》が騒がしくなりそうな調子ですが……なるほど、その方面でもお力になれますよ夫人。これでも他所《よそ》の者よりはその一件について耳に入れていますので」

「い、いえですから館長。そこまでのご迷惑をおかけするわけには参りませんので、そんな、私の実家如《ごと》きで」

「お任せください！　アボット商会長ほどではないかもしれませんが、私も話術には多少の自信がありますので、お力になれますとも」

何故《なぜ》か話が通じていない。私はサッと自分の背後にいるアーリーンやギブソンたちに助けを求めたが、二人ともお客様の前だからか、感情の読めない表情のままだ。館長を止めてほしくて、『窓際に立つ炎夫人』を持っている従者にも救いを求めて視線をやったが、二人ともピクリともしない。

孤立無援という言葉を、こんなところで体感したくなかった。

そうして気が付けば私は契約書にサインをしていた。このままブリンドル伯爵家に向かうと言い出しそうなブロック館長に、一日、一日だけ猶予をくださいとお願いして、実家に手紙を送る。急ぎだったのでジェロームに託して馬で駆けてもらった。家族からはシンプルに「何故そうなった？」という混乱しきった手紙が返ってきたが、なんでどうしてこうなったのかなんて、私にだって分からないのだ、聞かないでほしい。私がむしろ聞かせてほしい！

……もう、残りは父と母がなんとかするだろう。多分。と自分に言い聞かせ、次の日も、その次の日——パーティー当日も、ベッドに潜り込んだのだった。

そうして様々な人の助けを借りたブリンドル伯爵家のパーティーは、大盛況で幕を閉じた、そうだ。

当日参加していない私は又聞きしただけだが、少なくとも表面上は不満が出ている様子ではなかったと聞きホッとした。

当日の様子が判明したのは、家族からの手紙が次の日アボット商会から届いてからだ。

下の妹レイラの手紙では、色々な人の服装を見られて楽しかったと書いてあった。ちなみに私がドロシアに頼んだ服はパーティーに間に合ったらしい。嬉《うれ》しそうに跳ねた文字での感謝が綴られていた。参加した人々はそのドレスも褒めてくれたようでご満悦だった。

上の妹ジェイドの手紙によると、パーティーの間中ジェイドはレイラを見張っていたようだ。ジェイド視点でも失敗はしていないらしい。良かった。ジェイドのドレスも無事に届いていたのでそれへの感謝が改めて綴られていた。二人とも、本当に素直な妹たちだ。

フレディからの手紙で、やっと全体の様子が知れた——のだけれど、フレディの手紙はレイラ並に興奮が伝わってくる破裂したような文字で、冷静さがなかった。ブロック館長が『窓際に立つ炎夫人』なんてものを持って参加することが決まった段階で分かっていたが、パーティーはあの絵画と事件のことで話が持ち切りで、ブリンドル家が贋作を騙されて買ったことはほとんど話題に上がっていなかったようだ。

まず参加者たちは、当日になってカンクーウッド美術館の館長が参加する旨を聞き、目をむいたらしい。そのうえ館長が「今回の詐欺の話をお聞きしまして……何とか代わりの目玉になる物がないかと友人に尋ねて借りてきたのです」とヘインズビーの『窓際に立つ炎夫人』の絵画を出してきたため、目玉が飛び出そうになってる人が大多数だったらしい。素人でも知っている、とてつもない作品を見ることとなったのだから、当然だろう。ここからパーティーの空気はがらりと変わった。更に何故か参加していたメラニアとショーン様による見事な話題誘導によって、それはそれは盛り上がったとのこと。

本来なら次に母の手紙を先に読むべきだろうが、ブリンドル伯爵家の場合は、父からの手紙を先に読んで母の手紙で落ち着きたいので、フレディの手紙の次に父の手紙に目を通した。喜びよりも、安堵《あんど》と、困惑や焦りが見える文章だった。最初は何故と思っていたが、読み進めるうちに、父の心中も理解できた。

パーティーは成功だ。だが『窓際に立つ炎夫人』という、我々からすれば国宝と同等の作品が、まともな防犯対策もない家に置かれていたとなれば、屋敷の主《あるじ》として精神的に疲弊するのも分かる。「我が家の全財産をかけても手に入らない絵画が何故か我が家にある恐怖は二度と体験したくない」と父の手紙には書かれていた。それはそうだと思う。そうした不安を綴った後に、父は最後に私と、私が（一部は意図せず）繋《つな》いだ縁による協力者の方々への感謝の言葉を記して、手紙を終えていた。

最後に母からの手紙を読んだのだけれど、母はパーティーが無事盛況で終わったことを喜ぶと共に、困ってもいた。次からもこれを期待されると困るという素直な感想で。

いや本当にこれに尽きる。パーティーは成功して、本当に、関わった人々には感謝しかない。

……だがパーティーの主役としてブリンドル伯爵家がちゃんと存在感を出せたのか少し不安だし、場を盛り上げてくれた彼らに毎回参加してもらうのは難しい。百歩譲ってアボット商会の二人であれば、ブリンドル伯爵家が商売相手として価値がある存在になっていけば参加してくれるだろうが、ブロック館長は本当に今回だけの特別ゲスト。『窓際に立つ炎夫人』も同様だ。

今回のパーティーの噂《うわさ》も、少なからず回るだろう。そしてそれと同じ出来のパーティーを期待されて参加してくる者がいたとしたら、次のパーティーでは肩透かしを食らうことになる。

それもあって、母はしばらくはパーティーは開けないかもしれないと手紙に綴っていた。今回の成果で他の家から誘いの手紙もちらちら届くようになったので、しばらくは大人しく、参加者としてできる範囲の社交に出掛けることにするようだ。

それから、父が思い切り騙されて贋作を買っていた件だけれど、むしろ周囲は同情的だったそうだ。そこで判明したのだが、詐欺の被害者の中にはブリンドル伯爵家より遥《はる》かに有名な家も名を連ねていて、現在はそちらの噂が燃え上がっているらしい。同じように燃えている火種があるとしても、ブリンドル伯爵家は知名度の問題もあって小さな焚火《たきび》程度、その横で遥かに有名でかつ大きな顔をしていた家が一軒丸ごと燃えそうな勢いで炎上していたら、焚火など気にもされない……というような状態だったそうだ。ともかく、噂話大好きな貴族たちは詐欺事件についての情報も沢山仕入れて、大満足して帰っていったようだ。

母は最後に、父同様に私とメラニアたちやブロック館長への感謝を述べ、手紙を終わらせていた。

すべての手紙を読み終えた私は、すぐにジェマに言って紙とペンを用意した。そしてメラニアとショーン様、そしてブロック館長と、『窓際に立つ炎夫人』を貸し出してくれた名も知らぬ貴族の方へのお礼の手紙を書き記した。

私は参加できないのに、ブリンドル伯爵家のパーティーのために尽力してくれた方々に、本当なら直接訪れてお礼を言うべきだろう。しかし今の私にはそれができない。とはいえ礼を言わないのは、もっと失礼になってしまう。特に、どこのどなたか知らない、『窓際に立つ炎夫人』の持ち主には入念な感謝の言葉を綴った。恐らく私が一生会うことがない、殿上人的な方だと思われるので、万が一にも不興を買うわけにはいかない。その手紙は、申し訳ないと思いつつブロック館長に託した。相手が不要だと言われる場合はお手数だが処分していただきたいとも添えて。

全てのお礼の手紙を書き終えて、ジェロームに届けるのをお願いする。

とにもかくにも、久しぶりの家族からの手紙から始まった一連の問題は、こうして丸く収まったのだった。

独白　メラニア

「全く、大変なことになったらどうする心算だったの？」

「丸く収まったんだからそう言うなよ」

ショーンはそう言って、エールを呷《あお》るように飲む。全く、せっかく対貴族用のお高い礼服を着ているというのに、そんな下町感満載の行動をしないでほしい。

「服を汚したらどうするの、さあ脱いで」

「はいはい。奥様の言う通りに」

ショーンの後ろに回って、せめて上着を脱がせようとすると、彼は大人しく両腕を上げた。全く子供みたいな人だ。ショーンの袖を引っ張り脱がし終わったとき、上げていた片腕がそのまま私の後頭部まで回った。あ、と理解したときには引っ張られ、大分無理のある体勢のまま、ショーンは私に口付けた。口が離れたところで後頭部に回っている手に力が再び入ったのを感じ、慌ててショーンの口を手で覆う。

「っ、もうっ！　アルコール臭いわ！」

「酷《ひど》いな」

ショーンはケラケラと笑って、それからエールを更に飲む。やってることは子供ではないのだけれど、行動がなんというか、邪気がないので怒り切れない。それから、仕事が一段落して、お酒を飲んだときぐらいしかここまで甘えてくることはないので、呆《あき》れつつも許してしまう。

ある種、惚《ほ》れた弱みだろう。

「そんなに不服か？　ブリンドル伯爵家のパーティーは大成功だった。今までほとんど断絶していた交友関係もいくつか復活しそうだとブリンドル夫人も仰《おっしゃ》ってただろう」

「もちろん感謝しているわ。忙しい中で、私の大事な友達のために時間と労力を割いてくれたのだもの」

「ん」

変な声が背後から出たので振り返ると、アルコールのために顔を桃色に染めつつあるショーンが、口を突き出していた。

「さっきしたじゃない」

「そう不機嫌になるなよ俺の小さな天使。口付けは何度したっていいだろう？」

全く、調子がよいのだから。

そう思いながら私はショーンの傍《そば》に寄り、そっと唇を重ねた。

「……私、こんな大事になるとは聞いてなかったんだから、本当に、アナベルやおじ様おば様方に不利益があったらどうしようって不安だったのよ」

「そりゃあ、悪かったよ。だがどうせ燃えるんだから、派手に燃えた方がいいだろう？」

――そう。アナベルのお父様を騙《だま》した詐欺師の贋作《がんさく》売り。そしてその元締めであるタピラティ画廊への調査が急激に動き、伯爵家に警吏《けいり》が押し掛けた原因は、ショーンだ。

正確にはショーンが直接何かしたというよりも、詐欺師への調査が一気に進行するように裏で手を回した、という方が正しい。それも、元をたどれば私がアナベルを助けたいと言ったから動いてくれたのだけど。

アナベルは、幼少期病弱だったせいで令嬢としての価値が低かった私に、裏表なく接してくれた初めての友達だ。だからこそ、彼女が相談してくれたなら、助けたかった。私の我儘《わがまま》を聞いて、遠回しにアナベルの実家を助けてくれたのは分かっているけれど……。

「派手にしすぎよ。万が一にでも今回の件が露呈した切っ掛けがブリンドル伯爵家だった、なんて知れたら、今度こそブリンドル家は一巻の終わりじゃない！」

今回の捜査で不利益を被り名誉が傷つけられたと思っている人間は、少なくないはずだ。貴族は体面を、それはそれはもう大事にするのだから。

もっと静かに段階を踏んで捜査が行われていれば、もみ消すことができる人間だって、被害者の中にはいたのだ。だが捜査は突如、濁流のように行われた。被害者たちの耳に話が届いた頃には既に調査は終わり犯罪者たちは軒並み逮捕され、次いで、被害者について調査が行われ始めてしまっていた。お陰で贋作を購入した事実をもみ消すことができなかった家が多かった。

彼らが今後、この急な調査の原因に逆上する可能性だってある。それがブリンドル伯爵家と分かれば、怒りの矛先にされるだろう。

ショーンの横に腰かけようとすると、膝の上に移動させられた。まるで幼子を抱くように抱えられたのが少し嫌で降りようとするも、エールを持っていない方の腕がお腹《なか》に回って降りられない。諦めて私は大人しくした。

私の不安を聞いたショーンは、エールの入ったコップを持ったまま、くるくると回した。中に残っているエールがぴちゃぴちゃと音を立てていた。

「どうやって、んなこと知るんだ。知ってるのは俺とお前だけなんだぞ。捜査に踏み入った警吏たちも捜査を指示した警吏も知らないのに、被害者たちの耳に入るわけがない」

「ブロック館長」

「……ああ、うん、まあ、あの人は察しておられそうだな。だが何の証拠もないし、館長殿がそんなことを広める必要もないから大丈夫だろう」

……まあ、確かに。

正直なところ、ブロック館長に助けを求めよう！　とアナベルを連れていったものの、実際に助けてくれるかは五分五分だろうと思っていた。そんな手札を切るしか、あのときの私には手段が思いつかなかったのだ。

だがまさか、ヘインズビーの『窓際に立つ炎夫人』なんて普段表に出ない名画を引っ張り出してくるとは思わず、話を聞いたときは私もショーンも「はぁ？」と変な声が出てしまった。

ともかく、あそこまでアナベルに対して好意的ならば、今回のタピラティ画廊への調査の裏にショーンがいると勘づいても、それを表に出したりはしないだろう。うん、ショーンの言う通りに思えてきた。お陰で少し安心した。

とはいえ、仮にも一年と半年、この人の妻を務めている私は、今回の騒ぎの目的がブリンドル伯爵家を助けるためだけではないと、知っている。

「それにしても、私、呆れちゃったわ。二匹のウサギを仕留めようとするなんて」

ショーンはにやりと笑った。

「使える機会を逃すなんてできんさ、商人はな」

今回の件、ショーン本人がここまで動いてくれた理由の半分ぐらいは私のためだと思う。それは信じている。

——でもショーンは、悪人ではないけれど、性善説だけで生きているような善人ではない。あくまでも彼にとっても利点があったからここまで動いたのだ。

事件の被害者の名前が出回ってから気が付いたのだが、彼の目的は、とある宝石商だったのだ。そこはタピラティ画廊の被害者として名が広まったことで、商売に大打撃を受けていた。

普段は付き合いがないところだが、私もよく覚えている。初対面から、酷く感じが悪くこちらを見下してきた。後から聞くに、ショーンのお爺様《じい》とあちらの先代が酷く仲が悪かったそうだが……何年前の話を引きずっているのやら、と呆れたものだった。しかもアボット商会は、無理に関わることはせず、お互い気分よく行こうというスタンスを取っているのに対して、あちらは未《いま》だにこちらを敵視して事あるごとに絡んでくるのだから最悪だった。

その宝石商は、贋作を大量に購入して見せびらかしていたようで、見る目が重要とされる店のトップが、偽物を見抜けなかったことから店の名前に大きな瑕《きず》がついたらしい。ショーンが何かしたわけでもなく、他からも恨みを買っていたのか、あれこれと噂《うわさ》が尾ひれをつけて広がっている。

宝石商としては大きい部類に入る店だったけれど、今回の一件で大きく客足が遠のいているようで、今はまだそこまで影響が出ていないが、この状態が続けば経営は危ういだろうと従業員たちが噂話をしていた。

「そんなに目障りだったの？」

小さな声でショーンに尋ねると彼はクッと喉を鳴らした。

「お互い無関心、最低限の関わりだけにしようとこっちは何年も態度や言葉で示してやってたんだ。それを、半世紀以上前のことを未だに引きずり、その上こっちが店を大きくするのに嫉妬してあることないこと噂を広めるなんてことまでし始めた。これでしばらくは他人のことに手なんて出せないだろう？」

嫉妬からこちらの悪評を立てることまでしていたとは。他人を貶《おとし》めるために費やす時間があるのなら、商品が売れるように努力するとか、新しいお客様を手に入れるために努力するとか、もっとできることがあっただろうに。

結婚して一年半ほどの私でも嫌だと思う相手だ、ショーンもお義母《かあ》様ももっと長い間対応してきて、ついに我慢の限界だったのだろう。

「とはいえブリンドル伯爵にとっては幸運だったな。たまたま、詐欺師の本元がタピラティ画廊だと発覚する直前に贋作を購入したんだから」

「……本当に偶然？」

「もちろん」

……多分本当だ。だとすると、ある意味でアナベルにとっても幸運だったのかもしれない。

詐欺師一人捕まえただけなら、ここまでの騒ぎにならなかった。あくまでも歴史のあるタピラティ画廊が裏についていると分かり、タピラティ画廊そのものへ捜査が入ったためにここまで噂も爆発的な広がり方を見せたのだ。

「あとあの詐欺師たちに嫌悪感があったのも事実さ。うちにも何度か売りに来てな」

「えっ、そうだったの？」

「ああ。購入はしなかったんだがその後もしつこく購入しないかと絡んできてな。当時は親父《おやじ》が死んで間もなくて、俺のこともババアのことも相手はなめ腐ってたんだろうが…………。あんまりにしつこいものだから、ババアが売りに来た奴《やつ》を蹴り出した。もちろん比喩じゃないぞ？」

……お義母様ならする。多分本当に蹴り出している。

「それを恨みに思ってか、他の所に売りに行ったときにあることないこと吹聴《ふいちょう》してな。ま、しつこすぎたと言えど蹴り出したババアも悪いんだが、朝から晩まで他のお客への対応を邪魔して、無視したら客にまで絵画を売ろうとしたんだ、腹が立ったのも致し方ない」

それは蹴り出したくもなる……。

「というわけで、メラニアのお友達の救出、個人的私怨、嫌がらせの三点セットだったというわけだ。うまくいって何より！　その上、ブロック館長とお会いできたんだからな」

「ただ少し顔を合わせて名乗っただけでしょう……」

「あの人は一度会った人間のことは忘れないんだそうだ。その上、今回は館長殿が気に入られているアナベル様を助ける場に、同じ立場で参加したんだ、俺のことは普通よりは印象付いているだろうさ」

ショーンはご機嫌にエールをコップに注《つ》ごうとし始めた。……もう、飲みすぎ！

「これ以上は駄目！　さっさと体を洗って、全身服を着替えて来て！」

「もう少し飲んでもいいだろう？」

「飲むにしても着替えてから！」

「はいはい、分かったよ」

私の言葉にショーンは両手を上げて、やっと私を膝から降ろすと立ち上がった。

部屋から出る直前、ショーンは振り返るとニヤリと笑った。

「今日はご褒美に、ベッドで甘やかしてくれるんだろう？」

「〜〜〜っ！！！　ばかっ！」

何てこと言うのだと憤慨する私に、ショーンは楽しげにケラケラ笑って今度こそ部屋から出て行った。もうっ、信じられない！

第八幕

求めるは平穏

秋も終わり、冬が来た。

この国の社交は大体春から夏にかけて行われるので、夏が終わったあたりからだんだんと王都から人が減っていく。それでも夏から秋にかけては社交の最盛期終わりを狙って音楽会《コンサート》や新しい演目の劇などが多数行われるので、それを観《み》るために残る人も少なくない。とはいえ冬前になれば、領地を持つ貴族の大半が領地に帰ってしまう。そのため、冬はこの王都が最も静かになる時期とも言える。

そんな季節になって、私のもとに様々な所から届いていた新作演目を知らせる手紙などが減ったことで、やっとある疑問を抱くにいたった。

手紙のやり取り、遅すぎないかということである。

家族とのやり取りは父が贋作《がんさく》に騙《だま》される以前と比べて、多くなっているのだが、その手紙の行き来が遅いように思えた。

どれぐらいかと言えば、領地にいらっしゃる義父母とのやり取りであればこれぐらいの期間で返信が届くのが普通だろうと納得できるぐらいに、遅い。

私がいるライダー侯爵邸は新貴族地区、ブリンドル伯爵邸は旧貴族地区にある。だが地域は違うとはいえ同じ王都にあるのに、これほど時間がかかるのはおかしいのではないか。そう考えて、一応ギブソンに相談をした。

「こんなことを言うとライダー侯爵家に失礼かもしれないのだけれど……侯爵家を担当している配達員、怠けているということはない……かしら？」

私の言葉にギブソンは少し俯《うつむ》いていたが、顔を上げると真剣な面持ちでこう言った。

「若奥様。少し私共にお時間を頂けないでしょうか。ご相談したいことがございます」

「もちろんよ」

拒否する理由もなくすぐに頷《うなず》くと、ギブソンは少しの間出て行った。しばらくして彼はアーリーンを連れて戻ってきた。どうやら私が今いる部屋の外にはジェロームがいるらしく、大事な話をするので近づく者がいたら遠ざけるようにと指示を出しているのが辛うじて聞こえた。

何の話が始まるというのだろう。

アーリーンは部屋に来るまでにギブソンから話を聞いていたのか、特に困惑した様子もなく私の前に立っている。私は話が長くなるような予感がして、二人に椅子をすすめた。

「どうぞ座って、二人とも」

「いえ。このままで大丈夫でございます」

「私が気になってしまうの。お願い」

そう言うと、ギブソンとアーリーンは少しの間だけ目を合わせて、それから私の目の前に座った。話を始めようとギブソンに視線を向けると、せっかく腰かけたのに二人は再び立ち上がり、深く深く頭を下げた。

「ふ、二人ともっ、どうしたの?」

声が上ずる。狼狽《うろた》える私に、ギブソンとアーリーンは頭を下げたまま言った。

「これまで若様の御無礼な態度をお止めできず、誠に申し訳ございません」

夫の態度について彼らが話題にしてきたのは、これが初めてだった。きっと……なんて考える必要もなく、全てを把握しているのだろうと予想がついた。その上で、何も言わずに今まで過ごしてくれていたのだ。

「顔を上げてちょうだい」

二人はそれでも動こうとしない。なのでもう一度、先ほどより強く「上げてちょうだい」とお願いした。

「私の方こそ、今まで貴方《あなた》たちに何も相談もせず、ごめんなさい」

「いえ。ご相談していただける関係を築けなかった我々の落ち度しかありません」

「なんてことを言うの、ギブソン。私、本当に二人に、ううん、他の使用人にも感謝しているわ。ただ、その……あの方と私の関係については、説明できないことが多くて……それで伏せていただけなのよ」

「せめて正式な侍女頭や執事頭たちがいれば、坊ちゃまをお止めできたでしょうに……力不足で申し訳ありません……」

アーリーンが涙ぐんでいるのなど初めて見てびっくりしてしまったが、彼女の発言の方が私は気になってしまった。

「……正式な、って、何？　この家の執事頭はギブソンで、侍女頭はアーリーンで、家令はソラーズではなかったの？」

私の質問を聞いた二人は、少しだけ驚いたような顔をした。え。

少し微妙な空気が私たちの間に流れた。おかげで湿っぽくなっていた雰囲気が壊れた感じがしたので、それは良かった。

「旦那様方からお聞きしておりませんでしたか？　確かに現在、この屋敷でそれぞれの役職は私、アーリーン、ソラーズが務めておりますが、あくまでこの屋敷での話だけでございます。本来の執事頭と侍女頭、家令らは旦那様について領地に移動しておりまして……元々我々も次の執事頭、侍女頭として準備をしておりましたので、若様と共に試験的に仕事を引き継ぐこととなったのです」

「知らなかったわ……！」

「もしや若奥様……他の使用人たちも、若様の結婚に際して新しく入った者たちであることもご存じでは」

「ない、わね……」

一瞬の間の後、ギブソンは再び頭を下げた。

「申し訳ございません。そのような大切なことを最初にご報告していなかったとは……！」

「いやだ、ギブソン、お願い、顔を上げてっ。私が忘れているだけかもしれないから！」

結婚直後なんて、絶望して一番心を閉ざしていた時期だ。あの時説明を受けていたとしても全く覚えていない。必死にお願いしてやっと、ギブソンは顔を上げてくれ、使用人についても教えてくれた。

曰《いわ》く、夫は結婚時にしばらく新妻と二人きりで過ごすということが決まり、使用人の総入れ替えをしたのだという。元々働いていた者たちは領地に行ったり、侯爵家が持つ他の屋敷に移動させられたりしたとか。以前から侯爵家で働いていた人間で残っているのは、ギブソンやジェローム、アーリーンなどの数えるほどの使用人たちと、最下級の使用人である下男下女たちだけ。家令のソラーズを始め、ジェマを含む侍女たちなども、夫が新しく雇い入れた使用人なのだという。

言われてから気が付いたが、確かにおかしかった。ライダー侯爵家は歴史も力もある名家だというのに、使用人たちが若すぎた。普通ならもっと、長年仕えていますという風な人が出てきそうなものなのに、そういう人はギブソンやアーリーンぐらいだった。

今まで私はそんなこと意識していなかった。

それにしても、屋敷の使用人の大半を入れ替えるなんて、滅多に聞かない。代替わりに合わせて要職の人が変わることは度々あるが、そこと関係のない普通の使用人まで替えたなんて……そんな大変なこと……。

いや、するな、あの夫《ひと》ならする。

何せ本当に愛している女性と結婚できないからと、お飾りの妻として私を娶《めと》るなんてことをしたぐらいだ。その上、私がお飾りであることをできる限り誤魔化そうとまでしている人だ。それぐらい、していてもおかしくない。

私は結婚して初夜を終えるまで、夫から本当に愛されていると信じきっていた。多分だが、私だけではなく全方位……特に近しい人間に対しては、より、真に迫った演技をしていたのだろう。

新しい情報ばかりで、頭が痛くなってくる。額を押さえながら、私は尋ねた。

「それで、ええと……私に話したかったというのは、先ほどの話？」

「そちらと、もう一つございます。若奥様が気にされていた、手紙のやり取りについてです」

私からすれば、そちらの方が本題だ。私は居ずまいを正して、ギブソンの言葉を待つ。

「まず初めに、このことは私やアーリーンの憶測でありますこと、ご了承ください。……恐らく、この屋敷を出入りする物も人も、ごく一部を除いて、若様に監視され、管理されています」

今までなら屋敷全てがと言われたら流石《さすが》にそこまで……？　と思っただろうが、屋敷の使用人をごっそり入れ替えるようなことをするのだから、していてもおかしくはない。

「二人がそう言うということは、何かあったのよね？　教えてほしいわ」

二人は一瞬視線を合わせてから、難しい顔で頷いた。

「若様の結婚以降、私は旦那様より、屋敷の状況を定期報告するように指示を受けておりました。報告後には内容を確認した旦那様から短い手紙が届くのですが……どうにも、私の報告を受けての文章とは思えない返事が続いていたのです。もちろん、私では及ばないお考えがあってあのような返事になった可能性はございますが、旦那様らしくないと以前から違和感がありました。そんな折、侍女頭から相談を受けたのです」

「不肖の身ながら、何度か奥様に訴えておりました。若様の若奥様への態度がおかしいと。若奥様が長く、どのような扱いを受けていたかも記しておりました」

私のことについて、アーリーンから直接的に話題に出されたことは過去一度もなかった。

「ですが……奥様からはそのことに対する返答がないのです。奥様は、若奥様が義理の娘となられることをとても喜んでおられました。本当ならこの屋敷で共に暮らしたいとも。奥様のお子様は若様だけでございますから……義理とはいえ母娘《おやこ》として過ごしたいとずっと仰《おっしゃ》っていたのです。ですから、若様の態度を黙認するとも思えず……執事頭に相談したのです」

アーリーンは必死に言葉を重ねていた。きっと、私に義母を悪く思ってほしくないのだろうなということが察せられた。義母がそんなことを言っていたなんて……知らなかった。言葉が出せないでいる私に、ギブソンも続けた。

「更に確認しますと、他の人間に送っても噛《か》み合《あ》わない返答しか届かないのです。よって我々は、私たちが送った手紙は相手には届かず、偽物の手紙が届けられていると考えておりました。そのようなことができるのは、若様だけです。恐らく屋敷の中、そして外にも若様の行動に協力をしている者がおります。――ですが、アボット商会には、若様の手は伸びておりません」

数度目を瞬《しばた》いた。突然出てきたアボット商会の名前に驚きつつ、納得もあった。

パーティーが終わった後の手紙は、アボット商会が仲介して届けてくれた手紙だった。その手紙はアボット商会の人が直接家族から受け取り、私のもとに届けてくるという形で配達されていて……確かに、やり取りは早く、中身がすり替えられている様子もなかった。

納得しつつ二人を見た私は、ちょっと背筋が寒くなった。

ギブソンとアーリーンの目に、強い光が灯《とも》っていた。その光は怒りだ。ただ他人へ不愉快さを解消するためにぶつける怒りではなく、義憤と表現するに相応《ふさわ》しいものだった。

「アボット商会の協力を得られれば――」

「待って」

咄嗟《とっさ》に、言葉が出た。二人は何故《なぜ》止めるのかと訴えるような目で私を見てくる。だが、その続きを言わせることは出来なかった。

「ギブソン。アーリーン。きっとこのことは貴方たちにとって不愉快極まりないと思うのだけれど……義両親には、まだこの状況を報告しないでくれないかしら」

私は、この生活を止《や》めるわけにはいかない。

どう説明すれば納得してくれるだろうか。二人に、実家のことまで言うことはできない。どんな理由で夫に従っているかも、話すことはできない。それは夫への裏切りであり、つまり、私の実家への援助が終わることに繋《つな》がるから。

ならば――こう伝えるしかないだろう。

「理由をお聞きしてもよろしいでしょうか？」

「ええ。私ね。――今の生活、悪くないと思っているの」

私は微笑《ほほえ》んでみせた。

嘘《うそ》ではない。

恥ずかしいこと極まりないだろうが、それはもう、どうしようもないほど私の本音でもあった。

「確かに私は女主人として、夫から冷たい扱いを受けていると思うわ。愛し合っていない夫婦はいくらでもいるでしょうけれど、それでもこのような形で放置されている人はそう多くもないと思うの。……でもね、もうあまり気にしていないのよ」

私の中には沢山の思い出がある。

「私、正直なところあまり社交も得意ではないの。だから夫が私を連れ回さないことに、感謝もしているわ」

夫から熱烈なアタックを受け、侯爵家に嫁ぐことになって……相応しくなろうと頑張って社交の練習にも取り組んだけれど、私は笑顔の下で色々なことを考えながら会話をするのがあまり好きではなかった。

でも今は、そんなことしなくていい。

ただ日々、好きに過ごすことが許されている。女主人としての正当な権利と引き換えの、怠惰な生活。それは手放すには惜しいものだろう。

「夫に貴族の妻として外に出る仕事を求められることもなく、ただ好きなことに時間を費やす生活が……正直なところ、私には手放し難いのよ。…それに、私の実家は、まだ独り立《ひとりだ》ちには程遠いわ」

義父母に報告したとして……相手の有責になったとしても、離縁になったら私と家族の人生どうなるのだろう。私のせいで、私が出戻ったせいで、弟妹《きょうだい》に迷惑なんてかけたくはない。

「あの方は、私に対しては酷《ひど》いことをなさったとは思うわ。けれど……私はまだ、この状態を保ちたいの」

きっとライダー侯爵家として考えたとき、私の願いは迷惑でしかない。それを分かった上で、私はそっと頭を下げた。

「お願い。どうか、義両親にこのことは、伝えないで」

しばらくの間、ギブソンもアーリーンも動かなかった。彼らがこの願いを受け入れてくれるかは分からなかったけれど、私にできるのは己のちっぽけなプライドを投げ捨てて彼らに請うことだけだから。

「……若奥様。頭をお上げください。我々にそのように、頭を下げてはなりません」

ギブソンが、穏やかな声で私を呼んだ。恐る恐る、顔を上げる。

私よりずっと年上の執事頭は、隣の侍女頭と視線で会話をしていたようだった。しかしそれを私が見たのはほんの一瞬で、私と目が合うと彼はこう言った。

「この屋敷の管理者は、女主人たる若奥様です。若奥様がそれを許容するというのであれば、我々は余計なことは申しません。お約束いたします」

「主人の身と心を守り支えるのが侍女の務めです。若奥様」

ギブソン。アーリーン……！

二人の立場は——なんて、もう考えるのはやめよう。……決意しても後々、何かの折にまたそう思ってしまうかもしれないが、少なくとも、今は、二人を信じようと強く思った。それは嘘ではない。

何より、これまで共に過ごしてきた時間から、私は彼らを信頼できる人々だと思っている。

私は感謝を述べて、二人の手を握った。こんな自分の欲ばかりの私の存在を、今だけだとしても認めてくれた二人に心から感謝した。

「ですがもし、若様が取り返しのつかないようなことをなさったら……旦那様にご報告しなければならなくなります。そのことは、お認めください」

「ええ。分かったわ」

……こうして外に真実を伝えることがないまま、私は屋敷に籠《こも》って穏やかに冬を過ごした。

第九幕

飾られて三年目の日常

結婚してから三度目の春は、最も明るい春だった。私の誕生日には家族やメラニアからも祝いの品が届き、ギブソンやアーリーン、ジェマにジェロームたちという使用人の皆《みな》に祝われて、私は二十歳になった。

三度目の夏には夫の怒りも収まり、また劇場や美術館へと出掛けることができるようになり、楽しい時間を過ごした。夫の怒りを買ったのだから、使えるお金が減らされるのだろうと思っていたが、そんなこともなく……他の多くの貴族が社交に精を出す間に、私はあちらの絵画を見て回り、そちらの演劇を鑑賞し、こちらの音楽会《コンサート》で音に埋もれる芸術三昧な日々を過ごした。そうしながら、好きな女優や俳優、歌手たちに花と手紙を贈ることも継続していた。次第に私が好きな人たちに贈られる花が増えていくのを遠くから眺めて、彼らの凄《すご》さが広まっているのを感じては喜んでいた……。

広まっていることへの喜びで言えば、ドロシアーナの服も、最近よく見かける。メラニアから話を聞いている感じ、売り上げもかなり好調のようだ。

今日は、メラニアに誘われてドロシアが服をデザインして提供したという劇を観《み》るためにアデラ座に赴いていた。

「この座席、取るのに苦労したのだから！」

「ありがとうメラニア」

今は王都に人が多い時期だから、人気の劇場、人気の劇団の席はすぐ埋まってしまう。その席を取ることができるアボット商会は、私が思っているよりずっと強い力を持っているのだろう。……今回の場合は、ドロシアーナのオーナー夫人だから入れたのかな？

最近の私は、もう定番と化した物語を見ても、特に傷つきもしない。比較はするが、それで落ち込むようなことはない。

演劇は演劇だ。その前提を無視しても、白い結婚ではなく白くない結婚（我ながら面白く言い回していると思う）の時点で条件が劇の主人公たちとは違うし……でもそれ以外では、私は意外と恵まれている。夫からは冷遇されているけれど、同じ家で暮らしていないから毎日顔を合わせて心をすり減らさなくて良いし、夫の本命とは会ったこともないから精神的に苦しくなる要素も少ない。……夫のことを愛していた結婚当初ならば違う風に考えたかもしれないが、今となってはこのまま会わずにいるのが一番平穏である。一人の男性の愛を求めて複数の女性がいがみ合うなんて、物語の中ならば良いが現実にはしたくないことだ。

そして何より、一番嬉《うれ》しいのは、やはりお金に自由があるということだろう。更に夫は約束通り生家への金銭的援助も続けてくれている。

まあ、困ったこともあるけれど……。

『そういえば、子供はまだなのかしら』

劇の中でそんなことを義理の両親から言われる主人公の苦悩に、共感し同情する。跡継ぎを産むのは貴族の当主の妻であれば重要な仕事なわけだが……夫に抱かれたのは初夜の一度きりの私が、妊娠するわけもない。そして結婚して三年も経《た》てば、大概の夫婦の間には子供ができる。なので周囲から圧がかかるのはよくある話……かく言う私も、最近は手紙でそういう話をされることが増えた。

これで義理の両親から問い詰められるのならばまだ当然の権利だと思うので大人しく聞いていれば良かったが、私に質問してくるのは血を分けた実の家族——妹たちだ。

妹たちが私のことを理想のように思っていることは知っていた。それは私そのものが理想という意味ではなく、私の結婚とその後の生活が理想ということだ。妹たちは私が夫に熱烈に愛されて結婚し、結婚後も私の希望が叶《かな》えられて幸せに暮らしている——と信じているので、当然、幸せな家族の定型として私が子供を産むと、信じている。子供はどうなの？　私甥《おい》っ子《こ》でも姪《めい》っ子《こ》でも可愛《かわい》がるわ！　という手紙が多々届いている。家族故か、容赦のない質問に、毎度返信に頭を悩ませている。

「どうしたものかしら……」

『どうしたものかしら！』

おっと。意図せず主人公と同じ言葉が漏れてしまった。もう少し劇に集中しなければ。

盛大な拍手と共に、幕は下りた。人の波が落ち着くまでの間、私たちはいつものように感想を言い合った。

「グレンダの歌、良かったわっ」

「ええ、本当に！　ジョルジーヌとのデュエット、過去一の出来だったわ！」

私とメラニアは二人でそんなことを言ってはしゃいだ。

かつて音楽会《コンサート》で意識したグレンダ・サムウェルは今回、主役の座を手に入れていた。メラニアが応援しているジョルジーヌは今回の舞台での助演のような立場で、二人は嫁いできた嫁と義母という関係だ。最初は敵対していた二人だが、次第に嫁いできた女同士、友情のようなものが芽生え始め……という筋書きの話だった。

「それにしても」とメラニアが話を変える。「最近思うのよ。なんだか嫌な男ばかり見すぎて、素直な物語が見てみたいって」

「気持ちは分かるわ」

とてもとても分かる。私は深く頷《うなず》いた。

そろそろ、そう、そろそろこの白い結婚ブーム、終わっても良いのではないかと思うのだ。

もう、それこそ丸二年ぐらいはこの流行が続いていると思う。

言っては悪いがほとんど悪人とされているのは男性だ。貴族男性からの受けがかなり悪いので早々に上演禁止にされてもおかしくなかったと思うのだが、今でも続いている。

「平民に人気が高すぎるからかしら？」

メラニアが語るところによると、敵をやり込める痛快な物語の展開が、貴族社会で繰り広げられているというところが平民的に面白いようだ。どの物語も貴族の常識や貴族だからこそ知りえている知恵などを一ひねりして扱っていることが多いので、そのあたりも平民からしたら物珍しく人気が高いらしい。

「一番重要なのは、敵をやり込めてハッピーエンドにしているというところでしょうけど」

とメラニアが言った。

私がすることはない未来だ。夫をやり込めて自由を手に入れたいと思うほど私は主体性があって積極的な人間ではない。それに私や家族が……ううん、結局のところ、一番は私が、だけど……離縁して、得が、ない。

お金の問題だ。

俗物的すぎるけれど、やっぱり、私は、妻として蔑《ないがし》ろにされることよりも、その条件で手に入れているお金を失うことの方が恐ろしい。

あまりに醜すぎて、なんだか笑えてくる。だが、醜い自分を卑下して悦に入るなんて、一人

でできることだ。メラニアといる時間を、そんなことに使うのはもったいない。私は自分の思考をそっと頭の中で布に包んで封をした。

「そうだわアナベル。帰る前にカンクーウッドに行かない？」

「構わないけれど……ああ、展示会を見に行くの？」

「ええ。私まだ見に行ってないのよね。アナベルは？」

「私もまだよ」

「珍しいわね。貴女《あなた》なら初日に行っているかと思っていたけど」

「初日は……ほら、混雑するでしょう？」

今は社交シーズンということもあり、美術館に訪れる人の数も増えている。だから自然と、来訪する時期が展示期間の後半になっていた。

そういう理由でまだ行っていなかったのだが、久しぶりにメラニアと訪れるのも悪くないだろう。ちらりと後ろのジェロームの顔色を窺《うかが》うと、彼はニコリと微笑《ほほえ》んだ。問題なさそうだ。

そんなわけでアデラ座を出た後、私たちはカンクーウッド美術館に入館した。

最早《もはや》美術館で働いている人のほとんどと顔見知りだ。完全裏方の方以外は私も顔を把握している。いつも入口に腰かけている中年男性は、私たちの姿を見ると笑みを浮かべた。

「ライダー夫人、アボット夫人、ご来館ありがとうございます」

「展示会を見に来たの」

「西四番ホールが会場となっております」

「ありがとう」

私たちは中央ロビーを横切り、西四番ホールを目指した。比較的夕方に近くなっていたとはいえ、美術館の中にはまだ人の姿が多い。

ちらりちらりと、視線を向けられている気もするが、あまり気にしないことにする。私は女性にしては背が高いからか、こうして他人から視線を向けられることが元々あったしと割り切り、話しかけられない限りは反応しないようにしている。

私とメラニアは展示会をぐるりと一巡して楽しんだ。そしてこの後、また別のお店に寄って少し会話を楽しもうか、それともここで解散にするか、なんて話をしながら出口に向かって歩いているとき……遠くから、よく知った声が飛んできた。

「アボット夫人、ライダー夫人！」

私たちが振り返ると、ブロック館長がいた。

館長は騒がしくはならないぐらいの速度の早足で私たちに近づいてきて、それからいつも通りの笑顔で軽く頭を下げられた。

「本日は当館にお越しいただき、誠にありがとうございます！」

「ブロック館長。ご丁寧にどうもありがとうございます」

「今回の展示品も素晴らしいものばかりでしたわ！」

私が簡易的に礼を取るとメラニアもそれに合わせて軽く礼をして、それからいつもの通り明るい調子で話し出した。まだ美術館の中なのであまり大きな声を出さないよう、そっと手に持っていた扇でメラニアの背中をつつく。メラニアもそれに気が付いて、そこから声のトーンが数段落ち着いた。

館長はそのあたりは特に気にしていないようで、心から嬉しそうな笑顔のまま話す。

「ありがとうございます。全てはお二人からのご支援あってのことでございます」

「ブロック館長はいつも腰が低すぎますわ。今回の展示品は全て館長の目利きで選んだと聞き及んでおりますわ。館長がいる間は、カンクーウッドは安泰ですわね」

「滅相もないことでございます。……もし何かお気に召した物などございましたら、どうぞ我が館員にお声がけくださいませ。お二人のご希望でしたら、優先してお渡しする所存でございます」

ブロック館長の言葉に、メラニアは目を丸くする。

「まあ本当？　――と言いたいのだけれど。この前夫に叱られてしまいましたの。良い物を身近に置きたい気持ちは分かるが、飾る所がないほど手に入れてどうするのだと。飾らないのでは芸術家に失礼だと。御免あそばせ」

「いいえいいえ！　アボット夫人に渡った美術品は幸せでございます」

今回はメラニアは何も購入しないつもりのようだ。もちろん必ず買わなくてはならないわけではないが、買うつもりがないものを低額で指定して「今回は本命は特にないが展示会には興味があります」と主張することもあると学んだ私なので、今日はどうしようか……。

……本当は後日、一人で来て、購入しようと思っていたのだけれど、このような流れになったのなら、わざわざ隠す必要もないだろう。

本日美術館に展示されていた様々な芸術品――その中で、一等心に残った絵画を思い出す。

「ガーデナーの、小さなバラのような花が描かれた絵画がありましたでしょう？　花弁の色は白と紫でしたわ」

「展示No.45『リシアンサス』でございましょう」

私の曖昧な記憶から、館長はあっさりと作品を言い当てた。ガーデナーは花や風景を中心に描く画家で、作品も多い。今回も展示している作品数が結構多かったのに、流石《さすが》だ。

確認として、いつの間にか館長の後ろにいた館員の方が美術品一覧（作品の特徴がスケッチされているもの）を見せてくれたが、間違いない。小さな花瓶にバラに似た紫と白の花が愛らしさと気品を兼ね備えて咲いている。サイズも恐らく0号で、そう大きい物ではない。

「それを私の名で、そうね、十五万デルで予約してくださいな。他に購入希望の方がいなければ頂きたいわ」

「ありがとうございます。それでは『リシアンサス』はライダー夫人にお渡しいたします」

「まあ、よろしいのです？」

まだ展示会は終わっていないのに言い切るなんてと驚いていると、ブロック館長は頷いた。

「もちろんでございます。ガーデナーから、ライダー夫人より希望があった場合は、優先的にお渡しするように言付かっておりますゆえ。作品はいつもの通り、お屋敷にお持ちする形でよろしいでしょうか？」

「お願いしますわ」

「かしこまりました」

館長と別れて、外につけられている馬車を目指して歩く途中、メラニアがやや呆《あき》れたように言った。

「本当に好きねぇ、ガーデナーの絵。何枚目？」

「うぅん、枚数を数えてはないから分からないけど……でも、あの絵は私用じゃないわ。贈り物にしようと思って」

「贈り物？」

「ええ。少し気が早すぎるとは思うのだけれど……ジェイドの、社交界デビューの祝いにしようと思っているの。来年のことだけれどね」

「ああ！　そういえば、確かにそんな年齢だわ」

既に社交界にデビューしたフレディに続いて、来年は上の妹ジェイドが社交界デビューを行う。今年の早い段階から、ブリンドル家の一番の注目ポイントはジェイドの社交界デビューだ。

今までより金銭的に余裕があることから、私のときとは違い新品のドレスも用意できるだろう。私のときは母から譲られた古いものを、母と私の二人で仕立て直したけれど、そのせいであのドレスは私ぐらいに背が高くないと使えなくなってしまった。後のことを思うのならばあのように作り直すのはよくなかったけれど、母は後のことを考えずに私のためにドレスを直してくれた。それが凄く、嬉しかったことを覚えている。

ともかく、ジェイドがどんな姿で社交界デビューを済ませるかは……ブリンドル伯爵家が考えて決めることだ。父……はあまり頼りにならないが、母やフレディがどのようにするかを考えるだろう。私は姉だが、他家に嫁入りした身なので、あまり出しゃばれない。

だが妹には色々贈ってあげたい。なので、社交界デビューには直接関係なく……資産になるものを贈れればと考えたのだ。あの子たちもいつか嫁ぐわけだが、普通に愛されれば良いが、別の理由で後から居心地が悪くなる場合もあるだろう。一番考えられるのは子供ができなかったときか……。ともかく、そういうとき、自分の意思で動かせる資産があるかどうかは大きくなると思うのだ。

一つ、この資産の出所がライダー侯爵家であるところは、将来的なことを考えたときに不安でもあるが……。一応ギブソンにそれとなく確認したところ、私が他所《よそ》に借金を作るほど散財していた場合はともかくとして、現状のように予め《あらかじ》定められた金額内でお金を使うのならば、咎《とが》められる理由はないし、購入した分の返金を求められることはないだろうと言っていた。言い方は悪いが、ライダー侯爵家はお金に困っていないから、借金を作って侯爵家の名を貶《おとし》めたとかでもない限り、怒られることはないだろうと。

そうでなくても、私は夫の望みであるお飾り妻の役目を果たしている。指示を守っているのだから、夫人として使えるお金を好きに使って、何が悪いのだ！　と現在は開き直っている。もし文句を言われたら、言い返す所存だ。本当に言えるかは分からないが、脳内での練習は万全である。

話が少しずれてしまったが、絵画を贈ることを決めたとき、初めて贈るのならば……私が一目惚《ひとめぼ》れしたガーデナーの作品を贈りたいと、前々から考えていたのだ。

「アナベルは社交界デビューの様子は見に行くの？」

「…………難しいわね。夫は、私が他の男性がいる所に行くのを嫌がるから」

言い慣れてきた建前「夫は妻《わたし》を溺愛するが故に一切の社交をやらせない」を告げる。……普段であれば、私がこうして誤魔化すとメラニアはすぐに察したように違う話をしてきていた。

けれどこの日は、違った。

「そう、残念だわ。でも……前から思っていたのだけれど。アナベル、貴女の夫……言いたくはないけれど、少しちぐはぐよね。愛しているのは分かるわ。でも、それと貴族夫人の責務を放棄するというのは、少し話が違うじゃない？　貴女だって、別に社交ができないわけでもないのだし……」

痛いところを突いてくるメラニアに内心驚きつつ、必死に考えて考えて、話をそらそうとする。

「そうかしら？　私、社交はあまり得意ではないし……それに夫一人で問題ないと言っていたわ」

「本当に？　貴女の夫も、ここ最近はほとんど社交界に出てきていないみたいだわ」

……そうだったのか。知らなかった。

「……ねえアナベル、貴女……」

「メラニア。お願い。それ以上は聞かないで」

私はメラニアの手を握った。

「ごめんなさい。いつか貴女には……私とずっと仲良くしてくれている貴女には話したいと思っているわ。でも、今は……」

良い言い訳も浮かばず、口籠る。しばらくの間、メラニアは何も言わなかったが、呆れたように息を吐いた。

「…………分かったわ。貴女を苦しめたいわけじゃないの。だからほら、そんな顔しないで？」

メラニアはそう言って、私の頰を両手で挟んで、それから左右に引っ張った。

「いひゃいわ」

「なぁんにも教えてくれない親友への嫌がらせよっ」

メラニアはそれ以上は宣言通り、夫の話題を出すことはなかった。

その後の私は、屋敷へと帰り着いてやっと安堵《あんど》の息を吐き出すことができた。メラニアから
あそこまでハッキリと夫のことを話題に出されたのは久しぶり……いや、初めてかもしれない。

周りから聞かれることもほとんどなくなっていたから油断していたなあと思いながら玄関ホー
ルに足を踏み入れた私のもとに、執事のギブソンがすっ飛んできた。

「若奥様、おかえりなさいませ。若様がお待ちでございます」

「……誰が？」

「若様がです」

「……誰を？」

「若奥様をでございます！」

第十幕　妻といつ以来か分からない夫と初対面の愛人

ギブソンの言葉に私は首をかしげる。

夫が、私を待っている？

どうしてそんな状況になったのかさっぱり分からない。ここ最近、彼の不機嫌スイッチを押すようなことは何もしていないはずだ。家族とのやり取りも……、外出では前と同じようにほとんど一人だし。

ギブソンに急《せ》かされて、私はとりあえず夫が待つという部屋に、外行きの恰好《かっこう》のまま向かうことにした。本当は屋内用の服に着替えたかったのだけれど……ギブソンや周りの使用人たちの様子から、どうやら夫は随分と長く私を待っていたらしい。私が怒鳴られるのは良いけれど、私の行動のせいで使用人たちへと怒りが向かうのは嫌だ。今の私にとって、使用人の皆《みな》は友達のような、家族のような大切な存在だったから。

ギブソンの案内で向かったのは、夫の執務室だ。ここはほとんど家令のソラーズか執事のギブソンだけが出入りしている部屋だったと記憶している。部屋の主《あるじ》はほとんどここにはいない。
そうして夫と再会し——久方ぶりに会った夫を見たとき、最初に思ったことは「…………こ
の人が夫、だよね？」という疑問だった。
自分でも驚いてしまった。確かに私が夫と最後に顔を合わせたのはいつだったかな……？
という感じであった。最近ではほとんど指示や命令があるとしても文字でのものだったから、
夫婦でありながら会うのはとても久しぶりだ。そのせい……だとしても、結婚するまでは毎日
彼の顔を思い浮かべていたし、性行為だって一度だけとはいえしている。なのに初めて顔を合
わせたかと錯覚するほど、夫の顔に覚えがなかったのだ。
更に。
いざ名前で相手を呼ぼうとしたら、思い出せなかった。喉に空気だけがつっかかる。なんだっ
け、名前。
（…………名前、なんだっけ）
夫の名前すら思い出せない妻……いやでもこれは私だけが悪いわけではないと思うのだ！
使用人の皆は夫のことを若旦那様や若様と呼ぶ。そして私は、若奥様と呼ばれている。
そんな環境なので、夫の名前を使わなくても彼の話をすることは問題なくできていた。顔も
合わせない、名前も聞かない、そんな環境だから、こう、つい。ついね。忘れてしまった。う
ん。つい。本当に。ちょっと今思い出せないだけで、たぶん何か切っ掛けがあれば思い出せる

はずだ。確か多分、ビ、バ、バビ、バビブベボ、ベッベッ？　名前の始まりが、そのあたりの音だった気がする。いや濁音から始まっていただけだったか。ダ、ダ？　ダッ、いやヂ……ド？いやザ、それともズ？　ガ……ではないな。……駄目だ、思い出せない。

入室した後も挨拶もせず固まっている私に、夫は変な顔を向けてきた。私はぎこちない下手な笑みを浮かべて誤魔化して、席に着いた。

夫の横にいる美しい女性のことは一旦無視《スルー》だ。

「彼女はエヴァ。私の愛する女性だ」

無視《スルー》させてもらえなかった。

いや分かっていた。夫が連れてきたのだから、恐らく愛人——夫にとっては彼女こそが本命だが、書類上はどうしても彼女の方が愛人ということになってしまう——だろうということは分かっていた。ただ、こう、夫の名前が気になってしまって後回しにしていただけで。

それにしても、これが初めての本妻と愛人の出会いか。なるほど、容姿だけでも夫が惚《ほ》れ込《こ》むのが分かるなぁという美しい人である。私は愛想笑いをして、そっと会釈をする。

「アナベル・ライダーと申します」

エヴァ様は少し憂いや不安を乗せた表情で私を見つめたが、名乗ることも会釈もしないでそっと夫に体をくっつけた。

せめて挨拶してほしかった。夫が紹介したとしても、こちらからは挨拶したのだから……。

そう思ってしまう私は、狭量な人間だろうか。

少しのもやもやを抱える私に、夫がこの呼び出しの本題を早速口にした。

「彼女が私の子供を授かった。故にこの子が生まれたら、男児にせよ女児にせよ、正式なライダー侯爵家の子として育てる」

「お待ちくださいい若様！」

室内に控えていたギブソンが、顔色を変えて夫に声をかける。動いたのはギブソンだけだったが、流れで室内に入ってきていたジェロームや、私たちに出す紅茶を持ってきていたアーリーンなども明らかに固まって、顔色が悪くなっている。ソラーズは気まずそうな顔でその場でもじもじしていた。

そういえば周りに使用人がいるけれど、良いのだろうか。もう愛人のことを隠すことは止《や》めたのか？

夫は口を挟もうとしてきたギブソンを軽く睨《にら》んだ。主人の言葉を邪魔した使用人に対する怒りが見えた。

「黙れギブソン。これは決定事項だ。お前に口出しする権利などない。もちろんだがアナベル、君にだってそんな権利はない」

「ようございます」

私がそう答えると、腕を組んで威圧感を出していた夫が目を丸くする。横にいたエヴァ様も

だ。それだけでなく、ギブソンや室内にたまたまいた他の人々も、え、とばかりに私を見る。なんだその反応。私が怒り散らすとでも思ったのだろうか。分からないけれど、とりあえず私は夫の方を見ながら彼と喋《しゃべ》ることにする。

自分で言うのもなんだけれど、驚くほど冷静だった。それまでは夫に再び会ったら怯《おび》えるかもとか、怖さを感じるかもとか、色々思っていたものだった。だがこうして夫と顔を合わせて、今度こそ確信したことがある。

今の私は夫が持つ権力はさておき、夫本人は怖くもなんともないということだ。

顔や声を聞いても、別に心が揺れることはない。……思い返せば実家のゴタゴタのときにしばらく屋敷から出るなとお叱りの手紙を貰《もら》ったときも、あーあ、みたいな軽い感情しか浮かんでいなかった。大分前のことだから、記憶も曖昧だけれど。

まあ、今は、私の中の心情の変化は、どうでもいい。子供の方だ。

正式な……ということは、エヴァ様が産んだ子供を養子縁組によって書類上は私と夫の子供とするということだろう。こういう展開、流行《はや》りの劇でもたまにあった。そうすると建前だけとはいえ私の許可が必要になるので、彼らは私のもとに来たのだとは思うが……もしこの屋敷で暮らすことになったら嫌だなぁと思いながら、確認のために尋ねる。

「無事、ライダー侯爵家の跡を継ぐ正統な子供ができたのは喜ばしいことでございましょう。それで、わざわざエヴァ様をこちらにお連れしたのは、もしや……妊娠された彼女をこちらの屋敷で生活させるからでしょうか？」

「……いいや！　彼女と私には、屋敷が別にある。こちらに彼女を引っ越させることなどしないっ！」

「かしこまりました」

「……私も、エヴァと子を守るために、今まで以上に尽力する。ゆえに、こちらの屋敷には滅多なことでは戻らない！」

「そうでございますか」

「…………両親がなんと言おうとも、私はエヴァの子を私の跡取りとするつもりだ」

「はい」

「…………君を！　これからも愛することはないし、君との間に子をこさえることもしない！　君に妻としての仕事をさせるつもりもない！」

「つまり、これからも今と変わらないということで間違いありませんか？」

やたらと念を押されるので、もしや実家への援助を止めたり、私に毎月宛がわれているお小遣いが減らされたりするのかと不安になって確認したが、顔を赤くした夫に「そうだ！」と怒鳴られてしまった。彼の怒っている理由はさっぱり分からないが、私は今と同じ生活が続くのなら異論はない。むしろ、ありがたいまでである。

「今の生活が続くのでしたら問題ありません。ちなみに、不躾《ぶしつけ》ではありますが、エヴァ様がお産みになったお子様を形式上は私たちの養子にする……という話で間違いありませんね？　養子縁組の書類はお持ちになっておりますか？」

　養子縁組の書類には直筆のサインが必要だ。これを捏造《ねつぞう》したことが発覚した場合、最悪家が取り潰される可能性もある。何度も彼らと会って会話をしたくもないので、この場で終わらせられたら良いなぁと思いながら尋ねたのだが、私の言葉を聞いたエヴァ様は自分のお腹《なか》を守るように腕を回しながら叫んだ。

「なんて酷《ひど》いことを！」

　声まで美しいなんて凄《すご》いなあと思った私と、冷静にいや何が酷いの？　と疑問に思う私がいた。しかしそれを口にするより前に、彼女の横にいた夫はエヴァ様を抱きしめて、私を凄い顔で睨《にら》みつけてくる。

「母親から子供を取り上げようというのか!?　なんて女だ！」

　怒りの意味が分からない。

　この国の法律上、いくら夫が愛人に産ませた子供を「自分の子供だ」と言っても、遺産として譲れるものはない。親の死後その遺産を引き継ぐ正当な権利を持つのは正統な夫妻の間の摘《こ》出子《ども》だけ。なので愛人が産んだ非摘出子《こども》を貴族の子として胸を張って育てたいのならば、正妻である夫人を説得して、当主夫妻の養子としなくてはならない。養子縁組された非摘出子《こども》は特例として、嫡出子と同等の権利を得ることができるのだ。

今の夫の説明の中では、私と離婚する話はなかった。けれどエヴァ様の産んだ子供を跡取りにする、つまり侯爵家の正統な子供として育てる、ということは実際のところはさておき、書類上は私と夫の養子にするということでしょう？

なのにどうして、私が彼女たちの子供を取り上げて自分で育てる……なんて話になるのだ。意味が分からない。――もしや、私が蔑《ないがし》ろにされていることへの当てつけとして、彼女から子供を取り上げようとしているとでも？

「妙な勘ぐりをしないでください」

少し苛立《いらだ》って、とげのある声が出た。

「私はただ、万が一外で妙な探りを入れようとする人と会うことがあったときに、どうお答えすればいいのかを確認したかっただけです。知らないで曖昧なことを言って矛盾を後々問い詰められるのが嫌なだけですわ。一言でも、お二人から子供を取り上げるなんて申し上げましたか？　そもそも子供のいない私がエヴァ様の子供を引き取ってどうするのです？　育てられませんが？」

書類上夫というだけの男の子供に、愛着なんてあるわけがない。反対に、恨みがある……とかもない。ただ、母子共にこちらの屋敷にいられたら肩身が狭くなるので迷惑だ。子育てについては――正直に言えば妹たちの世話を手伝っていたので乳母さえ用意ができれば問題ないが、わざわざ引き取って育てるほど愛情を持てるとも思えない。

もしかしたら、エヴァ様は養子縁組のことを知らないのかも？　だが彼女に細かく説明する責任を持っているのは夫だと思うので、この場で深掘りはしない。ただでさえ彼らから悪者みたいに扱われて、気分も悪い。

「ともかく、お話は分かりました。エヴァ様が夫の子を産み、ライダー侯爵家を次代に繋《つな》げてくださる。ありがたいことです。私はこちらの屋敷で今まで通り一人暮らし、大人しくしておりますのでどうぞお気遣いなく」

もう話すことはないだろう。夫の許可など得ていないが、これ以上どうでも良い男女の面倒ごとに巻き込まれたくはない。この前、遠い異国の諺《ことわざ》を劇で知った。たしか、男女の恋路を邪魔する者は、馬に蹴られて死んでしまえば良いみたいな意味の言葉があるそうだ。私は、馬に蹴られる気は全くない。なのでさっさとその場から立ち去った。

私を追いかけるように、ジェローム も部屋を出てくる。あの部屋にはギブソンとアーリーンがいるので後はどうとでもしてくれるだろう。ああ、ソラーズもあの場にいたか。家令のソラーズとは、ギブソンたちと比べると関わりが少なかったので、彼のことはあまりよく分からないのだ。まあ、跡継ぎの話となれば家令も無関係ではないのであの場に連れ出されていたのかもしれない。

それにしても、大人しくしている……なんて、好きに外出して買い物をしている私には当てはまらないだろうと少し遅れてから思って、心の中でつい笑う。

「若奥様……」

廊下を歩いていると、すぐ後ろを歩いていたジェロームが、複雑そうな声で私を呼んできた。振り返って彼の顔を見れば、私に対して、何と声をかけたら良いか分からないという顔をしていて、つい笑ってしまった。

「どうしたの？　変な顔ね」

私の言葉が予想外だったようで、ジェロームはぱちぱちと目を瞬《しばた》いている。

変に気を遣われても嫌なので、私はハッキリと言った。

「彼らはこの屋敷では暮らさないみたいだし、今までと生活が変わることはないみたいね」

そうは言いつつ、ああでもと思う。侯爵家ともなれば屋敷の中で働いている使用人のほとんどは、代々貴族に仕えているか、他の貴族階級の家に生まれたかという出身の者たちばかりで、当然だが彼らにもプライドがある。そうなると、跡継ぎも産まず、社交もせず、ただ好きに怠惰に生きているだけの私みたいなお飾りに仕えるのは彼らのプライドに反するかもしれない。

「ジェローム。私みたいな偽物に仕えるのが嫌になったなら、ギブソンたちに相談してちょうだいね」

無理に仕えさせる気はない。とはいえ、もしかしたら中の様子をある程度知ってしまっている使用人は今更外に追い出すこともできないかもしれないが……と意識がまた飛びかけた私に、ジェロームは少し前のめりになりながら言った。

「この家の若奥様は、アナベル様だけです！　貴女《あなた》は偽物ではありません！」

ジェロームのあまりの勢いに驚いてしまう。彼は大きな声を上げてしまってから我に返ったようで、少し恥ずかしげにしていた。

「ありがとうジェローム。貴方《あなた》の気持ちは嬉《うれ》しいわ」


夫が愛人との間に子供を作ったということは、使用人たちの間にも一瞬で広まった。直接そう聞いたわけではないが、広まっているのは分かる。何せみんな、痛々しいものを見る目で私を見るからだ。

「みんな、気にしなくていいのよ」

本当に。本当の本当に。そんな思いを込めたが、あまり伝わってなさそうである。

いや本当に、私はたいして引きずってもおらず、むしろ外に家を作って暮らすなら別にどうぞどうぞお好きにどうぞ、という気持ちだ。同じ屋敷で暮らされたら堪《たま》らないが、別なら本当にどうでもいい。傍《そば》にいない方が気楽だ、あんな面倒そうな男女。

何より、彼女が子供を産んでくれて養子縁組さえちゃんとすれば、私は夫の子供を産む必要がないのだ。今更夫との間に子供を作って愛せるかと言われれば……頷《うなず》きがたい。

仮にも侯爵家の若夫人にもかかわらず、侯爵家のことを何一つ考えていない私だが……そもそも何もするなと言ったのも、夫。いくらお金のためとはいえ、事前にちゃんと条件を話し合ったわけでもなく騙《だま》し討《う》ちのようにして私にお飾りの妻の座を押しつけたのは、彼だ。それぐらい、今後発生するだろう様々な問題も、彼本人に何とかしてもらおうと思う私はおかしいだろうか？

そんな風に威勢よく考える私であったが、一度、エヴァ様抜きで夫と話をしなくてはならないとも思っていた。

何故《なぜ》エヴァ様抜きかと言えば、彼女がいると落ち着いて話ができなそうだったからだ。彼女は貴族のルールに詳しくなさそうなので、いても話が進まなそうだ。

とりあえず夫と二人で……いや、その場にはギブソンたちにもいてもらうつもりなので完全な二人きりではないけれど、しっかりと一度、今後の在り方を決めたいということを夫に伝えてほしいとギブソンに言うと、彼は大分複雑そうな顔をしていた。そんな苦虫を噛《か》み潰《つぶ》したような顔をしなくても……と思うのは、私だけだろうか。

とはいえそう心配する必要もなかったらしいと、夜に分かった。まだギブソンから連絡があったわけではないが、夫が屋敷に戻ってきたという連絡が私のもとに届いたのだ。

既に寝間着に着替えてしまっていた時間帯だ。夫には着替える必要があるので少し時間がかかると連絡した。書類上夫婦とはいえ、あちらには最愛の女性がいる。私が寝間着で会いに行ったせいで後々争いになったりしたら……いやだいやだ。

夜遅くに私の着替えを手伝わなくてはいけなくなったジェマたち侍女には迷惑をかけてし

まった。

「お待たせいたしました」

「遅いぞ」

嫁いでからこの執務室に入ったことは一度もなかったのに、今日の間に二回も入るなんて不思議な話である。一応謝罪はしたものの、ハッキリ文句を言われるとは思わず、私もついピクリと頬が揺れる。

「着替えるのに時間が必要でしたので。事前に来られるとご連絡くだされば、お待たせもしませんでした」

もう寝ようと思っていたのだ、こちらは。そう思っていたら、つい口が滑った。夫は驚いたように目を丸くしている。今日はこの人のこんな表情ばかり見ているなと思いながら、私は彼の目の前に腰かけた。

執務室の中にいるのは、夫と私だけだ。

最初はギブソンたちも入ろうとしてきていたのだが、夫が追い出した。襲われたら（性的な意味ではなく物理的な意味である）ひとたまりもない状況だが、流石《さすが》にそんなことはしないと思う。私は都合の良いお飾りなのだし。そう思いつつ、私は夫が何の話をするつもりなのか待った。

「昼間のことだが」

「はい」

「……私とエヴァの間に生まれた子供を、養子縁組する」

「その言葉で安心いたしました」

「どういう意味だ」

「昼間の貴方の言動では、非嫡出子のまま跡継ぎにすると言っているようなものでしたが」

「私が法を守らぬと言うのかッ！」

「え。でもそういう言動をされていましたよね」

つい、心の底から疑問に思い私は首をかしげた。

昼間の言動を思い出す。まずエヴァ様が、お腹の子を取られまいとして、目の前の夫は母子を引き離すのかと怒っていたと記憶している。私はただ、貴族の常識的に考えて養子縁組するのだとは思いますがその認識で間違いありませんよね？　という確認のために尋ねただけだったのに、なんだか私がエヴァ様から子供を取り上げようとしている風に受け取ったのは彼らだ。

夫もそれに思い当たったのか、咳払《せきばら》いをいくつかした。

「書類上、私の妻はお前だが、私の愛はお前にはない」

「はい」

「……これから先も、お前を妻として連れ歩くつもりは、ない」

「はい」

この問答、必要だろうか。そんな当たり前のこと、何度も言わなくても分かっているのだけれど……。

夫が眉を寄せて、次に何を言うか考えている様子だったのでこちらから提案をすることにする。

「可能であれば、お互いのためにどのような関係とするかを書類に残しませんか」

「……何を企《たくら》んでいる」

「企んでいませんよ。ですが安心したいと思いませんか。相手が言葉で守ると言った約束を、本当に守るのかと」

実のところ書面にしたところで裏切られるときは裏切られるのだが、少なくとも口頭だけの言った言わないの世界よりは安心できると思うのだ。この場には正式な書類にするための道具がないこともなかった。何せほとんど使われていないとしても夫の執務室だから。夫は反応せず、眉を寄せたまま固まっていた。

「私は、自分の今の状態を自分から他人に話したことはありません。外で話したことのある人にも、家族にもです。今後も話すつもりはありません」

実のところ、相手が勝手に察している可能性は割とあるのだが、そのあたりは横においておく。

「貴方は私に、大人しく暮らしていろと仰《おつしや》いましたね。最初は屋敷でのみ。その後、どのような心変わりかは分かりませんが外出も許してくださいました。お金の使用も許されました。……私は、貴方のお望み通り、本命である女性の隠《かく》れ蓑《みの》として役立っていると思いますが？」

これからも今のような生活を維持してくれるのならば、私はまっとうな貴族夫人としての役目を全て取り上げられたって別に構いやしないのだ。私がまっとうに育てられたまっとうな家のまっとうな貴族令嬢でなくて、本当に良かった。

「少なくとも——実家への援助については、私が指示に従っている間は絶対に続けるということは、書類に残していただきたいのです」

「……ハッ。なるほどな。いいだろう」

私の言葉に全て納得したという嘲《あざけ》りをした彼はその場で書類を用意し、サラサラと文章を書き記した。ライダー侯爵家が武門の家系であるため、もちろん彼も武官系の人なわけだが、彼の文字はそういう背景よりも、絵本に出てくるような王子らしい見た目に似合う文字だなと改めて思った。

不思議だが、彼の顔を見たときはこんな顔だっただろうかと思ったのに、彼の文字を見たときは懐かしいと思ったのだ。彼の文字を見る機会はそんなになかったと思うのだが……。

「これでどうだ」

その場で軽く書かれた物は、効力としてはそこまで強くないかもしれない。それでもあるのとないのとでは全く違うというものだ。内容としては難しくない。

私はこれからも、夫の妻という立場を強く主張してこないこと。夫の寵愛《ちようあい》を求めないこと。夫の最愛である女性にどんな形でも害をなさないこと。現在自分が置かれている状況を誰にも話さないこと。

それらを守る限り、夫は私の実家の生活の支援を止《や》めないし、家族に手を出すこともない。ついでに、私の生活も今のまま、保証される。

凄くあっさりと、私も望んでいることを書いてくれた。もっと難航するかと思っていたので内心ホッとする。

「不足ありませんわ」

「言っておくが、エヴァに手を出すようなことをした場合、この契約はすぐに無効だ」

「もちろんです。あ、その旨も記載しておきましょう」

一番下には私と夫がサインする部分がある。その上に、お互いの条件を守らなかった場合、この契約は無効になると書き足す。それから私は一番下に自分の名前を書いた。

「どうぞ。サインをお願いします」

そう言って差し出すと、夫はそれを無言で見つめていた。

「どうかしましたか」

夫は何も答えない。そのまま、しばらくの間無言で紙を見つめ続けていた。

まさか今更この契約を明文化するのが嫌だとでも思ったのだろうか。だとすると、私のサインしかないとはいえこの書類は自分で持っていた方が良いのでは？　いやでも夫のサインがない時点で持っていたところで意味がないような……とつい癖で考えだしてしまった私の手から、するりと紙が抜き取られる。夫は立ち上がり、私へと背を向けた。なぜ？

「どういうおつもりですか。この契約は無効ということでしょうかっ？」

「……サインは、後でする。もう用はない、帰れ」

「いいえ。サインを先にしてくださいませ。契約は、お互いにしっかりとサインをしなければ

――キャッ！」

流石にここまで書いておいて、私の目の前でサインをしないなんて酷すぎる。そう思いながら夫へと近づくと、夫は突如私の腕を摑《つか》んで無理矢理廊下へと引きずりだした。廊下に待機してくれていたジェマやアーリーンが驚いた顔をしている。

「若奥様っ？」

アーリーンたちの声がするが、私の意識は目の前で閉じられてしまったドアに集中していた。急いでドアに縋《すが》りつく。ノブを回すが、押さえられているのか、今の一瞬で鍵をかけられたのか、開かない。

「サインを！　サインをしていただけなければ困ります！　本当にサインをしてくださるのですか!?」

焦りから、夜ということも忘れて声が出てしまう。中からの返事は、少しくぐもっていた。

「サインはする。国にこそ出さないが、これは正式な契約だ。夜分に騒ぐな」

夫はそれきり、執務室の中から何も言わなくなってしまった。

「わ、わけが分からないわ」

仮にも夫という立場の人間なのに、私は彼のことがちっとも分からない。一体何がしたいのだ、何なのだ、あの人は！　彼のことが、更に分からなくなった。

ついでに彼の名前も未《いま》だに思い出せないのだが。

サインをしてくれれば思い出せると思ったのに！


夫から、なんとしてでもサインを貰わなくてはと焦ってまともに眠れぬ夜を過ごした私だったが、次の日の朝食の後に家令のソラーズと執事のギブソンが揃《そろ》って私のもとを訪れて、昨夜私と夫が交わした契約書は夫の執務室にある金庫に保管されていることが伝えられた。

「さ、サインは、夫のサインはありましたか？」

「ええ。もちろんございましたが……？」

ソラーズは酷く困惑した様子で頷いていた。様子からして、どうしてサインの有無の確認に異様な熱意を出すのか訳が分からなかったのだろう。

横のギブソンにも視線をやると、彼も頷いた。ということは昨夜の契約書（手書き）に、夫はしっかりとサインをしてくれたということだ。それならば、昨夜してくれても良かったじゃないかとは思うのだが、何か彼が気に入らないことでもあったのかもしれない。それが何なのか、今でもサッパリ分からないのだが。

まあ、サインがしっかりされているのならそれでいい。とりあえず、目先の不安は一つ解消されたということだ。

今までの感じからして、これからしばらくは夫と会うこともないだろう。

第十一幕

義両親の帰還

夫からの子供ができた宣言、初めて会った愛人のエヴァ様、その後のお互いについてを記した契約書など、私的には怒濤《どとう》の勢いで問題が目の前に現れては解決されて去っていった。あれから、一週間が経過している。とりあえず、私の生活は特に変わらない。夫たちのこともすっかり頭の中から忘れて、いつも通り王都で芸術巡りに精を出していた。

「ご機嫌でございますね、若奥様」

「ふふ、今日観《み》に行く新作はドーラが主役をやるの」

ジェマの言葉に私は笑顔で答えた。

ドーラ・ゴスリングは私が個人的に応援している女優の一人だ。長らく脇役を演じていたが、前回行われていた劇で出番が多い役を貰《もら》っており、今回が初めての主役となる。所属している劇団が小規模のものなのであまり有名ではないかもしれないが、そういうことは関係なく、彼女の演技や声が好きなのだ。

新作の劇は昔の時代に生きた女性の生きざまを描いたものらしい。白い結婚とも関係ないようだし、どんな話なのだろうか。ドーラはどんな歌をどんな風に歌うのだろうか。楽しみだ。

――そんないつも通りの日常は、簡単に崩れ去った。脆《もろ》い平穏だった。

「わ、若奥様っ！　旦那様と奥様がお帰りでございます！」

「なんて？」

走り込んできた年若い侍女の言葉に硬直してしまった私とジェマたちだったが、数秒遅れで部屋に入ってきたアーリーンは冷静に侍女たちに指示を飛ばす。

「貴女《あなた》たち。あと少ししたらライダー侯爵夫妻がお帰りになります。若奥様の身支度を急ぎなさい」

そこで一度言葉を切り、私へと視線を向ける。

「若奥様。突然のことではございますが、旦那様方がご帰宅されます。申し訳ありませんが、本日の外出の予定は……」

アーリーン曰《いわ》く、つい先ほど侯爵夫妻の帰宅を知らせる早馬が飛んできたらしい。しかもその先行も、ほんの数時間で侯爵たちが到着する、というものだったということで、屋敷内は侯爵夫妻のためにと大慌てで準備を行っているという。

「も、もちろん、キャ、キャンセルします。しますが、どうしてこんな、急に――」

あ、と口を開けたまま固まる。

最近あった問題と言えば、思い当たるのは一つだ。夫の愛人に、子供ができたという話。

「夫に子供ができたから帰ってくるというのは分かるけれど、どうしてこれほど急に？」

子供はそんなにすぐに生まれるものではないのだから、事前に連絡をしてから落ち着いてこちらの屋敷に戻ってくれれば良い話だ。けれど義両親はそうしていない。どうして？

ジェマたちに身支度を整えられながら私は困っていた。

義両親がどのような動きをするのか、全く予測ができない。どうしよう。もし、私に何かこう、困る話だったなら………せ、せめて、せめて私はともかく、実家に不利なことにはならないようにしないと……しっかりと義両親と話をしなくては……大丈夫、夫とも話せたのだからきっとできる。

そんな風に自分を鼓舞していた私だったが、帰宅された義父の怒声に、その決意はどこかに吹っ飛んでしまった。

「ジェローム！　ブライアンはどこにいる！」

義父は帰って来て玄関ホールに足を踏み入れるや否や、ギブソンを見てそう大声を張り上げた。現在は第一線から退いているものの、武官系貴族としてかなり上の地位にいたという義父の剣幕は私を萎縮させるには十分すぎるほどだった。精神を落ち着けるために、（そうか。私にとっては執事のジェローム・ギブソンがギブソンで、息子であるジェローム・ギブソン・ジュニアがジェロームだけれど、お義父《とう》様にとってはギブソンの方がジェロームと呼ぶべき相手なのね……）とこの場とは全く関係ないことに意識を飛ばさなくてはならなかった。

挨拶の体勢のまま固まる私を庇《かば》うように、ギブソンが前に出る。

「若様は、愛人様と暮らすお屋敷におります。こちらには普段帰ってきておりません」

「ブライアン、あいつ……！　侯爵家を継ぐ者という自覚がないのか⁉」

お義父様の怒っている顔は、夫とは全然似ていない。お義父様は武人らしい分厚い体に骨太な骨格をされている。見るからに武闘派という雰囲気の方だ。絵本の王子様のような夫とは、髪の色くらいしか共通点がない。夫は、義父の横で静かに立っている義母似なのだ。

それにしても、義父の今の言葉のお陰で夫の名前を思い出せた！　そうそう、ブライアンだった。頭文字が〝ブ〟な気はしていたのだ、ずっと。この前も。……嘘《うそ》ではない、本当に。

やっと夫の名前が分かり、大満足である。今更誰かに夫の名前はなんだっただろうかなんて、聞けないし。もちろんこれも現実逃避だ。

「普段、こちらのお屋敷で暮らしておられるのは若奥様のみでございます。屋敷のことについては、若奥様が取り仕切っておられました」

何を言っているのだろう。ギブソンの言葉に驚いて彼を見つめてしまった。取り仕切った？誰が？　私が？　いいや、そんなことはしていない。

屋敷を支えていたのは執事であるギブソンや使用人たちであるし、屋敷の維持に関する書類があったとしたら、それを処理していたのは家令《ソラーズ》だろう。私は名ばかり女主人で、それらしい仕事なんて何もしていないのに。

そう主張したかったが、義父の横にいた義母が涙ぐみながら私の傍《そば》にやってきて、その手を握ったことで主張を声に出すことができなくなった。

「アナベル、貴女になんと謝れば良いのか……！　本当にごめんなさい。貴女に酷《ひど》く長く、辛《つら》い思いをさせてしまったわ……！」

「え、いえ、あの」

「ジェローム。あの子はこちらに帰っていないと言いましたが、どの程度帰っていないのですか」

「最初の数か月は多少帰ってきておりましたが、一年も経《た》つと月に数度になり、二年目には半年に数回になり、今ではごくごく稀《まれ》に帰ってくる程度でございます。どうやら仕事についてはソラーズが対応できることはソラーズが行い、若様がしなくてはならないことは、ソラーズが若様のもとへと届けていたようです」

「ソラーズというのはブライアンが連れてきた新しい家令ね。……そう。そうなの」

義母はそっと目を伏せる。……なんだか、この、義母と義父の雰囲気を見るに……あれっ？　いいやでもまさかそんな。そんなわけ。あはは、まさかそんなこと、ある、訳……え……。

もしかして──夫、養子縁組の話は義両親に許可を取っていなかった……？

そんな馬鹿なと私は唖然《あぜん》としてしまった。

私はこの前夫が来て宣言したことも、既に子供ができたことも養子縁組をすることも、義両親に許可を取った上で私のもとに来たとばかり……。だってだって。最初に私から許可を取ったところで意味がないのだから、そう思って当然のはず！

養子縁組自体は夫の独断でできたとしても、跡継ぎとして立てるには現当主である義父の許可が必要不可欠。

これが例えば、私が義両親からとても重要な立場として認識されている存在ならば、私からの許可を最初に取る理由になるだろう。だが実際はそうではない。極論を言えば私からの許可なんてなくても、義父から許しが貰《もら》えれば無理矢理養子縁組を結ぶこともできなくもない。外から嫁いできた身で、当主にさからえる訳もないのだから。

だから私はてっきり、そういう話し合いは既に済んでいるのだろうと思っていた、の、だけれど。

「お、お義母《かあ》様、あの、本日は、ブ、ブライアン様にお子様ができた話で来られたのでは……？」

「あんな女の子など認めん！」

義母に向かって声をかけた私の言葉に反応し、義父はかんかんに怒って言った。

（……貴方《ブライアン様》、私から許可を取るより先にするべきことがもっとあったと思いますが⁉）

跡継ぎ問題なんて重要なこと、義父の許可なしで、どうして自分の望み通りに成しえると思えたのですかね!? 私みたいな貧乏貴族生まれの令嬢でも、やる順番がおかしいと分かりますよ!

「ジェローム。これまでのことを全て報告しろ。詳細にだ!」

「かしこまりました」

義父がギブソンにそう指示している横で、私は義母に手を取られたままでいた。

「アナベル。貴女からも聞かせてちょうだい。貴女とブライアンが、結婚してからこれまでどう過ごしていたのかを」

「は、はい……」

ギブソンたちが義父と共に奥の方に移動していくのとは別に、私は義母に連れられて気が付けば応接間の一つに移動していた。

結婚してからのこれまで——なんて、話せば話すほど恥ずかしい限りの、ただただ芸術美術を鑑賞するだけの怠惰な日常しかない。口が上手《うま》ければこう、誤魔化したりしながら話せたかもしれないが……それが通じるのは相手がこちらの話を聞き出す気がないときだけだ。思い切り聞き出そうという状態にある人相手に誤魔化し続けられるほど私は口が上手くない。

そうして私はボロボロと、貴族夫人失格の烙印《らくいん》しか貰えない自分の生活について赤裸々に義母に説明することとなったのだ。義母は終始、私に対して哀れみのような視線を向けてきていたけれど、それが揺らがないあたりが余計に恐ろしい。だって、普通なら話を聞きながら感情が変わったりするだろう。それが少しもないのだ。私がもっと阿呆《あほう》であったならば義母は自分の味方なんだと思って好きに語れたのだけれど、流石《さすが》にそこまで楽観的に物事は考えられず……ずっと、崖の際に立たされたまま話をさせられているような心地で私はこれまでを語り続けたのだった。

夫とほとんど顔を合わせることもなかった丸二年と数か月の結婚生活のこと、つい先日、夫が子供ができたと伝えてきたことまで話し終えると、義母は小さく溜息《ためいき》をついた。

「ありがとう。よく分かったわ。……アナベル。どうか部屋でゆっくりしていてちょうだい。大丈夫、貴女に悪いようにはしないわ」

「…………はい……」

義母は私を見ながらそう微笑《ほほえ》んだけれど、私にはとてもではないが言葉通りには聞こえない。つまりは余計なことはせず部屋で大人しくしていてくれ、ということだろう。

部屋の隅に控えていたジェマと共に部屋に戻ろうと立ち上がると、義母はアーリーンとジェマの方を見て口を開いた。

「侍女の皆からも話を聞きます。一人ずつ、呼んできてちょうだい、アーリーン」

「かしこまりました」

は、はは。特に隠さずに語ったつもりだけれど、第三者視点からも私の怠惰な日常が明らかにされることが確定してしまった。ははは。

最早《もはや》燃え尽きてしまいそうな気持ちのまま部屋へと歩いて行った私は、まっすぐ寝室へと向かい、ベッドの上に倒れ込んだ。

「わ、若奥様！」

「……ごめんなさいジェマ。今はもう、起き上がれないわ……」

義父母が了承していなかったのなら、私と夫が結んだ契約は何の意味もない。てっきり形だけの妻についても、正式に許可を取ったのだろうと思っていたのに……。

最早私の立場は何の安心もできない、本当のお飾りになってしまった。

……………ちょっと待って。あの契約書、より私の立場が不利になるのでは？　なんとかしないといけないのでは？

私、先ほど義母に契約を結んだところまで説明できていない。つまり、義母はまだ私と夫が勝手に結んだ契約については何も知らない。

そのことに気が付いて体を起こすが、そこから動くこともなく私の体はまたベッドに沈む。ジェマが困惑していて申し訳ないと思いつつ、そちらに意識を払う余裕は今の私にはなかった。

契約書の存在は不利に決まっているが、義父母が到着する前に回収するならいざ知らず、今行動を起こせば全て義父母に筒抜けになるに決まっている。

何より、私には夫の執務室の金庫を開ける方法などない。夫以外に開けることができる人と言えばソラーズかギブソンが当てはまるだろうが、恐らく今義父の相手をしているだろう彼らと話をすることができるはずもない。

それに加えて、ギブソンやソラーズは契約書そのものについて既に目撃しているのだから、とっくに義父に伝えているだろう。

「……無駄な足掻《あが》きよね」

私にできるのは、せめて家族には罰が下らないようにと嘆願することだけだ。……今までこの家の夫人として使った沢山のお金、服を始めとした物を売り払ったら賄えるだろうか？　お金に困っていなくても、相手からの誠意としてお金を求めることはいくらでもある。もし返金を求められたら、なんとか高く買い取ってくれる所を探さないといけない……メラニアに、助けを求めるしかないだろう。ああでも、ドロシアーナでわざわざ仕立てた服をメラニアに買い取ってもらうなんて……一度着られている服を買う貴族なんて少ないから、高く売ることはできないし……。

しばらくベッドに倒れ込んでいた私だったけれど、胸の不安は増大するばかり。

随分悩んで考えて、それから些細《ささい》な覚悟を決めて体を起こし、ベッド脇にあるベルを鳴らした。しばらくは一人にしておこうと気を遣ってくれたジェマを呼ぶためだ。

「お呼びになりましたか」

「……ジェマ。申し訳ないのだけれど、お義母様にもう一つ、お話ししたいことがあるので時間を用意していただきたいと伝えてくれる？」

「かしこまりました」

すぐさまジェマが去っていき、私は立ち上がると他の使用人を数人呼んで服を直す。……皺《しわ》になってしまっただろうな。申し訳ない。衣服の管理を担当している人にそう申し訳なく思いつつ、乱れた髪も直してもらう。

ジェマは思っていたよりも早くに戻ってきた。

「奥様が、若奥様が、来たいときに来るようにと」

「では今行きましょう」

時間を置くと、私の覚悟は簡単に揺らいでしまうだろう。そう思い少し急ぎ足でつい先ほどまで義母と話していた部屋に戻る。

「話したいこととは何かしら、アナベル」

「はい。私と夫が交わした契約についてです」

そう切り出す。義母は返事はせず私の言葉を待っていた。

私はあの夜、夫と二人で作った契約書について伝えた。契約書には私と夫のサインがされているはずで（なお、私は夫がサインした場を見ていないが）、夫の執務室にあるということも。

義母は話を聞いても取り乱したりすることは一切なく、ゆったりと頷《うなず》く。

「分かりました。契約書については旦那様にお話ししておきますね。……ですがアナベル。一つだけ言わせてちょうだい」

「はい」

「契約を交わすときに、相手がサインをしたかどうかも確認していないのはよろしくありません。後からギブソンたちがサインを確認したとしても、それはあくまで他人の目から見てです。もしギブソンたちが相手の味方であったら？　貴女の味方であったとしてもギブソンたちが見たのがそもそも偽物であったら？　貴女の名前でサインをするのならば、契約が結ばれたことは最後まで必ず確認しなさい。今回のようなことは、二度としないように」

「……申し訳ありません……」

正論です。言葉もありません。

第十二幕

怒れる侯爵夫人に触れるべからず

この状況下で出掛けることなどできるはずもないので、私は諦めて屋敷の私室で大人しくしていることにした。ジェマから聞くに、義父は夫の執務室に入って何やら調べ物をしていたらしい。それから、ソラーズが酷《ひど》く責められていたらしい様子があったと。ソラーズは家令として夫の仕事を手伝っていたわけだから、もしかしたら夫の分の怒りが向けられているのかもしれない。そうは言ってもソラーズは雇い主である夫に従っただけなのだから、義父に怒られてしまうのは少し可哀想《かわいそう》だなと思った。

他にも使用人たちはほぼ全て、義母によって聞き取り調査が行われていたらしかった。ジェマは度々屋敷の様子を伝えてくれたのだけれど、私と直接会ったことがないだろう下の使用人たちにも話を聞いていたらしく、義母はかなり本気でこの二年と数か月、この屋敷で何が起きていたかを調べているらしい。

昼食はお二人と食べることになるかと思ったが、義父と義母、それぞれから簡単にメッセー

ジカードが届いた。言葉こそ違ったが内容はどちらも、調べ事が終わらないため、一人で食事を取ってほしいというものだった。……示し合わせたようにカードを持ったギブソンとアーリーンが訪れたので、私はそっと遠くを見つめながら夫婦は似るのかな……と現実逃避をした。

そして夕方。

「若奥様、どうやら若旦那様……たちが屋敷に来られたようです」

「え」

動きが早い。

どうやら義父母が夫とエヴァ様を呼びつけたらしい。私にはどうしろという指示が今のところないため、恐る恐る玄関ホールの近くへと移動する。玄関ホールを見下ろすような位置にある階段の近くまで移動して様子を窺《うかが》っていたのだが、ホールには義父母が揃《そろ》っていて、義父は見るからに今から戦いますという雰囲気を漂わせている。

ドアが開き、外から夫と彼に肩を抱かれたエヴァ様が入ってきたが、夫は義父母のことを見た途端に顔色を悪くさせた。

「ち、父上、母上っ？　どうしてここに――どういうことだ！　騙《だま》したのか!?」

夫はギブソンの方を見てそう叫んだので、どうやら義父母は自分たちの名前ではなくギブソンの名前を使って呼び出したらしいと知る。明らかに睨《にら》まれてもギブソンは全く気にしておらず、平然とした顔で立っていた。

「私がジェロームの名を使って呼んだのだ。理由は分かるな、我が息子よ」

その声に夫も押し黙ったが、それ以上にエヴァ様の顔色がとかく悪かった。夫が支えていなければ今にも倒れてしまいそうだ。

「エヴァ様、体調が悪いのではないかしら。妊婦なのですし、別室に寝かせてさしあげた方が良いわよね……」

これから起こると想像つく義父母と夫の争いを考えると、その渦中に妊婦を置いておくのは忍びない。そういう思いからだったのだが、私の言葉を聞いたジェマは少し呆《あき》れたような顔をしていた。

「若奥様。優しすぎます」

いや優しいというか……彼女に何かあれば大問題だ。今後私と夫の婚姻が……まあなくなるのなら私には一切関係がなくなるが、もしそうでなければ。

もし、私と夫に子作りが必須だと決定してしまったら、最悪だ。

夫の子を産むのであれば、エヴァ様が産んでくれた子供を形だけ養子縁組する方がずっと……ああいや、そうするかどうかを決めるのは義父母だから、私には決定権がなかった。いけないいけない。

私の意識が少し飛んでいる間に、義父母と夫とエヴァ様が階段を上がって二階へと移動してきていた。私は慌てて、まるで今まさにここに到着しました、という顔をして階段を上り切った所に立った。

階段を上がってきた彼らと目が合う。夫からの視線は鋭く、義父母を呼びつけたのは私だと思っていそうな雰囲気だった。いや、私もどうして義父母がここに来たかは知らないので無実だ。しかしそんなこと、この場では言えない。とりあえず彼らと一緒に移動しようか――と思ったところで、義父は対夫のときと比べて随分と柔らかい声で私の名前を呼んだ。

「アナベル」

「は、はい」

「しばらくは自室にいるように」

「……はい」

邪魔をするな。

そんな圧を感じ、私は頷《うなず》いた。そしてそそくさと自室に戻ったので、ここからは使用人たちからの又聞き情報だ。

あの後、義父と夫はそれはそれはもう凄絶な言い争いをしたらしい。内容としては、これまでの私との仮面夫婦の状態や私の扱い、それから自分たちの許可もなく愛人と子供を作った上にその子供を将来的に養子縁組で侯爵家に入れようと画策していたことなど……ともかく、私と結婚して以後のあれやこれ、大体全てについて争ったそうだ。

予想はできていたが、途中でエヴァ様が気絶しかけ、義母もそこで妊婦には酷だろうからと別室に寝かせたらしい。……妊婦に酷だという予想は始まる前からできていたと思うのだけれど、もしかして意図的に争いを見せたとか……いやいやそんなまさか、はは。ははは……。

エヴァ様の退出後、親と子の争いは激化して、それはそれは酷かったそうだ。エヴァ様がどの部屋に寝かされていたかは分からないが、隣の部屋に移動しただけだったなら、恐らく壁越しに怒鳴り合いがずっと聞こえていただろう。

結局一日で決着はつかず、夫とエヴァ様はこの屋敷に泊まり込んだ。……夫に関しては一応こちらの屋敷が本来の家であるはずなので泊まると表現するのがおかしいのだけれど、屋敷の使用人たちは夫の世話をあまりしていない人ばかりなので、ほとんどお客様を相手しているようなものだったそうだ。

そして次の日の朝。朝食。ここは死後の監獄かというような不穏な空気が流れていた。普段の晴れやかな朝の食事では全くない。

上座側から義父、義母、私が横に並び、その反対側に夫とエヴァ様が腰かけている。エヴァ様の顔色は最初から高級紙のように白かった。

最初こそ誰も喋《しゃべ》らない無言の空間で居心地が最悪だったのだが、途中でエヴァ様が一つマナーを間違えた。私は「あ、間違えられたな」ぐらいだったのだが、それを見た瞬間に義母が顔を歪《ゆが》めて一言。

「まあ」

エヴァ様の顔色が、白を通り越して青黒くなったような気がした。人間の顔はあそこから更に悪い状況になれるのか、と他人事《ひとごと》のように思ってしまった。だがここから昨夜の争いが再開してしまった。

夫は愛する人の変化にすぐ気が付き、義母に一言文句を言った。だがその言い方が悪かった。義母を貶《けな》すような言い方だったために今度は義父の怒りに触れた。母親を貶すなんてと怒る義父に対して夫は愛する女性を貶されたのはこちらだと騒ぐ。男性同士の半ば怒鳴り合いの言葉での攻防にあてられてエヴァ様の顔色はもう駄目そうな状態になっているが、それに対して、義母は平然としている。見た目だけならばエヴァ様より義母の方がずっと儚《はかな》げであるというのに、精神的な意味ではエヴァ様の方がずっと儚いらしい。

ちなみに私は一応、見た目だけは取り繕えているとは思うけれど、正直これ以上この場にはいたくなかった。

「申し訳ありません。退出してもよろしいでしょうか……？」

そっと横の義母に退出する旨を伝えると、義母は小さく頷いてお許しが出た。

「エヴァ様も退出させてもよろしいでしょうか」

私の言葉に、義母はほんの少し意外そうな顔になった……気がする。曖昧なのは、私にはそう見えただけで義母の気持ちを正しくくみ取れているかは分からないためだ。実際に彼女がどう思ったかは不明だが、エヴァ様を連れて退出する許可は一応下りた。

どうにも義父との言い争いに熱中している夫は、私がエヴァ様の横に移動しても気が付いていないのか、無視しているのか、反応がない。エヴァ様のすぐ横に立ち、彼女の耳元で「退出いたしましょう」と声をかけると、彼女は愛する男とその父の争いに震えながらも、私の手を借りてなんとか立ち上がった。

食堂の外まで出ると、エヴァ様は震えながらも私に対してお礼を言った。

「あ、あ、あり、がとう、ご、ざいます……」

彼女の人となりはほとんど分からないけれど、少なくとも今までは私に対して好意的な対応はなかった。だからお礼を言われたことに少しだけ驚きつつ、私も答える。

「私としては、貴女《あなた》にはしっかりと、夫の子供を産んでいただきたいので」

もちろん、この後の義父母の判断と夫がそれに従うかどうかによっては彼女が子供を産むことはむしろ許されない可能性も高い。

だが私個人の考えとしては、彼女には無事に子を産み落としてもらいたいと思っている。

……夫の子供をというだけでなく、彼女のお腹《なか》に宿っている子供の命を奪う真似《まね》は、あまりしたくないとも思うのだ。

私の言葉を聞いたエヴァ様は、少し訝《いぶか》しむように私を見上げた。

「……どうして？　貴女からすれば、私は疎ましいはずでしょう」

私はエヴァ様の顔を見下ろした。彼女の目には怒りのような何か強い感情が宿っていた。

「私が産む子は、貴女の立場を脅かすのだから、生まれてほしくないでしょう？　本当は自分がブライアンの子供を産みたかったのでしょう⁉」

彼女の言葉はあくまでも個人の感情としての言葉に感じた。その熱にあてられて、つい私も個人的な感情として、エヴァ様に言い返した。

「落ち着いてほしいのですけれど、年単位でまともに会話をしない、かつ、自分以外の女性を一途《いちず》に愛していると公言している夫との間に子供、欲しいと思いますか？　冷静に考えてみてほしいのですけれど」

私の言葉を聞いても彼女は納得していない風だ。それも仕方ないのだろう。私たちの間には大きな壁がある。

実のところ私とエヴァ様は協力だってできなくもない立場なのだと思う。それこそ私が表向きの妻としての役目を担い、後継者を作るという仕事や家での妻の役目はエヴァ様が担う――とか。一般的には成り立たない夫婦の形だけれど、私とエヴァ様が冷静にお互いの領分で満足して譲り合えれば、できなくもないことだ。……まあ、義父母の今の様子から考えるとお許しは出ないだろうから彼女にその話をしようなんて、思いもしないが。

どちらにせよ、彼女から夫を取り合う敵のように思われるのは、正直、良い気持ちがしなかったので私は言った。

「確かに最初はあの方の態度に傷ついたこともありました。でも今は、どうでもいいです」

「は？　どうでも、いい？」

「はい。どうでもいいです」

私が強く言い切ると、エヴァ様は困惑した雰囲気になる。一つ、息をつく。なんだか、この会話の感じが、前にどこかの劇場で見た歌劇の流れに似ている気がしてならない。何故《なぜ》だろう。私は劇ではなく現実にいるはずなのだけれど。

「私は、元々社交があまり好きではありませんから、今のような状態で十分に幸せなんです。もちろんこれは私個人の我が儘《わがまま》であり、必要とあらばライダー侯爵家としての判断に従いますが…………我が儘を言って許されるのであれば、今のまま夫と関わることはなく、妻の役目として社交の中をくぐることもなく、ずっと、美術館に通ったり、演劇を観《み》に行ったりしていたいのです。…………あの方はエヴァ様を愛しているのだからありえませんが、まかり間違ってあの方から今更愛しているとか言われても、鳥肌が立ちますわ」

「と、とりはだ……」

おっといけない。エヴァ様が相手だったからか、つい私の怠惰で愚かな気持ちが漏れ出てしまった。実際のところ、本当であればそんなことは許されない。貴族には高貴なる義務という価値観が存在している。簡単に言えば、他者より恵まれた立場である貴族にはそれに伴う責任があるという話だ。……そのことを考えると、本当に自分の事ばかりの私は、醜くて仕方ない。

とはいえ今後夫と本当の夫婦として関係の再構築を……と言われたら、ちょっと、離縁を交渉するか迷ってしまう。彼の真実の愛の協力者をしている分にはまだ良いが、流石《さすが》に愛し合う夫婦としては私と夫は道が分かたれすぎてしまっている。

「なんだそれは……」

エヴァ様ではない声に、驚いて振り返る。そこには夫、義母、義父が揃《そろ》っていた。夫は目を見開いて口をはしたなく開けっぱなしにしている。義父は難しい顔で黙り込み、義母は無表情だ。その三人の様子から、今の会話を聞かれたのだと気が付く。流石に自分のあまりに醜い欲望全開の言葉を聞かれたことが恥ずかしく、顔が火照る。

「い、今のは、その……！」

あああ、うまく誤魔化す言葉なんて浮かばない。頭が真っ白だ。

これまでの自分の行動は既に伝えられているだろう。だからどうせバレているだろうけれど、それでも……。

私にできたのは、ただただ義父母に向かって頭を下げることだけだった。

「…………申し訳、ございません、侯爵閣下、侯爵夫人…………」

最早《もはや》私には、彼らを義父義母と呼ぶことすら烏滸《おこ》がましいだろう。

「今、お聞きになった通りでございます。は、始まりが彼の行動でも、私は最後にはそれを許容し、今の状態を望むように…………」

夫には最初から、周りにはバラすなと言われていた。けれど本当に頑張れば、最初から考えて動ければ、もっと早くにこの事態は露呈させられたのだ。その結果が私やブリンドル伯爵家にとって有利に働いたとは言えないが。……ただ、そうしなかった時点で、私はただの、夫の協力者だった。

「……申し訳ありません。申し訳ありません……！　で、ですがどうか、どうかブリンドル伯爵家にはお咎《とが》めはなしに、していただけないでしょうか……！」

本当に、自分は馬鹿で愚かだ。何もかもが今更。先を読んで行動なんてできない。行き当たりばったりで、そのときのことばかり。

結局のところ、やはりあの父の娘ということだろう。家族のことを大切と言いつつ、こうして、自分の失態で家族すら巻き込みかねないのだから……。

取り乱す私のすぐ傍《そば》までやってきた義母は、そっと私の両腕に触れた。

「落ち着きなさい、アナベル。……ブライアンのことは、もう、愛していないのね？」

義母の質問に、焦りと混乱を同時に起こしながらも答える。

「どうでもいいので……今更、歴《れっき》とした夫婦になれと言われても……困ります」

「こ、こまる」

夫が義母の背後で片言言葉で復唱していたが、義母はそんなこと気にしていないようだった。

「そうよね。そうに決まっているわ」

「もっ、申し訳ありません、社交もせず、ライダー侯爵家の名に泥ばかりを……でも実家にはっ」

「泥？　そんなことはないわ。アナベル。貴女、自分が流行の先端にいると言われているのを、知らないの？」

「……へ？」

突然の義母の発言に、私は本当に心当たり一つなく、目を点にして固まってしまった。流行の、先端？　何のことだ。私と対極にあるだろう言葉ではないだろうか。

夫も義母の言葉に驚いたような反応をしていて、エヴァ様も「嘘《うそ》、何もしていないアナグマって……」と呟《つぶや》いていた。

義母は分かりやすく溜息《ためいき》をついた。

「クラックス。ネイザー。ガーデナー」

画家や彫刻家の名前だ。

「ドーラ・ゴスリング、グレンダ・サムウェル、エマニュエル・ソーンヒル」

今度は女優二人と、俳優一人。

彼らはどれも私が個人的に好きな芸術家たちだったので、義母も知っていることに場違いにも嬉《うれ》しくなった。だがどうして義母が彼らの名前を出したのかが分からず、私は彼女の顔を見下ろしていた。義母は駄目な子供を見るような目で私を見上げている。

「アナベル。全て貴女が見出《みいだ》した芸術家たちでしょう？」

え？

「い、いえ。そのようなことはありません」

「ではあの絵は？」

義母に示された方を見る。廊下に、小さな絵画が飾ってある。義父母が帰ってくるということで慌てて外に出された作品だ。準備に追われる中で、飾るのを許可した物。

「ガーデナーの絵です。私が購入したもので……ですが、それはただ好きで購入しただけで、見出したりは……」

画家ならば作品を買い取り。

女優・俳優であれば、少しの気持ちを含ませて、出演する作品があったら花を贈ったり。

確かにそれぐらいはしていたが、見出したなんて……むしろその言葉は、ブロック館長を始めとした他の人々に使われるべき言葉だろう。

「そうね。実際のところ、見出したという言葉は言いすぎかもしれないわ。でも社交界の新しい物を好む人々からは、貴女には先見の明があると思われているのよ。社交界においては、優れた物を見抜く目というのは確かな力だわ。彼女たちから貴女は、先のある才能を見つけて支援してきたと見られているの」

誤解が！　誤解が甚だしい！

支援だって、ただ作品を少し買っただけで……しかしそれを主張する間もなく、義母は話し続ける。

「それから……昨日この屋敷に帰ってきたときに、随分雰囲気が変わっていて驚いたわ。屋敷の中には分かりやすく目立つものはなかったけれど、穏やかで明るい、新しい空気が流れていた。私が管理していてはきっとこうはならなかったでしょう。アナベル。貴女が管理していたからよ」

「屋敷を管理していたのは、ギブソンですお義母《かあ》様。私は何も……」

「貴女に自覚がないとしても、屋敷がどうなるかは屋敷で最も長い時間を過ごす令夫人の在り方一つで変わるのよ。夫人が本当に屋敷に頓着しない人であれば、屋敷は寂れていくわ。けれど屋敷に興味を持つ者が夫人となれば、使用人たちは夫人の機微からくみ取って屋敷を整えていくの。この廊下も、壁に飾られている絵や彫刻も、花瓶に生けられている花や庭の作りも、夫人によって全て変わってしまうの。まだ全てをじっくりと見ることはできていないけれど、屋敷はどこも綺麗《きれい》に整えられていたわ。私たちが急に戻ったにもかかわらずね。貴女が使用人たちの小さな変化を拾える人だからこそ、ここまで整っていたのでしょう。……………昨日、侍女を始めとした他の使用人たちからも聞き取りを行ったけれど、多くの者は社交をしていなくても、貴女を主《あるじ》として認めていたわ」

……………皆《みな》、私のことを主と思ってくれていたのね。

好きだと思っていても、家族のように思っていても、ほんの少し、ほんの少しだけ彼らを信じきれないでいた自分が何だか恥ずかしくて、けれど彼らから向けられていた信頼が嬉しくて……。そんな場合ではないと思いながらも、何だか心が温かくなってしまう。

胸元でそっと手を握りしめたとき、廊下の奥で遠目ながらも私たちを見守っている影が見えた。使用人の皆だ。廊下で騒いでしまったせいで、声を聞きつけた使用人の皆が何事かと集まってきていたらしい。その一番手前にはギブソンやアーリーンの姿も見えたし、ジェマや、ジェロームという特に共に過ごしてきた使用人の姿もあった。このまま話してはまずいのではと思ったが、義母は構わず続けた。

「ブライアン。使用人たちから聞きましたが、お前のアナベルに対する態度は随分と酷かったようですね。とても女性への対応ではなかったと」

「そ、それは……」

「私が見ていたお前の彼女への対応はすべて、その場しのぎだったということでしょう。……悲しいことだわ。……アナベル」

「は、はいっ」

「確かに貴女は社交をしていなかったわね。社交が好きではないというのも、貴女の本心でしょう。……ですが結婚後、当初から社交の一切をしないで過ごそうと思っていたわけではないと思うのだけれど、ちがうかしら」

「そ、それは……はい、自分の力の限り頑張ろうとは……」

結婚までの日々は、夫からの愛を信じ、彼の愛に応えようと必死だった。だからもし……今更すぎる仮定でしかないが、初夜の後に夫から拒絶されることもなく夫婦として過ごしていればば、私なりに社交も頑張っていただろう。今そのようなことを言っても言い訳にしか聞こえないし、したところで侯爵家として十分満足できるようなものになったかはさておき。

「そうよね。あの頃の貴女はライダー侯爵家に嫁ぐために、人一倍努力をしてくれていたわ」

義母もそう思ってくれていたのか。泣きそうになってしまう。

義母は静かに目を閉じていた。もしかするとその数秒の間に、何か昔に思いを馳《は》せたりしていたのかもしれない。ただ、再び目を開いたときの義母の目は据わっていて、恐らく怒りの矛先は自分でないにもかかわらず、私は上半身を反らして逃げようとしてしまった。

「ブライアン。アーリーンやジェマから聞きました。この前――お前が忌々《いまいま》しい女を連れてこの屋敷に来たという日の夜に、アナベルに暴力まで振るったと。本当に――どこまで私を失望させればよいのかしら」

まったく覚えのない話が出てきた。夫の方も、怪訝《けげん》そうな顔をしている。

「暴力？　何のことです。そんなことはしていません」

「お、お義母様？　特に思い当たらないのですが……」

「まあアナベル。あの子を庇《かば》う必要などないのよ。ジェマが薄く痕が残ってしまったと泣いていたわ。痛かったでしょう？」

あと？　痕――あっ！　え、腕を摑《つか》まれたこと⁉

いやいやいや確かに腕は摑まれていたけれど、そんな暴力だなんて過激なことではなかった。そう思い、義母の言葉に出てきたアーリーンとジェマを見たのだけれど、二人は本当に悔しそうな顔でこちらを見つめていて……えっ。私、体のどこかを殴られていただろうか？と混乱してしまった。

「痕――腕を摑んだことですか？　ただ摑んだだけのことです！　暴力など大袈裟《おおげさ》だ！」

正直夫と同意見だったのだが……夫がそう主張した瞬間、静かに話を聞いていた義父が夫の顔を殴った。

「馬鹿者が……！」

本物の暴力沙汰に私とエヴァ様が揃って悲鳴を上げる。義母は平然としていた。こ、これが侯爵の夫人ということなのだろうか。

床に転がった夫は受け身を取って床の上で一回転するとすぐに体勢を立て直して立ち上がり、口の中に溢《あふ》れたらしい血を床に吐き出した。

「何を――」

「男と女の差すら分からないとは、騎士の風上にもおけん！　お前のような鍛えた男が女性の腕を摑めば、簡単に痕になるということすら分からんか！　なんと嘆かわしい……！」

義父と義母に畳みかけられた夫はその言葉で初めて気が付いた、という顔をして私を見た。見ないでほしい。さっと視線を逸《そ》らす。……私も夫と同等ぐらいの認識でしかいなかったので、腕を摑まれたことについて彼が責められているのを見ると遠回しに自分も責められている気がする。

生まれも上流階級だろう義母のような女性とは違い、幼少期の私は遊び相手なんて弟くらいしかいなかった。だから外を駆け回って遊んでいたしその最中《さなか》で怪我《けが》をするなんてよくあったので、ほんの少しの握られてできた痕なんて怪我の範疇《はんちゅう》でなかったのだ。

……いやでも！　た、確かにジェマたちが言うように多少痕にはなっていたと思うが、痛みは別になかったのだ。本当に、全く！　…………だからジェマやアーリーンには気にしなくて良いと伝えたのだけれど、地位の高い女性は肌が灼《や》けることなども酷く嫌がることを考えると……確かに許されざることだった……のかもしれない。

「それから」

「まっ、まだあるのですか……？」

義母の言葉に夫が掠《かす》れた声で尋ねたが、義母は一人息子の言葉を無視して私を見た。

「アナベル。アボット商会の夫人と親しいそうね？」

「え、あ、はい。彼女とは初めての舞踏会がたまたま同じ会場でして、今も親しくしております」

メラニアのことを言われ、私は頷《うなず》いた。言ってから、これでメラニアに問題が飛び火したらとんでもないと気が付き青ざめてしまった。わ、私は本当にどうして、こう……！

しかし義母はもう私を見ておらず、夫に視線を戻している。

「ブライアン。アボット商会は、今特に勢いのある商会の一つです」

「……確かに調子が良いというのは聞いていますが……平民の商会でしょう」

夫は私がアボット商会……というよりも、その夫人でかつ古い友人でもあるメラニアと関わっているということは把握している。だから義母の言葉は本当に今更という感じで受け止めている風だった。かくいう私もアボット商会を説明するとそんな風になるのだな、くらいにしか思っていなかった。

ただ義母は、夫の返答に少し落胆したようだった。

「ブライアン。アナベルの服装を見て、何も思わないのかしら」

「服装？」

夫は私の体を上から下まで見た。その視線には所謂《いわゆる》性的な感情が一切ないので、まじまじと見られても意外と嫌悪感はない。あくまで異性的な意味での嫌悪感で、あまり好ましくない相手に見られているという意味での嫌な感触はあるが。

「……いえ、特には」

夫の反応に義母はあからさまに溜息をついて義父を見る。

「旦那様。やはり男児とはいえ、もう少しは剣以外を握らせるべきでしたわ」

「…………」

義父は気まずそうな顔をしている。侯爵夫妻の会話の意味が分からず、私、夫、エヴァ様はぽかんとしている。

義母は、顔だけ私の方に向ける。

「アナベル。貴女の着ている服は、『ドロシアーナ』で仕立てた物でなくて？」

「はい。その通りです」

よくご存じでと思いながら頷いたのだが、夫とエヴァ様からほぼ同時に驚きの声が上がった。

「は、はあ!?」

すぐ傍の彼女の方を振り返る。彼女はぷるぷると震えて私の姿を上から下まで見つめていた。

「ど、『ドロシアーナ』の？　ドレス？　ドレスが？」

「ドレスが……と言いますか、私が今持っている服は全て『ドロシアーナ』の物です」

「は、はあ!?　嘘よ！　『ドロシアーナ』は今、三年以上待たなくちゃいけないのよ！　量産されている服ですら、売り出されたら即完売するのに、全て揃えるなんて、そんなことできるわけないわ！」

ドロシアーナは、元々平民向けに商品展開していたアボット商会が運営している。そのため貴族が好むオーダーメイドの一点物以外にも、シーズン毎《ごと》に量産された服も用意している。オーダーメイドを気軽に注文できないけれど平民よりはずっと高級な物を好む富裕層に人気だとは、メラニアから聞いたことがあった。それもすぐ売り切れるほど、人気があるとは知らなかった。

「若奥様は嘘など仰《おつしや》っていません！」

状況を見ていた使用人の中から、ジェマが進み出てきてそう声を張り上げた。ジェマは義父母に向かって一礼する。

「若奥様の身の回りのお世話を任されているジェマ・ダウソンでございます。説明させていただいてもよろしいでしょうか」

「許可します、ジェマ」

義母がそう言うとジェマはエヴァ様の方を見ながら説明した。

「若奥様の身の回りの物……お召し物小物に至るまで、全て『ドロシアーナ』のデザイナーであるドロシア様が手にかけたものでございます。もちろん、全て世に一つしかありませんオーダーメイドの一品でございます」

ジェマは言いたいことはそれで終わりだったのか、一礼してまた使用人たちがいる場まで下がっていく。

「オーダーメイド？」

エヴァ様が私を見上げながらそう呟《つぶや》くので、困惑しつつ、私は頷いた。

「ジェマの言う通り、今私が持っている服はドロシアーナで仕立てたオーダーメイドのものです」

私はどうせ社交もしないのだから量産の服でも構いやしないのだけれど、メラニアや……ドロシアが熱烈に、私にピッタリな服を作らせてほしいと言うので結局オーダーメイドにしていたのだ。まあ確かに私は一般的な女性より背丈があるので、既製品では合わせにくいというのがあったのかもしれない。多少割高にはなるけれど、今までの私には使いきれないほどの予算があったし（今後はなくなる可能性が高いが）、メラニアは大切な友人。彼女の嫁ぎ先に少しでも貢献できればと思ってオーダーメイドにしていたのだが……。

私がそう答えると、エヴァ様はふらふらと後退したかと思えば、その場でしゃがみ込んでしまった。

「えっ、エヴァ様!?　大丈夫ですか？」

私の声に返事はせず、エヴァ様は今にも泣きだしそうな声で言った。

「ブライアンに、何度ドロシアーナの服が着たいと頼んでも、無理だったのに……なんでよ、なんでこの女は着れて、私は着れないのよっ」

エヴァ様の言葉にまたまた、えっ、と声が漏れながら夫の顔を見る。夫は眉間《みけん》に皺《しわ》を寄せて少し苛立《いらだ》っているように見えた。

「どういうことだ……？　品が入荷したら伝えてほしいと言っても、あまりに人気でしてと他の貴族の名前を匂わされたから引き下がっていたのに…………アナベルがそこまで懇意にしているのなら、私にも売るべきだろう……！」

「……はあ」

夫の言葉を聞いた義母は、もう一度、大きな溜息をついた。

「ブライアン。貴方《あなた》はここまでの話を聞いて、気が付きもしないのですか。それとも全く知ろうともしていなくて、思いもよらないのですか。どちらです」

「何が、ですか、母上……」

「『ドロシアーナ』を運営しているのは、アボット商会です」

夫はその言葉に明らかに驚いているようだった。知らなかったのか。

そして義父母は、そんな夫の反応に呆れたように溜息をつく。もう彼らが何度溜息をついたか分からない。

「ブライアン。貴方のことですからブランドの名は知っていても、誰がどう運営に携わっているかなど気にも留めなかったのでしょう。騎士の中で育ってきた貴方が多少このような物に疎くなるのは仕方がないかもしれません。ですが『ドロシアーナ』の人間が屋敷にも出入りしていたというのに、全く気が付きもしなかったなんて……。旦那様。やはり、もう少し剣以外も持たせるべきでしたわ」

「そのようだ……」

「そ、そんな、そんなこと……ソラーズ！　どういうことだ！　俺は報告を受けていない！」

夫が声を張り上げ、使用人の山の方角を見た。その瞬間、空気を読んだように人が左右に割れて、人込みに紛れていた家令のソラーズが丸見えになった。ソラーズは名前を呼ばれて悲鳴を上げた。

誰かがソラーズの背中を突き飛ばした。彼はたたらを踏みながら前方に移動して、数歩先でこてんと床に転んでしまった。あ、と私は声が漏れるが、距離もあって声をかけられなかった。ソラーズは倒れた後、恐る恐る顔を上げる。彼の横に立っていたのはギブソンで、ギブソンは酷く……何故か酷く冷たい視線をソラーズに注いでいた。結局ソラーズは何も言葉を発さず、その場で頭を抱えてしまった。

ソラーズのもとに行こうとしている夫に、義母が待ったをかける。

「あまり家臣のせいにするのは感心しません。もしあの家令が貴方の望みの情報を報告していたとしても、貴方が聞き逃した可能性もあるでしょうから」

「ドロシアーナは、アボット商会は、俺への当てつけで……？」

「それもあるでしょうね。やり手の商人の妻である女性が、アナベルと親しくしていてお前との夫婦仲が上手《うま》くいっていないことに気が付かないはずがありませんもの。ですがそれだけでもないでしょう。商会としても、お前とは関わりたくないという判断が働いたのでしょう」

「何故。俺っ、私は侯爵家の跡取りなのに……！」

「お前が身近な社交の場でどう聞いているかは知りませんが……お前とアナベルのことは、王都の社交界でそれなりに噂《うわさ》になっているわ。それに伴い、ライダー侯爵家についての良くない噂も広まっていますす」

「そんなはずは！」

「ブライアン」

　夫を一度殴って以降、義母の独擅場《どくせんじょう》に黙り込んでいた義父が口を挟んだ。

「男と女の社交の世界は別物だ。男の社会では広がっていなくとも、女の社会では既に広まり終わっていることなど、よくある話だ。……今のお前には、夫人たちの噂を教えてくれる友人はいなかったようだが」

　夫は何度も口を開閉していたが、衝撃を受けているようで、何も言えなくなっていた。しかし義母はそこで攻撃の手……攻撃の手？　を止めなかった。

「アナベルが様々な美術館や劇場に熱心に通っていることは、早々と有名になっていたようですよ。それもそうでしょう。顔が広く知られていなくとも、アナベルは普段から侯爵家の馬車を使い、侯爵家の使用人を連れ歩いているのだから。それらまでアナベルから取り上げなかったことだけはお前を評価しても良いわ。……ブライアン。夜会にも茶会にも参加せず、開くこともない貴族の夫人が連日外出して時間を潰していて、周りがどう思うか、考えもしなかったのかしら？　……剣ばかり振るっていたとしても、それぐらいは分かると、母として願いたかったわ」

「それは……でも、特に……」

「アナベルの行動は矛盾しているわ。おかしいと思わないことが、貴族としてはおかしいほどに。……ブライアン。私の友人たちからのアナベルへの茶会の誘いも、全てお前が断りを入れていたそうね。何かおかしいと皆、お前とアナベルを心配し、様子を窺ってくれていたのよ」

夫が回収しているのだろうとは思っていたが、やはりそうだったか。彼は自分の行動を母に語られ、顔を俯《うつむ》かせている。

「いいですか。ブライアン。アナベルの状態はあまりにもおかしかった。お前の周りの友人たちが仮令《たとい》服のブランドに一切興味がなかったとしても、女性たちの噂話を知らなかったとしても……お前はアナベルを一切社交に出さないという選択をした時点で、パートナーが社交をしない分をカバーしなければならなかった。けれど結婚後は若い女性との関わりを、自ら断っていたようね。…………エヴァ《この女》に操を立てていたつもりだったのかしら？　くだらないわね」

最早、誰も口を挟めなくなっていた。義母は誰よりも小柄なのに、誰にも負けない圧があった。

「私の耳に囀《さえず》ってくる者もいたわ。…………それでもね。私は……ブライアン、お前のことを母として信じていたのよ」

義母の声が、先ほどまでの強さが失《う》せて、震え出した。ハッとして夫も顔を上げて、自分の母を見つめていた。

「お前を、母親として信じたかったわ。お前が私たちに見せた、アナベルへの思いが全て嘘だなんて演技だったなんて、思いたくなかった。王都から届く手紙はどれもこれも問題がない物ばかりであったから、ライダー侯爵家に嫁いできたアナベルへの当てつけで生まれた噂とも思っていたのよ。そんなときに隣国のせいでお前たちに気を配る余裕が失せて……けれど私と旦那様の息子なら、そしてそんな息子が選んだ女性なら、不足はあっても立派に仕事を成してくれていると思っていた。………分かりますか、ブライアン。やっと余裕ができたときに、執事頭《ジエローム》から、お前が、自分で是非妻にと無理を言って望んだ女性を！　アナベルを虐げていたと！　迎え入れる前から関係にあったとかいう女とずっと続いていて！　しかもその女を孕《はら》ませ、その子供を跡継ぎにするために養子縁組しようとしていると、聞いた、私の、私たちの気持ちが！」

義母がここまで感情全てを表に見せたのは、初めてだった。それは付き合いの短い私だけでなく、夫にとってもそうだったのだろう。自分より二回りぐらい小さいだろう義母の怒りに夫は縮こまり、エヴァ様はひいと悲鳴を上げてその場で蹲《うずくま》ってしまった。

私はもう、どうしたらいいか分からず固まっていた。

義母は乱れた呼吸を整えてから、私の両手を握った。夫に対して見せた激情は少しもない、侯爵夫人としての落ち着いたいつもの義母だった。強いて言えば、そこに私に対する申し訳なさが少し乗っている。

「アナベル。本当にごめんなさい。もっと早くに……最初に私の耳に噂が届いたときに動けば、少なくとも二年以上貴女が蔑《ないがし》ろにされることなどなかったのに……本当にごめんなさいね。これだけ貴女を虚仮《こけ》にした男の子供を産んでくれなどと、おぞましいことは、頼めません」

夫はかすれた声で「おぞましい……」と復唱していた。さっきからずっとこんな感じだ。衝撃を受けると復唱する人なのかもしれない。

ゆっくりと、義父が夫の傍に近寄る。

「ブライアン」

低い声に名前を呼ばれて、夫は僅かに肩を揺らした。また義父が夫を殴るかと私も緊張してしまったが、そんなことはなかった。

「今のお前に侯爵家を任せることなどできはしない。後継者の立場からお前を外す。本当であれば斬り捨ててやりたいが……ふん。戦離れしている王都の者らから反感を買うだろうな。どちらにせよ、堕《お》ちた侯爵家の名誉を回復するのに、お前がこのまま王都にいたところで何の役にも立たん。正式な沙汰は追って伝える。部屋で大人しくしておれ」

夫は答えなかった。ただただ俯いて、微《かす》かに体を震わせているようだった。

「エヴァ、と言ったかしら」

義母の声にエヴァ様が体を震わせる。

「あの子が結婚する前ならばいざ知らず……結婚してなお関係を築いていたのだもの。正妻からその立場を害されることはもちろん、想定済みでしょうね。お前を選んだブライアンの方が遥《はる》かに罪は大きいでしょうが、その立場に甘んじたお前に罪がないという意味ではありません。

どのような形で我が家に償ってもらうか……さてどうしましょう。アナベル。貴女の希望はある?」

「え。えっ。いえ、あの……」

エヴァ様に対しての義母と、私に対しての義母の雰囲気が違いすぎて顔が引《ひ》き攣《つ》りそうになる。床に蹲っているエヴァ様は庇護《ひご》欲を誘う姿で、目を大きく見開いて私に縋《すが》るような視線を向けてきていた。もしここで私が厳罰を望んだら、重い罪を与えられるのだろうか。そう思ったものの、正直、ここ数日の間で二度会っただけのエヴァ様に対して特に恨みも怒りもないのだ。逆に重すぎる罪を背負ったと聞くと、こちらが気まずい。

「いいえ。私は……侯爵家のご判断に従います。……ですが、そうですね……その、妊婦ですので、あまり重い物は……」

「そう。分かりました。何より被害者であるのは貴女だもの。貴女の望みをできるだけ叶《かな》えると誓うわ」

「ありがとうございます」

義父が使用人たちの方に向かって手を動かす。男性使用人たちが夫を、侍女たちがエヴァをそれぞれ連れていく。無言で去る夫と泣いて助けを求めるエヴァ様の背中を私は見送った。

……終わった、のか?

一つ分かるのは、夫は侯爵家の後継者ではなくなったこと。エヴァ様を本当の妻としてその地位に納まり続けることなどできなかったということ。

残ったのは、その夫の行動に迎合したにもかかわらず何の沙汰も下されていない私と、いつでも罰を与えることができる義父母だけ。

「アナベル」

義母の声に、つい肩が震えた。

私より低いところにある義母の顔を、見下ろす。義母は私を上目遣いで見上げながら、もう一度私の両手を包んだ。温かい手だった。

「これ以上貴女を苦しめることがないよう、侯爵家としてできる限り取り計うわ。信じてくださるかしら」

横になんて振れるはずもない。

私が首を縦に振ると、義母は夫に似た美しい顔でありがとうと呟いた。

第十三幕
新しい生活

あれから…………本当にあれから、随分と忙しかった。

私は基本的にはただ義父母の……侯爵夫妻の決定に従っただけだけれど、様々な決定、それに伴う書類上の処理に、実生活の整理…………やることは酷《ひど》く多かった。こなせたのは侯爵家の使用人の皆《みな》が、優秀だったからに過ぎない。

夫……ブライアンが部屋での謹慎を言い渡された数日後には、義父母に付き添って領地に移動していた使用人たちが戻ってきたことで、屋敷の雰囲気は一気に変化していった。いや、元々は今のような雰囲気だったのだろう。他の屋敷に配属されていた人々もわざわざ侯爵本家に戻ってきたというのだから、前の侯爵家が働きやすい家だったということが窺《うかが》える。

使用人たちが戻ってきて気が付いたが、私にとっては多すぎるぐらいいてくれた使用人の皆は、侯爵家の大きな屋敷を維持するには少なすぎたのかもしれないということだった。あれだけ使用人が増えたら人が溢《あふ》れるのではないかと思ったのに、問題なく仕事も回っている。むしろ、処理しなくてはならない仕事が多いからか皆忙しそうだった。

ギブソンの父という、本来の執事頭も戻ってきた。私の祖父母ぐらいの年代の方だった。けれどハキハキしていて、息子のギブソンと孫息子のジェロームにあれこれと指示を出して仕事をこなしていた。

アーリーンも本来の侍女頭と話をしながら侍女の皆に仕事を割り振っていた。ちなみに侍女頭さんは人の良さそうな女性だったのだが、ギブソンの母だと判明した。……つまりギブソンはご両親がどちらも侯爵家に仕えている、まさに侯爵家お抱えの使用人一家の生まれだったということだ。そういう人々が侯爵家には、沢山存在しているのだろう。ブリンドル伯爵家では考えられないことである。

そんな中……これまで屋敷で働いてくれていた中の幾人かの使用人は、その場でクビを言い渡された。私はその場には居合わせず、終わった後に侯爵夫人から結果だけ聞かされた形になった。

その中に、家令のソラーズもいたのには驚いた。私は知らなかったが、彼を始めとした数人の使用人は完全に夫の手駒として働いていて、ブライアンの偽装工作に携わっていたらしかった。ソラーズは特に普段から屋敷に滞在しながら、ブライアンの指示で屋敷を出入りする手紙類の偽装工作に強く関わっていたそうだ。

もちろん、ソラーズたちだけで偽装が済むわけはない。ブライアンは屋敷に出入りする業者

――私が個人的な付き合いで縁を紡いだ人々とかではなく、日常的に出入りしている業者の方だ――にも手を伸ばしていて、特に手紙のやり取りに関わっていた人々はライダー侯爵家の屋敷に来る手紙や屋敷から出ていく手紙を全て回収し、ブライアンにとって問題となりかねない手紙を処理したり偽物を用意したりしていたらしい。何かしら手を伸ばされていることはギブソンからも聞いていて知っていたけれど、それほど多くの人を使っていたとは知らなかった。犯罪に関わることをしていた者も多く、そういう意味でクビとなってしまった者も少なくなかっただろう。ブライアンの行動の影響は、私が思っていたよりずっと大きかった。

「あの子は傲慢すぎたわ」

後処理に振り回されている間に侯爵夫人と話しているときに……彼女はぽつりと、そう漏らした。

それ以上の説明はなかったけれど……その後、結婚前から結婚後までのブライアンの行動が知れるごとに、侯爵夫人の言葉の意味が少し分かった気がした。

彼は、私を始めとして下の立場の人間が自分に反抗することをほとんど想定していなかったのだろう。考えもしなかったということは流石《さすが》にないだろうが……幼い頃から名門侯爵家の跡取りとして育てられてきたため、周りが自分に合わせるのは当然ということも多かったのだと思う。今回の、どこか中途半端な、けれどそこまで手を回す？　という部分も持ち合わせている計画のちぐはぐさは、彼の傲慢故の油断から生まれたものであったようだ。

彼にも人を大切にする感情はあっただろう。だが周りを見下していた。私に自由を与えたのは、自分の命令に従う私を見て……私という人間はブライアンには歯向かわないと認識したから……何より、私如《ごと》き、いつでもつぶせるが故の判断だったようだ。

アボット商会もそうだ。私と懇意にしていたのが貴族御用達《ごようたし》の商会であれば、きっと彼は関わることを許さなかっただろう。だがアボット商会はそれなりに歴史があると言っても、今までは平民向けの商会として活動していた。何かあれば侯爵家の力でどうとでもできると思っていたから、目こぼしされていたのだろう。

同じ貴族同士でも地位が下であれば相手のことなど一切顧みない人もいる。平民の命を何とも思わない貴族も多い。ブライアンにとって私は顧みる相手ではなかったし、ソラーズを始め命令を下していた使用人たちもまた、その程度の存在だったのだろう。

あの一件の後にブライアンと直接話はしていないので、彼が実際にどう思っていたかは分からない。これらはすべて、ブライアンがしていた事実の報告を見ながら私が勝手に妄想したに過ぎない。だから合っているかは分からないけれど……でも大きく外れてもいない気がする。

首謀者たるブライアンは、最終的に私との間に結ばれていた書類上の婚姻関係を解消した後、侯爵の部下たちによって王都から連れ出されていった。何も言わず抵抗もせず、連れ出されていったとだけ聞いた。

王都から連れ出された後は少なからず楽ではない日々を送ることになると侯爵が言っていた。

侯爵はブライアンに対してかなり怒っていて、ブライアンが連れ出される日までかなり物理的に扱《しご》いたと耳には入っている。ここまで苛烈な男性は今まで私の周りにはいなかったから、正直苦手で、侯爵と二人きりにだけはなりたくない。幸い、王都に戻って以降の侯爵は日々忙しそうにしていて私に個人で会いに来るなんてことはなかったが。

エヴァ様もブライアンと共に王都から連れ出されていったらしいが、彼女は王都を離れることを酷く嫌がっていたのだという。地方の田舎に行くなんて嫌、と騒いでいたとか。一応、王都を離れないで済む方法はあるにはあった。侯爵家が提示した額の金額を払うという形で。その慰謝料を本人ないしエヴァ様の家族が支払えば、肩身は狭くなるだろうが王都に残ることはできただろう。……だがエヴァ様の家族は、容赦なく彼女の身柄を侯爵家に差し出したと聞く。

侯爵は、エヴァ様の家族に、〝二度と王都の地を踏ませず、エヴァ様のみを侯爵家に引き渡して罪を償わせること〟と、〝家族揃《そろ》って罪を償うこと〟のどちらが良いかと言ったらしい。罪を償うということがどんなことかと言えば、分かりやすい形でお金で表されたということだが……その額は平民であるエヴァ様の家族には到底支払えない額だった。

彼らがエヴァ様とブライアンの関係を知っていたにもかかわらずエヴァ様を止めなかったため、家族にも罪があるという判断になったようだ。具体的にどういうことか聞いてみると、どうやらエヴァ様が貴族の愛人という立場になっていたことに家族は気が付いていて（羽振りは良かっただろうし当然気が付くだろう）、加えて、貴族の愛人となった娘を伝手《つて》にその旨《うま》みを存分に吸っていたらしい。エヴァ様の兄弟はブライアンの働きかけで普通より良い職に就き、家族はより良い暮らしをしていた。

……その生活を全て捨ててエヴァ様を含めた家族でお金を払っていくという道と、エヴァ様を切り捨てて今の生活を守る道。どちらを取るのか。

……この選択を聞いたとき、侯爵は私が思っていたよりもずっと、エヴァ様に怒りを抱いていたのだと感じた。

侯爵はきっと、エヴァ様を苦しめるためにそんな二択を彼女の家族に出したのだ。自分が貴族の愛人になったお陰で良い生活ができるようになったにもかかわらず、手のひら返しで自分に罪を擦《なす》り付《つ》けて逃げようとする家族を見て……エヴァ様は一体どんな気持ちを抱いたのだろう。それまで仲良くしていた家族に裏切られるような状況は……。あまり、考えたくない。

それから……私のことに特筆することがあるとするのなら……。ああそうだ、侯爵家と私の間で行われた契約には色々と驚かされることになった。

私は夫との離縁の書類にサインをする前から、侯爵夫妻からは慰謝料を渡すということを伝えられていた。お二人はブリンドル伯爵家にも可能な限り便宜を取り計うとも約束してくれた。そして、その件について、正式に取りまとめた契約書を用意することとなった。――余談であるが私とブライアンが勝手に結んだ契約書は当然破棄された。ブライアンが嫡男でなくなり、私やブリンドル伯爵家に与えられる利点を提供できないという理由での破棄らしい。

話は戻って、慰謝料の件を侯爵から伝えられた次の日に、ライダー侯爵家の屋敷に王宮から役人がやってきた。

「内務大臣補佐のシルヴェスター・スケルディングと申します。此度《こたび》はライダー侯爵からの申し入れにのっとり、立会人として王宮より参りました」

内務大臣補佐。内務大臣というのは確か、王宮において国王陛下の一番の部下として国の政治を取りまとめている立場だ……と、私は記憶している。その補佐ということは、恐らく王宮でも地位はかなり高いはず。それにしては若い方のような……。ああでも大臣本人ではなく補佐だから、若くてもありえるのか。

不勉強な私では具体的にどれほどの高さか分からないが、少なくとも低い地位の人ではないはずだ。何せ、大臣の補佐なのだから。そんな地位の高い人が来るということは、それだけライダー侯爵家の力が強いということなのだろう。

スケルディング大臣補佐を迎え入れた侯爵は、やや渋い顔をしていた。

「……わざわざ内務大臣補佐殿がお越しになられるとは。有難いことだ」

どこか棘《とげ》のある侯爵の言葉にスケルディング大臣補佐はニコリと微笑《ほほえ》む。

「ライダー侯爵家の申し入れの内容は、下の者では安心して任せきれないと大臣はお考えだっただけのことでございます。何せ……いえ、私から申し上げることではありませんね」

何だか含みのある言い方のような気もしたが……、ともかくこうしてスケルディング大臣補佐が間に立ち、ライダー侯爵家から私への慰謝料と、その後の関係を決める契約が取りまとめられることとなった。

事前に聞いていた通り、今回の離縁は元夫ブライアンの方に大きく問題がある故のものであり、婚姻関係が継続できない点において私には非がほとんどない――という結論になるのだ。それを改めて文字に起こして、かつ、どちらがより悪いかを表すために慰謝料を支払うのだが――。

「では事前に申請がありました通り、ラングストン子爵位と子爵領をアナベル・ブリンドル様に譲渡するということでよろしいでしょうか、ライダー侯爵」

「えっ？」

「問題ない」

「ではこの内容で不服がなければ、サインを」

スケルディング大臣補佐が差し出した三枚の書類に、侯爵はあっさりとサインをした。補佐はその書類を私の方へと差し出す。

「お、お待ちください。お義父《とう》様――ら、ライダー侯爵。今、子爵位というお言葉が聞こえたのですが……？」

お金の支払いではないのか。そう困惑する私に答えてくれたのは侯爵夫人だった。

「そうですよ。慰謝料を渡すと伝えてあったでしょう？」

「確かにそのことは聞いておりましたが、しゃ、爵位なんて……」

ライダー侯爵家ともなれば、名乗っているライダー侯爵位以外にも爵位を持っていておかしくない。それは分かる。分かるが、どうしてそれを私に慰謝料として渡すことになるのか……流石に身分不相応すぎて、とてもではないが受け取れない。

「恐れ多いです。ただでさえ、これまで私が手に入れた資産の持ち出しまでお許しを頂いておりますのに……！」

これまで私が毎月与えられていたお金で買っていた芸術品に洋服などの身の回りの物。侯爵夫妻は心が広く、それらを全て持ちだすことを許してくださっていた。それだけでもどれだけ有難いことなのか、大きな声で言わなければならない。

狼狽《うろた》える私に、夫人は優しく微笑みかけた。

「言ったでしょう。アナベル。侯爵家としてできる限り、取り計うと」

「ですが……」

「どうか受け取って。ブライアンの行為は酷いものだった……それでも離縁した今、貴女《あなた》にあることないことを囁《ささや》く者は少なからずいるわ。アーリーンが言っていたわよ。どこかの修道院に身を寄せようかと呟《つぶや》いていたと。望んで神の道に入るのならば私たちが口を挟むことではないけれど……そうではないでしょう？」

……確かに今後の身の振り方を考えているときに、そのことをちらりと考えたりもした。だがそうすると決めたわけでもなかったし、何より……それこそ離縁したのだからそこまで気を遣う必要もないというのに。どうしてそこまで。

混乱する私だったが、その後も夫人にどうか受け取ってほしいと頭まで下げられてしまっては、もう受け取ることしかできなかった。

それからも、侯爵家が今回のことを理由にブリンドル伯爵家に不利になることはしないという契約なども取りまとめていく。

流石に現在行われている支援を全く同じ条件でずっと続けていくことはできないが、今すぐ支援がなくなるわけではないということを侯爵から伝えられた。少なくとも、ブリンドル伯爵家が立ち直るまでの猶予は与えてくれるということだ。私は何度も侯爵夫妻に感謝した。それ以外の細かい内容についてはブリンドル伯爵夫妻と話すということだが、私と両親が望めばその契約を結ぶ場にも呼んでくれるという。

ライダー侯爵家がそれらのことを私に保証する代わりに、必要以上にライダー侯爵家の悪評を騒ぎ立てないという一文も契約書にあったが、ここまでよくしてもらっていて侯爵家に盾突こうなんて思うわけがない。というか、考えもしなかった。

慰謝料の取り決め。ブリンドル伯爵家を不遇にしないという約束。それらをまとめた契約書が、私用、侯爵家用、そして王宮への保管用の三枚用意される。王宮の人が立会人であることで、この契約書を守らなかった場合、王宮……つまり国からも責められることになるので、普通の契約書よりも強く守らなければならないという。

普通であればサインするのに戸惑いぐらいあるのかもしれないが、この内容に文句があるわけもないし侯爵家の名誉をもっと落とそうとも思っていない。

まず、侯爵夫妻が二人揃ってサインをした。次に私が三度、同じ内容が書かれている三枚の紙にサインしていく。最後に立会人としてスケルディング大臣補佐がサインをした。

――こうして正式に、私はライダー夫人と呼ばれることはなくなったのだ。

新しい出会い

あっという間に月日は過ぎる。

大臣補佐に見られながら契約書にサインをしてから約二か月が過ぎていた。夏の盛りは少し過ぎ、だんだんと秋が近づいてきている。

今、私はライダー侯爵家の屋敷でもなく、ブリンドル伯爵家の屋敷でもない、新しい屋敷で暮らしていた。表向きは私が侯爵家から頂いた慰謝料で購入した家だが、家の選定などはほとんど侯爵夫人やギブソンたちがしてくださった。ライダー侯爵家よりも圧倒的に狭いが、ブリンドル伯爵家を思えばかなり広いという丁度中間ぐらいの広さの屋敷は、私一人が暮らすことを思えば丁度良い。普段過ごすことを想定されている部屋からは屋敷の一番広い庭を見ることができるし、使っていない部屋は絵画などを飾ったり保管したりするように改造されている。

様々な作業があったけれど、有能な使用人の皆《みな》の助力もあり、なんとか無事に書類上での爵位の授与も終わった。目下の悩みは国王陛下のもとに赴いて爵位を受ける儀式をこなすことと、貴族社会に向けてラングストン女子爵として自分をお披露目することである。書類上の処理は終わっているが、対外的な処理が終わっていないということだ。

だが対外的な処理は、それこそ私の都合一つでどうにかできることでもない。私は全く新しい爵位を得るのではなく、既に存在している爵位を譲られるわけだが、中身としては今までの爵位保有者と全く違う上に、関係がない人間が子爵として立つことになる。なので国王陛下に直接対面して爵位授与の儀式をしなければならないとのこと。こちらはまず、国王陛下のご都合があるのですぐに行うことは不可能。現在、王宮で日時の調整をしているのでいつ行われるかは未定だ。それに伴い、貴族社会に向けてのお披露目も後回しということになっている。国王陛下にお目通りもしていないのに大声で「新しく子爵となりました」と言って回るのは、常識知らずと見られるからだ。

逆に言えば陛下にお目通りするまでは他の家からの社交の誘いも遠回しに断ることができるので、現在は数少ない準備期間ともいえる。

……とはいえ。新しい生活の合間には、少しの休息が必要だろう。

ライダー侯爵家からラングストン子爵家へと付いてきてくれたジェロームの助言もあり、私は酷《ひど》く久しぶりに大切な友人と時間を過ごすことにした。

「アナベル！　会いたかったわ」

「メラニア！　私も会いたかったわ」

久しぶりにカンクーウッド美術館に赴いた私は、馬車を降りたところで今日を共に過ごそうと約束していたメラニアと抱き合った。久しぶりに友人の顔を見たら、なんだか込み上げてくるものがあった。

カンクーウッド美術館を見上げると、それがより強くなる。一時はここに来ることは二度とできないかもしれないと思っていたが、今、私はここに来る自由を得ている。本当に、信じられないほど私に都合が良くて、夢なのではと思ってしまう。

「ふふ、それじゃあ、久しぶりに回りましょうかラングストン女子爵様？」

「もうメラニア。まだ国王陛下に謁見もできていないのだからやめてちょうだい。それに、爵位を得たとしても貴女《あなた》に改まった言い方をされるのは……何だか変な気分になってしまうわ」

「そうはいかないでしょう。今の私はアボット商会長の妻で、元貴族令嬢に過ぎないわ。アナベルはしっかりとした子爵になるのでしょう？　大丈夫よ。呼び方一つで私たちの関係性が変わることとなんてないもの」

「……そうね」

笑うメラニアに、私もつられて笑う。

カンクーウッドに入る前に、二人で少しだけ立ち話をしたが、やはりメラニアが把握している範囲でも、私とブライアンの離縁はかなり話題になっているようだ。特に注目されているのが、男性側有責となったその離縁の主導を、男性側親族が率先して行っていたことだろう。その上、離縁する私に対して過剰なほど、親切な対応をしていることも話題に上がっていたそうだ。

簡単に言ってしまえば今回の離縁の原因は、不倫だ。確かに不倫は良くないことと言われるが、実際のところ不倫が原因の際に男性側有責で離縁することはほとんどない。大概の場合では女性の方が嫁いできていることが多く、離縁するとしても夫側に有利な理由にされがちだ。男性側の不倫が原因での離縁でも、女性側に何かしら問題があったとして離縁されることが多い。

女性として悔しい気持ちもあるが、それが今の現実。よほど女性側の後ろ盾が強くなければ、男性優位になるのが基本だ。……それを考えると、だからこそ女性が男性をやり込めるような物語がここまで長く支持されていたのかもしれない。

そのような世の中で、ライダー侯爵家という大きな家が、息子の不倫から始まる様々な不始末を、息子を有責として公表した上で離縁させた。そして一人息子を後継者から外すと公表もした。更に離縁した息子の嫁《わたし》に対して多すぎるほど慰謝料を渡している……。

「確かに男性の中には、たかが一度の不倫で……なんて言う方もいるみたいだけれど、女性は大方、アナベルに同情的だわ」

不倫だけならば女性からも我慢しろだとか夫に尽くせだとかの意見が沢山出てきていたかもしれない。だが侯爵と夫人は息子が悪いとハッキリ社交界でも発言し、その際にブライアンが始めから計画して私と結婚したことも広めたらしい。つまり、最初からお飾りの妻にするために自分より弱い立場の女性を口説き、しかも白い結婚を持ち出され離縁されないために、初夜を済ませてから放置したということも。

さらっと私の恥部も晒《さら》されている気がしないでもないが、侯爵夫人の言い方が上手《うま》いのか、あるいは一時流行りまくっていた演劇の筋書きにそっくりなせいか、社交界の女性のほとんどは私の味方についた。いや、私の味方というか、ブライアンのことを完全に女の敵として見たのだ。私と同じ時期に社交界デビューを済ませていた貴族令嬢たちは、もしかすると自分がブライアンに見初められ仮初の妻にされていたかもしれないと震え上がったらしい。彼女たちは私がブライアンから強めにアタックされていたのを、直接見ていた。それが全て嘘《うそ》だったと知り、恐怖を覚えて周りに話したようだ。

まあ、今は燃え上がっているが、ブライアンは侯爵によって遠い地方に飛ばされている。いつまでも騒ぎが続くこともないだろう。私が社交に出るのももう少し先のこと。……当事者がいなければ、そのうち鎮火していく……と、思いたい。

「そうだ！　ラングストン子爵邸にはもう人が訪ねても大丈夫かしら？　ドロシアが挨拶に行きたがっていたわ」

「ああ、そうよね。……本格的な社交が始まる前に、新しくそれ用のドレスも仕立てないとよね。…………はぁ」

私が今までのような生活を送るだけならば、今持っている服だけで問題なく暮らしていける。ただ、社交界に出ることになると思うと……ああ、国王陛下に謁見するときの服も考えないといけないわよね。どんな服だったら良いのだろう。

「もし金銭面の不安があるのなら遠慮なく言ってちょうだい。ドロシアに無理を言わないように言っておくから」

「いえ、大丈夫よ。確かに今までほどお金が使えるわけではないけれど……」

今までまともに侯爵夫人としてすら振る舞っていない女が、突如貴族の家の当主になれるはずがない。そんなことは侯爵夫妻もよく分かっておいでで、屋敷に雇い入れる使用人たちや部下となる家令らも選んでくださった。その上、長らく侯爵家で働いていた使用人の何人かは、そのままそっくり私が暮らす新居に付いてきてくれた。

侍女だったジェマや、ジェロームなどもそうだ。私は私が思っていたよりは、良い主人と思われていたらしかった。彼らの助力により、私はこれまでとほとんど同じ生活を送っている。

だがそのままではいけないだろう。当主になってしまったのだし。………今までのように自由だけ与えられて責任から逃れるなんてことは無理だけど、それでも、意外と厭《いや》とは感じていないのだ。……まだ厭だと思う場面に直面していないからそう考えるのかもしれないが。

話すことは尽きない。いつまでも美術館の前にいるわけにもいかないので、私たちは美術館へと足を踏み入れた。現在は何か特別なイベントが行われているわけではないので、中はあまり人気《ひとけ》がない。

中の絵画を二人で眺め始めてすぐに、後ろを付いてきていたジェロームが何かに気が付いた。

「アナベル様、メラニア様」

私が顔を上げて名前を呼ばれた理由を問うよりも早く、メラニアはジェロームの視線の先から理由を理解した。

「アナベル、ブロック館長だわ」

「あら本当。……最近はまともに訪れていなかったから、謝らないと」

「まあ。アナベルが大変だったことを王都で知らない人はいないわよ？　大丈夫よ。ブロック館長はそんなこと気にする方ではないでしょう。……それにしても、ブロック館長の後ろにいらっしゃる方はどなたかしら」

メラニアの言葉につられ、館長の後ろを見る。こちらに近づいてくる館長の後ろに、精悍《せいかん》な顔立ちの男性がいた。なんとなくだが、休日の武人という感じがする。元義父から受けた印象に近い。だが年齢だけで言えば、恐らく元夫のブライアンとそう変わらないだろう。

「ラングストン女子爵、本日は当館にお越しいただき、誠にありがとうございます」

「まあ館長。館長にそう呼ばれると、なんだか不思議な心地がいたしますわ」

「ねえブロック館長。後ろにいる方はどなた？」

興味津々という風にメラニアが問いかけると、館長は口ひげを撫《な》でながら紹介してくれた。

「たまたま作品を届けてくださっていたのですが、ラングストン女子爵が来ていると聞きまして、是非挨拶とお礼を伝えたいと」

「お礼？」

私とメラニアの声が被《かぶ》る。

正直国王陛下の元で行われる儀式まではできるだけラングストン女子爵と名乗りたくないので、あまり挨拶はしたくない。だがブロック館長の手前、一人ぐらいの挨拶であれこれは言えないと思ったのだが、お礼は心当たりがない。初対面のはずだ。そんな相手に何故《なぜ》お礼を言われるのか？

そう思っている私に対して、男性はそっと礼をした。貴族女性に対する、綺麗《きれい》な礼だ。育ちの良さが一瞬で理解できた。

「お会いできて光栄です、ラングストン女子爵。私はウェルボーン子爵ジェレマイア・コーニッシュ。……貴女《あなた》には、『ガーデナー』という名前の方が伝わりやすいかもしれませんが」

「えっ!?」

私もメラニアも、二重の意味で声を上げてしまった。

ジェレマイア・コーニッシュ。つまり、コーニッシュ公爵家の人……数代に一度王族が嫁ぐこともある、名門中の名門だ！　この国の貴族でコーニッシュの名前を知らない人は恐らくいない。実家のブリンドル伯爵家はもちろんのこと、元婚家のライダー侯爵家から見ても格上の家名である。

それだけでも驚きなのに、彼はなんと『ガーデナー』……私がずっと気に入って追っていた画家だと名乗ったのだ。見た目からは全く想像がつかない。彼が、画家？　見た目からは騎士とか、そういう、武人だと思っていたくらいだ。驚かない方が無理がある！

「ガ、ガーデナー、本当に？」

「間違いありませんとも。私が身分を保証しましょう」

ブロック館長がニコニコ笑いながら言った。

「貴女にずっとお礼を言いたくて、館長に無理を言ってしまいました」

ウェルボーン子爵はそう前置きして、簡単に、お礼の内容を告げた。

「私は幼い頃から絵を描いていたのですが、家柄、仕事にするなどありえないと親から反対されていまして」

確かに、芸術の類を趣味とする貴族は多いけれど、それを仕事とする人はほとんどいない。芸術が好きならば、パトロンとなるのが一般的だろう。……コーニッシュ公爵家ほどの名家ともなれば周りの目を考えて画家になるという道を許さないのもありえるかもしれない。

「それでも私はずっと、画家として生きたかったのです。ブロック館長に無理を言い、私が描いた絵を何度も展示会に置いてもらいました。しかし…………ハッキリ言って見向きもされない日々が続き、自分には才能がないのだと。親の言う通り、大人しく私も騎士団に入るなり、働くべきだったのかと何度も悩んだのです。…………筆を折ろうか真剣に考えていたとき、貴女が私の絵を買ってくれた」

私が最初に買ったガーデナーの絵？

「『デイジー』」

「覚えていてくださったのですか……？」

「もちろんですわ。今も私の部屋に飾ってありますから」

毎日見ているけれど、未《いま》だに見飽きない。今だって、見つめていれば話しかけてくれる……私のことを見ていてくれるような気がするのだ。

「あの絵は……私の中で特別な絵なんですの。私の悩みを聞いてくれる、大切な友のような」

私の言葉にウェルボーン子爵は感激したように目を輝かせた。顔は男らしいのに、その目がまるで少年のようだと思った。とくんと、胸のあたりが温かくなる。

「貴女のおかげで私は絵を描き続けられた。次第に他の方にも手に取ってもらえるようになり……両親も、私の名が王都で売れるにつれ、画家になることを許してくれました。ラングストン女子爵。全て貴女のお陰なのです！　貴女に感謝を……」

ウェルボーン子爵はその場で片膝をついた。え、と思っているうちに彼はすっと私の手を取り、手の甲にキスをした。

「えっ!?」

顔が沸騰するかと思った。優しく、けれどしっかりと手を握りこまれる。ウェルボーン子爵が、熱い目で私を見上げてきた。こんなこと、元夫が猫を被っていたときですらしてくれたことはない。

「ぇ？　ぁ、ぁっ」

「ラングストン女子爵。貴女への感謝は、言葉だけでは到底足りません。どうか行動としてもお礼をすることをお許しいただけませんか……？」

「へっ？」

「貴女が嫌でなければ貴女の絵を描かせてほしいのです。それから、今度、コーニッシュ家行きつけのお店を貴女に紹介させてください。貴女の口に合うお店を必ず紹介いたします」

「えっ、あっ、え⁇」

何？　何を言われているの？　え？　お店？　どういうこと？

「ウェルボーン子爵、立ってくださいませ。突然膝をつかれても、困ってしまいますわ」

人間の言葉が紡げないでいた私を見かねて、メラニアがそう言ってくれた。ウェルボーン子爵は「申し訳ありません」と言い、私の手を放して立ち上がる。

私は震える手でなんとか扇を取り出して、赤い顔を隠すので精一杯だ。

目の前の出来事が受け入れられない。私は慌てて首を振った。駄目よ駄目。私は女子爵になったのだから。冷静に、落ち着いて、まだ子爵位を貰《もら》ったばかりで忙しいので、またいつかと婉《えん》曲《きょく》にお断りを。

「大変失礼ですが……」

顔を上げた瞬間、扇越しにウェルボーン子爵と目が合った。縋《すが》るような目に、大変失礼ながらフレディを重ねて見てしまった。相手は年上なのだからそんなこと失礼だと思うのに、その目を見た途端、また何も考えられなくなる。

「あ、いえ、よ、喜んで」

どうして────！！！！

混乱したら焦って口が動くのは私の悪癖だわ、いの一番に直さなくてはならないわよ！！！！

内心頭を抱える私に対して、ウェルボーン子爵は顔を輝かせた。い、今更口が滑ったなんて言えない！　どちらにせよ公爵令息に訂正する勇気なんて私にはないのだけれど！

「ありがとうございます。また後日、必ず、こちらから連絡いたします」

本当に嬉《うれ》しげに、ウェルボーン子爵は笑みを浮かべた。それに対して私は扇の下で汗を流しながら引《ひ》き攣《つ》った笑みを浮かべることしかできなかった。


……。

気が付いたとき、呆然《ぼうぜん》とする私を横からメラニアがゆすっていた。

「アナベル、アナベルしっかりなさい。帰ってきてちょうだい！」

「はっ…………夢？　嫌だわメラニア、私ったら、白昼夢なんて見てしまって……」

きっと久しぶりに美術館に来て、嬉しくなって変な夢を見てしまったのだろう。そう結論づけようとした私に、とても冷静なメラニアが口を挟む。

「夢じゃないわよ。ウェルボーン子爵にお会いして、彼はガーデナーで、貴女に絵描きデートと食事のデートの約束を取り付けて帰っていったわ！」

「デッ⁉」

「んもう、アナベルったら隅にも置けないわ。再婚はそう遠くないわね！」

私は慌ててメラニアの口を扇で塞いで黙らせる。近くには未だに留《とど》まっているブロック館長と私たちしかいない。メラニアの言葉は他の人には聞かれていないだろう。それを確認してから、メラニアに顔を近づける。

「メラニア、滅多なこと言わないで。再婚なんて、話が飛躍しすぎよ。ウェルボーン子爵にご迷惑だわ」

「まあどうして？　デートに誘われたのだから脈があるのでなくて？」

「ありえないわ！　だって、その、私は一度離縁されている女よ」

「夫有責の離縁だわ。貴女は悪くないじゃない」

「そうだけど、清い体ではないし」

「気にしない人にとっては些細《ささい》なことよ」

「いやそうでなくてっ。はっ、お礼と言われていたじゃない！　ウェルボーン子爵はそのお礼が本当にしたいだけでしょうし！　そんな話をしたらご迷惑よ！」

「お礼は絵で返すだけにするか、お金や物を贈って返せば済む話でしょう。それに加えて店に誘うのが、お礼の範疇《はんちゅう》なわけないでしょう。絶対貴女に気があるわよ」

「そ、そんなことないわよ………だって私よ！」

ありえないありえない。確かに血筋は、歴史だけ見れば悪くもない。

ただ一度結婚してうまくいっていない身だし、お陰で年齢だけ重ねた。もう若さの補整もない。

社交だって遠のいていて、もう自信がない。侯爵夫人は流行の先端にいるなんて言葉でフォローしてくださったが、服装はメラニアのお陰だし、芸術にしろ演劇にしろ音楽にしろ、ただ私が気に入ったものに当時余っていたお金をつぎ込んでいただけの話だ。先見の明があるわけじゃない。

ウェルボーン子爵は、あれだけ精悍な、紳士的な人だ。家柄もいいし、画家として働いているとはいっても、いい出会いはいくらでもある。ただ、長年の夢であった画家という仕事を、私がたまたま手助けしたことに強く強く感謝しているというだけに過ぎない。そうに決まっている。だって私相手にそんなことするような人がいるわけがない！

――そうやってぶつぶつ呟《つぶや》いていた私には、呆《あき》れた顔をしたメラニアとブロック館長とジェロームが横でどんな会話をしていたかなんて、気に留める余裕はなかった。

「……ブライアン坊ちゃんの罪が深くなった気がします」

「館長。いたずらに関わるつもりなら私も止めますが、本気ならば、強めに押した方が良いと子爵にはお伝えくださいな」

「そのようですなぁ」

あとがき

はじめまして。重原水鳥《おもはらみどり》と申します。

アナベルの物語をここまで読んでくださり、誠にありがとうございます。

小説家になろうに書いていた作品が本になるという初体験。良い経験をさせていただきました。なお私はいつも小説家になろうに直接書きこんで執筆作業をしており、手元にアナベルの文字データが一切なく……、文章の抽出でも編集山崎さんにご迷惑をおかけしました。ありがとうございました。

書籍化作業で一番記憶に残っておりますのは、ブロック館長とメラニアの視点の加筆修正です。本作は小説家になろう版から大きな設定などの変更はないのですが、より読みやすく面白くするため、先述の二人の視点を大幅に改稿する必要がありました。お飾り妻アナベルは一人称の物語であり、アナベル以外からの視点は大事な物（と私は思っております）。できる限り、視点の違いを残しつつ、必要な情報だけをまとめるよう努力いたしました。視点の違いが読者の皆さまからも分かるように書けていると良いのですが……。
余談ですが、本作ではアナベルの恋愛はほぼ皆無のため、メラニア視点でのメラニアとショーンがラブラブしているシーンが一番恋愛要素が濃くなっております。アナベルはいっぱいいっぱいでとても恋愛する余裕がありませんでした。もし続きがありましたら、もっとアナベルに恋愛をさせたいのですが、アナベルは意外と言うことを聞いてくれない主人公なので、どうなることやら……。

先の悩みはさておき……最後に、アナベルの物語を本にしませんかとお声がけくださり、慣れない作業に右往左往する私を様々にサポートしてくださったＫＡＤＯＫＡＷＡの編集山崎さん。アナベルたちを作者の想像の数百倍も素敵に描いてくださった岡谷様。とてもオシャレで素敵なデザインに仕上げてくださったアルコインク様。そして手に取ってくださった皆さま。本当に本当に、ありがとうございます。沢山の方のお力添えがあり、無事にこうして一冊の本を作ることが出来ました。

皆さまの素敵な読書ライフをお祈り申し上げ、終わりとさせていただきます。

二〇二四年九月　重原水鳥

著

重原水鳥

一日三食、
散歩と睡眠を
必要としています。

画

岡谷

刊行おめでとうございます！
続きが楽しみな
読者のひとりとして
今後もアナベルの活躍を
応援しております！

お飾り妻アナベルの趣味三昧な日常

～初夜の前に愛することはないって言われた？
“前”なだけマシじゃない！～

2024年9月30日　初版発行

｜著｜
重原水鳥

｜画｜
岡谷

｜発行者｜
山下直久

｜編集長｜
藤田明子

｜担当｜
山崎悠里

｜装丁｜
arcoinc

｜編集｜
ホビー書籍編集部

｜発行｜
株式会社KADOKAWA
〒102-8177　東京都千代田区富士見2-13-3
電話：0570-002-301（ナビダイヤル）

｜印刷・製本｜
TOPPANクロレ株式会社

Printed in Japan　ISBN 978-4-04-738036-3　C0093